WENN OMA MAL 'NE TÜTE RAUCHT

Wallenda

WENN OMA MAL 'NE TÜTE RAUCHT

Impressum:

©2021 Matthias J. Wallenda
&
Wolfgang T. Wallenda

Umschlaggestaltung, Herstellung und Verlag:
Books on Demand

Titelbild:
©Sophia Wallenda

ISBN: 978-3-7534-0932-0

Kapitel 1
Wie alles begann

In ihrem Leben war mehr schiefgelaufen, als es normalerweise möglich ist. Mit diesem Satz wäre alles, was bisher geschehen war, gesagt. Mehr war bis zu diesem Tag einfach nicht passiert. Ihr Leben war vergleichbar mit null, nichts, nothing, niente, nada.

Wie jeden Tag drehte sich die Erde sowohl um die eigene Achse als auch um die Sonne. Wie jeden Tag seit Jahrmillionen von Jahren ging die Sonne am Morgen im Osten auf, verdrängte die Nacht und den Mond und ging am Abend im Westen unter, um wiederum für die Nacht und den in ihrem Schlepptau befindlichen Mond Platz zu schaffen. Das war und ist auf der ganzen Welt das gleiche Prozedere und somit auch in Bayern nicht anders.

Irgendwo in der Nähe von München und doch abseits der Zivilisation, lag ein kleines Dorf, in dem es außer einer Kirche, einer Bäckerei, ein paar wenigen standardmäßigen Wohnhäusern und etlichen Bauernhöfen nicht wirklich viel gab. Es roch permanent nach Mist und in regelmäßigen Abständen gewaltig nach Gülle oder *Odel*, wie man hier in Bayern sagt. Wobei der Begriff *riechen* schon sehr schmeichelhaft war. *Zum Himmel stinken* wäre die passendere Bezeichnung.

Jeden Tag molken die Bauern ihre Kühe und trieben sie anschließend auf die Weide. In dem Dorf schien sich nie etwas zu verändern. Alles blieb wie es war und auch immer bleiben würde. Wahrscheinlich war das auch besser so. Denn jede noch so kleine Veränderung konnte dem Dorf, in dem zwanzig Prozent der Dorfbewohner Menschen, fünfzig Prozent Kühe, zehn Prozent Hühner, fünf Prozent Katzen wohnten und die restlichen Prozente sich auf Pferde, Esel und andere Tiergattungen verteilten, nur schaden.

Den Namen des Dorfes zu nennen ist unnötig, da man es weder kennt noch schnell auf einer Landkarte findet. Selbst *Google Maps* kämpft auf der Suche danach ewig in seinen Datenbergen herum, um dann irgendwo in der weiten bayrischen Pampa einen Punkt ins Nichts zu setzen.

Die Hauptstraße führte in die Ortschaft hinein und auf der anderen Seite wieder hinaus. Wer das Kaff durchquerte, nahm kaum Notiz davon. Außer natürlich von dem Geruch. Der blieb eine Zeitlang im Autoinneren haften.

Zu den Dorfbewohnern gehörten seit Neuestem auch die drei größten Chaoten, die die Welt derzeit aufweisen konnte. Sie als Chaoten zu bezeichnen war äußerst höflich. Sie gehörten dem Typ Mensch an, der gemessen am IQ zwar nicht dumm, aber dennoch ziemlich einfältig war.

Sie würden vermutlich, wären sie auf sich allein gestellt, in jeder Großstadt kaum länger als eine Woche überleben. Wäre man gemein, könnte man sagen, sie sind Trottel, Idioten oder Tölpel, aber das wäre nicht fair. Treffender kann man sie als einfache Gemüter bezeichnen. Freundlich, gutherzig und sympathisch. Das trifft es wohl am besten.

Nein, eine Großstadt wäre ihr Untergang. Hier in diesem Dorf hingegen, waren sie jemand. Hier fühlten sie sich fast wie kleine Helden. Hier lebten sie zwar ganz nah am Arsch der Welt, aber unbehelligt von allem Übel in ihrer skurrilen Wohngemeinschaft zusammen. Eine WG wie sie die Welt noch nicht gesehen hatte. Komischerweise funktionierte sie. Jeder der drei Freunde brachte eine Fähigkeit mit, die sich mit denen der anderen ergänzte. Das ermöglichte ein reibungsloses Leben miteinander. Oder sollte man es als *Überleben* bezeichnen?

Das war für die drei Männer nicht immer so. Sie wuchsen getrennt voneinander auf. Doch wie das Leben so spielte, hatten sich alle drei Personen eines Tages in der gleichen Stadt befunden und auch die gleiche Bar aufgesucht. Und wie es der Zufall wollte, saßen alle drei am Tresen dieser Bar nebeneinander auf ihren Hockern und grübelten über ihre Probleme. Jeder für sich. Zumindest anfangs. Das war die Geburtsstunde der wohl kuriosesten Wohngemeinschaft Bayerns.

Sie hießen Willi, Erich und Torsten. Objektiv betrachtet passten alle drei gar nicht zusammen. Sie hatten verschiedene Leben, unterschiedliche Interessen und vor allem andere Eigenschaften. Dennoch hatte das Schicksal sie zusammengeführt, denn alle drei hatten eines gemeinsam. Sie waren geborene *Loser*, die es geschafft hatten durch falsch getroffene Entscheidungen genau hier in dieser Bar zu landen. Doch an diesem Tag sollte sich das Leben der *drei Nullen* komplett ändern.

Willi war gelernter Automechaniker und kannte sich mit Motoren besser aus als mit Frauen, Finanzen und den täglichen Anforderungen des Lebens in einer zivilisierten Welt, wie etwa kochen, bügeln oder waschen. Sein Lebensplan war es immer gewesen, eine wohlhabende Frau kennenzulernen, um mit ihr zusammen das Vermögen zu verprassen, das sie mit in die Ehe brachte. Teil eins hatte geklappt. Zumindest stückweise. Er hatte die zwar nicht sehr hübsche, aber dafür umso wohlhabendere Sylvia kennengelernt und geheiratet. Willi hatte den Job bei *Izmirs Autoservice* gekündigt und fortan seinen Traum gelebt. Dreimal im Jahr ging es in den Urlaub, er kaufte alte Ami-Schlitten, reparierte sie in der eigenen kleinen Garagen-Werkstatt, verkaufte sie mit Verlust weiter und finanzierte seinen *Lifestyle* mit Sylvias Geld.

Sie hatte jedoch andere Pläne als Willi. Während seine Ehefrau wollte, dass er sich mehr um sie kümmerte, schraubte Willi lieber an Autos herum. So war es nicht verwunderlich, dass Sylvia die Ehe nach nur zwei Jahren als gescheitert betrachtet hatte. Dank eines Ehevertrags saß Willi nach der Scheidung mittellos auf der Straße.

Mit seinem Vermögen in Höhe von 53,85 Euro war er nicht weit gekommen. Die Stelle bei *Izmir* war natürlich längst nachbesetzt und etwas Neues nicht zu finden. Willi hatte sich mit Gelegenheitsarbeiten über Wasser gehalten. Auch das Bier, das in dieser Bar vor ihm auf der Theke gestanden hatte, war der Lohn für das Reparieren des Autos vom Barkeeper gewesen. Ein flüchtiger Bekannter von Willi.

Erich hatte das Aussehen, besser gesagt die Figur, eines japanischen Sumo-Ringers. Sein Übergewicht war auch der Grund, weshalb es mit Frauen nie so richtig klappen wollte. Die Mädels, die Erich wollte, bekam er nicht und die, die ihn wollten, die mochte er nicht. Erich war deshalb der geborene Single.

Seinen Traumberuf *Polizist* musste er schnell aufgeben, weil er es beim Einstellungstest nicht einmal bis zur Sportprüfung geschafft hatte. Seine persönliche Hürde war bereits bei der ärztlichen Untersuchung utopisch hoch gesetzt worden.

„Nehmen Sie mal 70 Kilo ab, dann kommen Sie wieder", hatte ihm der Polizeiarzt damals gesagt.

„Kein Problem, ich kenne da eine Diät aus *Bild der Frau*. Die ziehe ich durch, dann sehen wir uns in ein paar Wochen wieder, Doc", hatte der übergewichtige Polizeifan voller Selbstbewusstsein geantwortet.

Das war vor drei Jahren. Erich arbeitete immer noch an der Aufgabe sein Gewicht enorm zu reduzieren. Zwei Kilo hatte er seit dieser Untersuchung verloren. Zumindest vorübergehend. Seine Hoffnung, das Traumgewicht noch zu erreichen, hatte er jedoch bis jetzt nie aufgegeben.

Seinen Lebensunterhalt bestritt Erich von dem, was ihm sein Onkel aus Kanada jeden Monat zukommen ließ. Onkel Eddie war reich. Stinkreich sogar. Er besaß zwei Hotels und eine Supermarktkette. Erich war Eddies Patenkind und der reiche Onkel überwies jeden Monat einen glatten Tausender. Zuviel zum Sterben, zu wenig zum Leben.

Erich war damals in dieser Bar gesessen, weil es dort bei einem Drink immer eine Schale Erdnüsse kostenlos dazu gab. Das Schwergewicht lachte viel, war ein angenehmer Zeitgenosse und er war sehr ordentlich. Insgeheim fühlte sich Erich wie ein *Undercover-Bulle* und manchmal erzählte er das auch den Frauen, die er anbaggerte. Geglaubt hatte ihm das zwar bisher keine, aber er feilte schließlich noch an dieser Taktik.

Der dritte Typ hieß Torsten. Über ihn gab es nicht viel zu erzählen. Torsten war der jüngste in der WG und der größte Pechvogel, den die Menschheit kannte. Stand irgendwo ein Fettnäpfchen herum, nahm er sinngemäß Anlauf und brüllte: „Arschbombe, alles aus dem Weg!", und *zack* saß er drin. Torsten hatte in seinem Leben alles vermasselt, was man vermasseln konnte. Er besaß weder einen Schulabschluss noch eine Ausbildung, und auch den Aushilfsjob als Zeitungsjunge hatte er vergeigt, weil er bei jeder Austragerunde mindestens zwei Briefkästen *geschrottet* hatte.

Aus diesem Grund hatte er es nie geschafft auf eigenen Beinen zu stehen. Das Einzige, das Torsten gut konnte, war mit seinen Zimmerpflanzen zu sprechen. Sie verstanden ihn und er hegte und pflegte sie.

Sein Vater hatte seit geraumer Zeit Druck gemacht. „Der Junge muss raus aus der Wohnung. Wenn er erst einmal eine eigene Bude hat, wird er schon lernen, wie man Geld verdient. Nämlich durch harte Arbeit!"

Seine Mutter hingegen war stets der Meinung gewesen, dass der Durchbruch ihres Sohnes schon noch kommen würde. „Wenn er erst einmal die richtige Frau kennenlernt, geht's bergauf mit ihm."

Und so hatten sich seine Eltern jeden Morgen, jeden Mittag und jeden Abend seinetwegen gestritten. Er war in dieser Bar gelandet, um sich mit seinen 20 Euro Taschengeld zu besaufen oder eine Frau kennenzulernen oder beides. Es hatte natürlich weder das eine noch das andere geklappt. Stattdessen hatte er Willi und Erich kennengelernt.

Die Katastrophe nahm ihren Lauf. Das Schicksal saß unsichtbar in der hintersten Ecke, rieb sich die Hände, lachte und dachte: „Das wird ein Riesenspaß!"

Alle drei Männer, bei denen im Leben noch nie etwas richtig gut gelaufen war, trafen in dieser Bar aufeinander. Man kann es gut oder schlecht finden. Doch eines steht fest. Wären sie an diesem Abend nicht zufälligerweise zur selben Zeit am selben Ort gewesen, hätten sie sich wohl nie kennengelernt. Dann wäre jeder seinen eigenen, erbärmlichen Weg gegangen, um vor dem jeweils persönlichen Problemberg in der Höhe des *Mount Everest* zu landen.

Torsten wäre *über* den Mount Everest, Erich *um* den Mount Everest *herum* und Willi *mitten durch* gegangen. Als Dreier-Team konnten sie jetzt frei wählen, welchen Weg sie einschlagen würden.

Erich war es gewesen, der erdnussknabbernd in der Mitte der drei Gäste gesessen, die Tageszeitung nach Wohnungsangeboten durchgesehen hatte. Eine Annonce hatte er dermaßen interessant gefunden, dass er sie laut vorlas. „Nachmieter gesucht, kleines Haus auf dem Dorf, WG möglich, günstig." Er machte eine kurze Pause und murmelte: „Mist! Jetzt bräuchte ich noch zwei Mitbewohner, dann wäre das was für mich."

Torsten war hellhörig geworden und musterte den dicken Zeitungsleser. Er wirkte sympathisch. Die Schale mit Erdnüssen, die vor ihm stand, war leer. Torsten schob seine Schale herüber und fragte: „Du suchst eine Wohnung? So ein Zufall. Ich auch. Allein kann ich keine bezahlen, aber eine WG wäre machbar", hatte er gesagt und dabei gehofft, dass sein Vater den Mietanteil übernehmen würde. Zumindest eine Zeit lang. Sozusagen als Preis für das Ausziehen.

„Dreier-WG?", war es unmittelbar danach auch von der anderen Seite gekommen. „Ich bin frisch geschieden und suche ein günstiges Zimmer. Leute, wenn ihr wollt, bin ich der Dritte im Bunde."

Es war beschlossene Sache und Erich hatte an diesem Abend alle Drinks spendiert. Danach war ein Drittel seines Monatsgeldes von Onkel Eddie weg, er und seine neuen Freunde betrunken und das Leben voller Sterne und Hoffnung.

Willi hatte in seinem alten BMW übernachtet und am nächsten Morgen seine beiden neuen Kumpels abgeholt. Erich hatte die nötige Tankfüllung bezahlt und Torsten hatte belegte Semmeln mitgebracht, die seine Mama spendiert hatte.

Als sie das Dorf zum dritten Mal durchfahren hatten, ohne ihr Ziel zu finden, war es Erich, der sagte: „Leute, wir müssen dran bleiben. Ich habe ein gutes Gefühl. Mir gefällt es hier."

„Echt jetzt?", rief Torsten und Willi hatte lediglich gemeint: „Ziemlich am Arsch der Welt, aber idyllisch."

Nach einer weiteren halben Stunde des suchenden Herumfahrens, hatten sie endlich die Adresse gefunden und bestaunten mit großen Augen das kleine Häuschen mit Garten.

„Läute mal", forderte Torsten Erich auf.

Dieser kratzte sich am Hinterkopf. „Läute du, ich bin zu aufgeregt", gab dieser die Aufgabe an Willi weiter, dem es wiederum lieber wäre, Torsten würde läuten. „Du siehst so richtig sympathisch aus. Wenn sie dich zuerst sieht, bekommen wir den Mietvertrag."

Sie einigten sich auf Knobeln. Noch während sie Schnick, Schnack, Schnuck spielten, wobei Torsten die erste Runde schon verloren hatte, wurde die Eingangstür förmlich aufgerissen. Eine Frau stand im Türrahmen. Mitte sechzig, bäuerliche Kleidung, graue Haare, Kopftuch und stechender Blick. Sie musterte misstrauisch die drei Mietbewerber. „Ihr drei Musterknaben wollt mein Haus mieten?", kam es mit militärischen Ton, der an einen *Drill-Sergeant* aus den US-Army-Filmen Hollywoods erinnerte.

Das Auftreten der Frau hatte ausgereicht, um die drei Nullen in eine Art *Hab-Acht-Stellung* zu versetzen. Auf Willi, dem ältesten der drei Freunde, blieben ihre Augen hängen.

„Äh, ja", haspelte er. „Wir ... also, das sind Erich und Torsten und ich." Willi war sofort klar, dass sein stockender Redefluss alles andere als einen guten Eindruck machte. *Mist, verkackt*, dachte er.

„Er meint damit, dass er Willi heißt", schob Torsten nach und versuchte dabei, so höflich wie nur möglich zu lächeln. „Er kann prima Autos reparieren."

Wieder durchbohrten die Blicke der Vermieterin die drei Freunde. Ihr Gesichtsausdruck lockerte sich allerdings etwas. „So, so", sagte sie abwägend, „dann kommt mal rein, aber putzt die Schuhe ab. Ich möchte nicht noch mal durchwischen müssen. Und lasst die Finger von der Pflanze dort hinten. Das ist ein Überbleibsel der Vormieter. Ist Hanf oder so Zeug. Ich habe es in der Scheune gefunden."

„Hanf? Sie haben eine Marihuana-Pflanze in der Scheune?", hatte Torsten ungläubig gefragt und die ältere Dame angestarrt.

„Freundchen, wenn du denkst, du kannst dir was abzupfen, um dir 'ne Tüte zu basteln, hast du dich getäuscht. Die Polizei war letzten Monat da. Sie haben die Vormieter festgenommen. Die hatten nicht nur Marihuana im Angebot, sondern verkauften wohl auch noch ganz andere Sachen. Noch als sie im Streifenwagen saßen, habe ich natürlich die sofortige Kündigung ausgesprochen. Deshalb vermiete ich neu. Die eine Pflanze haben die Polizisten übersehen. Ich werfe sie nachher auf den Misthaufen vom Nachbarn", sie zeigte mit der rechten Hand auf die andere Straßenseite, dann meinte sie: „Also, noch einmal für alle! Wer von euch denkt, er kann munter ein paar Tüten kiffen, kann seine Koffer gepackt lassen und sich sofort verpfeifen."

Torsten hob sofort abwinkend die Hände. „Ich rauche nicht."

„Ich auch nicht", schob Willi sofort nach.

„Ich sowieso nicht. Ich bin eh schon halber Polizist. Ich muss nur noch ein paar Kilo abnehmen", keuchte Erich. Er war etwas außer Atem, da er die wenigen Meter vom Gartentürchen zur Haustür schneller als üblich zurückgelegt hatte. Auf seiner Stirn bildeten sich kleine Schweißperlen, unter den Achselhöhlen breiteten sich dunkle Flecken aus.

Die Vermieterin blieb am Ende des Flurs stehen, drehte sich um, stemmte die Hände in die Hüften und fragte: „Wer von euch drei Jungs steht für die Miete gerade?"

„Er", antwortete Willi und zeigte auf Erich.

„Er", machte es ihm Torsten sofort nach.

„Äh ... ich", stotterte Erich und dachte gleichzeitig daran, seinem Onkel Eddie wieder einmal eine Postkarte zu senden.

„Keine Weiber, kein Rauschgift, keine lauten Partys und ich möchte pünktlich die Miete haben."

„Perfekt", strahlte Erich, „das ist genau mein Ding. Ich hasse Partys", und streckte ihr mit breitem Grinsen seine fette Hand entgegen.

Die Vermieterin betrachtete den Fleischberg, wendete sich ab und ging weiter. „In Ordnung, der Mops steht für alles gerade. Dann kommt mal mit. Ich zeige euch das Haus." Sie stoppte, wendete sich erneut den Männern zu und stellte eine weitere Frage: „Oder steht ihr auf Männer und denkt, ihr könnt hier rosa Partys veranstalten? Oder gehört ihr zu irgendeiner Sekte und lockt durchgeknallte Freaks an?"

„Nein", winkte Erich unvermittelt ab.

„Weder noch!", bestätigte Torsten.

„Wir sind ganz normale Männer, die eine ruhige und ordentliche WG gründen. Wir wollen arbeiten und in dörflicher Gemeinschaft mit allen friedlich zusammenleben", beschwichtigte Willi.

Das war aussagekräftig genug. Sie erhielten den Mietvertrag.

Das Haus war zwar klein, aber dafür sehr gemütlich. Manchmal brauchte man nicht viel Platz, um sich wohlzufühlen, sondern nur den passenden Flair. Dieses Haus hatte Flair. Und zwar jede Menge.

Zum ersten Mal, nach langer Zeit, hatten alle drei Chaoten endlich das Gefühl etwas erreicht zu haben. Sie hatten es gemeinsam geschafft und den Zuschlag für ein Haus zum Mieten erhalten. Jeder hatte seinen

Teil dazu beigetragen. Für sie war klar, dass sie ein unschlagbares Team waren. Die Zukunft konnte kommen. Sie waren bereit. Der Mietvertrag wurde unterzeichnet und die Welt war in Ordnung.

Erich übernahm die Miete und zahlte die Kaution. Da Erich und Torsten keinen Führerschein besaßen, hatte Willi sich einen Sprinter geliehen, das gesamte Hab und Gut seiner Freunde abgeholt und hergefahren. Torsten half fleißig beim Ein- und Ausladen mit. Das hieß, nachdem ihm ein Karton mit den Gläsern im oberen Stock aus den Händen geglitten, die Treppe hinunter gepurzelt war und sich die Scherben überall verteilt hatten, bestand sein *Helfen* darin, dass er die Türen aufhielt, damit seine Freunde die restlichen Kartons barrierefrei tragen konnten.

Willi hatte Torstens *Talent* erkannt und wusste ab diesem Tag, dass sein Kumpel am besten half, wenn er still da saß und nichts tat.

Am Ende des Abends stand Torsten mit der eingangs erwähnten Marihuana-Pflanze unterm Arm vor seinen Mitbewohnern und sagte: „Unsere Vermieterin hat das hier vergessen."

Willi beäugte erst Torsten, dann die Pflanze. „Sie wollte das Ding beim Nachbarn auf den Misthaufen werfen. Mach du das doch, dann ist das Teil weg."

Torsten war das unangenehm. „Wir haben uns doch noch gar nicht vorgestellt. Ich kann da nicht einfach rüber gehen und was wegwerfen."

Das klang logisch. Man sollte jemanden schon kennen, wenn man seinen Biomüll dort entsorgte. „Stimmt auch wieder. Dann knall das Teil auf unseren Komposthaufen."

„Okay", nickte Torsten und ging vor die Tür. Als er vor dem Komposthaufen stand, betrachtete er das kleine Pflänzchen. „Tut mir leid, aber du bist hier verboten. Ich muss dich entsorgen." Er starrte das zarte Grün an. Ihm kam es vor, als würde die Baby-Pflanze mit ihm sprechen. *Hab Erbarmen. Ich bin doch noch so klein und unschuldig. Was kann schon passieren, wenn du mich im Garten einpflanzt? Außerdem habe ich heilende Kräfte.*

Torsten holte aus, hob die Pflanze hoch, brachte es aber doch nicht übers Herz sie wegzuwerfen. „Also gut, aber du wirst dich benehmen", flüsterte er, suchte einen geeigneten Platz und pflanzte den Hanf ein. „Hier hast du es bequem und keiner sieht dich", meinte er. „Vor dir wächst Elefantengras und neben dir sprießen schon Sonnenblumen hoch. Da hast du nette Nachbarn."

Zufrieden mit dieser Lösung, ging der Pflanzenfreund zurück ins Haus.

Alle drei Chaoten waren glücklich. Endlich meinte es das Leben einmal gut mit ihnen. Sie hatten ein gemütliches Haus mit einem schönen Garten, einer Garage und einer Scheune. Letztere war eher als großer Schuppen zu bezeichnen, aber der Ausdruck Scheune hörte sich viel besser an. Im Garten standen je zwei Apfel-, zwei Kirsch- und zwei Zwetschkenbäume. Der Gemüsegarten war untergliedert in ein Blumenbeet, ein Gemüsebeet und ein Kräuterbeet. Daneben wuchs Elefantengras, umrahmt von Sonnenblumen und eben dem neu gepflanzten Hanf.

Um das Grundstück war ein Jägerzaun gezogen, dahinter eine löchrige Thujen-Hecke gepflanzt. Alles sah recht gepflegt aus. Bis auf den Rasen. Dieser wuchs und wuchs und wuchs.

Die Vermieterin hatte das bei ihren regelmäßigen Kontrollbesuchen zwar registriert, war aber stets kommentarlos wieder abgezogen. Als sie einmal Torsten im Garten arbeiten sah, sprach sie es an, doch als ihr der Hobbygärtner erklärte, dass der Rasen nicht gemäht wurde, um den Bienen Nahrung zu bieten und sich zudem allerlei nützliche Insekten dort wohl fühlten, war sie zufrieden, zumal das Thema *Bienensterben* immer wieder durch die Presse ging.

Tatsächlich wurde der Rasen jedoch nicht gemäht, weil die drei Männer keinen Rasenmäher besaßen. Nach diesem Gespräch wussten Erich und Willi, dass sich Torsten damit äußerst positiv in die WG eingebracht hatte. Es war eben wichtig, wenn man auf dem Land wohnt, dass man auch einen Gärtner im Haus hat.

Bereits zwei Wochen später hatte ihnen die Vermieterin erstmals Kuchen vorbeigebracht. Erstaunt war sie am Gartentürchen stehen geblieben und hatte mit Wohlwollen registriert, dass Willi dabei war, die alten Fensterläden zu streichen. Sie sah sich um und stellte fest, dass auch sonst alles auf Vordermann gebracht worden war.

Als beim Verabschieden ihr alter Mercedes wieder einmal nicht ansprang, setzte Willi seinen Joker. Er trat vor den Wagen. „Öffnen Sie mal die Motorhaube."

Ein paar Minuten später surrte der Motor. „Ich muss noch ein paar weitere Kleinigkeiten am Motor richten, dann ist er wieder wie neu. Vorerst können Sie aber fahren", meinte er abschließend. „Das kostet auch nichts. Ich mache das gerne. Allerdings brauche ich ein paar kleinere Ersatzteile."

Daraufhin war die Handtasche der Vermieterin aufgegangen. Willi wedelte ein Hunderter entgegen. „Für das Material."

„Das reicht locker. Da bleiben bestimmt noch 20 Euro übrig."

Sie blickte zum Haus, zog einen weiteren Hunderter aus der Geldbörse und sagte: „Schöne Farbe. Vielleicht brauchen Sie ja noch mehr. Sollte es nicht reichen, rufen Sie mich einfach an. Und wenn etwas übrig bleibt", sie zwinkerte, „dürfen Sie es behalten." Beim Wegfahren hatte sie grinsend und gut gelaunt ein Lied gesummt.

„Es geht nichts über ein gutes Verhältnis zwischen Mieter und Vermieter", hatte Willi seinen Kumpels berichtet, als er ihnen die beiden Geldscheine zeigte. „Für die Farbe."

In der Garage parkte Willis alter BMW. Neben seinem hochwertigen Werkzeug, sein einziger nennenswerter Besitz. Die Garage war sozusagen Willis Reich. Dort konnte er Stunden verbringen und an seinem Auto herumschrauben. Natürlich hätte er gerne eine größere Garage, vielleicht mit zwei oder drei weiteren Autos zum Reparieren, um sie später zu verkaufen.

Er träumte ebenso von einer Hebebühne, noch mehr Werkzeug und vielleicht sogar seiner eigenen kleinen Werkstatt, in der er auch die Autos von Kunden reparieren würde.

„Eines Tages werde ich hier *Willis Autoservice* eröffnen", hatte er einmal gesagt und sich mit diesem Traum ein neues Ziel gesetzt. Ein viel

Besseres, als sich eine reiche Frau zu angeln, um deren Vermögen zu verprassen.

Aber vorerst begnügte er sich damit, seinen alten BMW am Laufen zu halten oder sich um den Mercedes der Vermieterin zu kümmern. Und das machte Willi perfekt.

„Wir sollten die Arbeiten im Haus so einteilen, dass jeder ungefähr gleich viel zu tun hat", kam es anfangs als Vorschlag.

Der Plan war gut, die Umsetzung jedoch kläglich gescheitert. Schon das Einkaufen war zur Herausforderung geworden. Es mussten alle drei mitfahren. Willi, weil er als Einziger einen Führerschein besaß. Erich, weil er mit seiner Kreditkarte bezahlte und Torsten, weil man ihn nicht allein im Haus zurücklassen konnte. Außer er war im Garten. Dort stellte er am wenigsten Unsinn an.

Ähnlich verhielt es sich mit Waschen, Kochen, Putzen oder Holz hacken. Letzteres wurde für den kleinen Kaminofen im Wohnzimmer benötigt. Egal was an Arbeit anfiel, sie machten es gemeinsam. Und da keiner der drei Chaoten einen Job hatte, war das auch kein Problem. Zudem war es äußerst effektiv. Jeder erfüllte seinen Teil. Willi war das Gehirn der WG, Erich der Einzige, der sich wirklich mit Haushaltsarbeit auskannte und Torsten, weil er einfach dazu gehörte und man besser auf ihn aufpassen konnte, wenn er bei ihnen war. Kurzum, sie waren zu einem perfekten Dreierteam zusammengewachsen.

Das Verhältnis zur Vermieterin, die den bescheuerten Doppelnamen Müller-Meier hatte, war traumhaft. Sie wurde beinahe liebevoll *Mrs. M.* genannt und brachte nahezu jeden Sonntag Kuchen vorbei.

Der Nachbar zur rechten Seite der Chaos-WG hieß Alfons. Er war um die 60 Jahre alt, Vorstand des Kleintier-Zuchtvereins und Hobby-Hühnerzüchter. Alfons war die Höflichkeit in Person und leider auch extrem redefreudig. Immer wieder brachte er den drei Freunden Eier unterschiedlicher Größen und Farben vorbei.

„Klasse, da muss man zu Ostern gar keine mehr anmalen", hatte Torsten gesagt und sie beim ersten Mal als Zierde auf den Wohnzimmertisch gelegt. Das ging solange gut, bis sie verfaulten und es erbärmlich zu stinken begann. Seitdem wanderten die Eier von Alfons Hühnern entweder gleich in die Pfanne oder in den Kühlschrank.

Links von ihnen gab es keinen Nachbarn. Dort befand sich eine der Kuhweiden von Bauer Huber. Dessen Hof lag schräg gegenüber. Wenn der Wind ungünstig stand, breitete sich Misthaufenduft vom Feinsten aus. Da war immer *Fensterschließen* angesagt. Bis auf diesen für Stadtmenschen sehr gewöhnungsbedürftigen typischen Landgeruch, fühlten sich die drei Freunde in dem Dorf wohl.

Auch die Gartenbeete haben sich als nützlich erwiesen. Während Willi alles reparierte und Erich im Haus für Ordnung sorgte, kümmerte sich Torsten liebevoll um den Garten und die Pflanzen. Das war seine Welt. Hier machte er sich nützlich und man konnte ihn sogar mit Gartengeräten alleine hantieren lassen, ohne dass eine Katastrophe eingeleitet wurde.

Es gediehen Sommerblumen, Lavendel, Rosmarin, Tomaten und Zucchini. Aber auch die Hanfpflanze war in die Höhe geschossen.

Die Hanfpflanze war stark untertrieben. Um sie herum hatte sich zwischenzeitlich ein kleines Hanfpflanzenfeld gebildet. Die Vormieter mussten etliche Samen in die Erde eingestreut haben, die nach und nach sprießten und binnen kürzester Zeit zu prächtigen Stauden heranwuchsen. Von der Straße war das kleine Hanffeld nicht zu sehen. Eingerahmt von Elefantengras, Bambus und Sonnenblumen, wuchs das verbotene *Gras* im Verborgenen heran. Der verräterische, typische Marihuana-Geruch, den das Gewächs verströmte, wurde vom nahezu dauerhaft in der Luft liegenden Odel- und natürlich dem Misthaufenduft permanent überdeckt.

Torsten hatte noch nie zuvor in seinem Leben so viel Spaß und Freude empfunden. Er hegte und pflegte seinen Garten, lächelte freundlich, grüßte jeden und alles und war einfach nur glücklich.

Anfangs warfen ihm die Dorfbewohner, die neugierig am Gartenzaun entlangschlendernden, komische Blicke zu. Es war ein nach außen hin verschlossener Schlag der Gattung Mensch und ganz das Gegenteil des höflichen Torsten. Als er die Spaziergänger mit: „Hallo, schönen guten Morgen" oder: „Ich wünsche Ihnen einen tollen Abend. Sehen Sie sich nur den bezaubernden Sonnenuntergang an", vollquatschte, waren sie verblüfft. Man konnte meinen, sie hielten Torsten für einen Außerirdischen, der ihre Sprache beherrschte.

Mit der Zeit legte sich das Fremdeln und der eine oder andere Spaziergänger schmunzelte, wenn Torsten aus dem Haus kam und seine Pflanzen begrüßte, indem er ihnen freudig ein: „Guten Morgen, Garten", oder ein: „Hallo, meine Pflanzen, habt ihr gut geschlafen", zurief. Grüßte er danach die Spaziergänger, wagten sie es sogar zurückzugrüßen. Das wiederum gefiel Torsten und es trug enorm dazu bei, dass er sich immer wohler fühlte.

Natürlich hatte sich der erklärte Hobbygärtner auch ausgiebig über seine neuen, exotischen Lieblingspflanzen mit dem eigenwilligen Geruch bestens informiert und seine beiden Wohn-Kumpels bezüglich des positiven Gebrauchs dieses Gewächses überzeugt.

„Der botanische Name dieser Heilpflanze ist *Cannabis sativa*. Sie stammt aus Indien und wurde schon vor über 4000 Jahren in China medizinisch genutzt, zum Beispiel als Heilmittel gegen Rheuma."

„Dein Kräuterzeug langweilt mich", hatte Willi reagiert und in den Zeitungsannoncen nach einem gebrauchten Rasenmäher gesucht. „Vielleicht finde ich einen zum Reparieren."

„Sag mal, ist dein Hanf nicht *Gras*? Das Zeug, das die Leute im Drogenmilieu kaufen, sich 'ne Tüte bauen und reinziehen?", hakte Erich nach, der einen Kriminalfall witterte und schon die Schlagzeile vor Augen hatte. *Angehender Polizist findet den Drogenbunker einer inhaftierten Bande!*

Torsten hob vehement die Hände und schüttelte verneinend den Kopf. „Ich betrachte das Ganze nur medizinisch. Ich bin doch kein Drogenhändler."

Das leuchtete Erich ein, und sein Kriminalfall verpuffte wie eine Seifenblase. Insbesondere, als Torsten aus einem seiner Bücher vorlas, dass man Marihuana auch in Keksen und Kuchen verwenden konnte.

„Man kann das Zeug wirklich essen?"

„Klar, aber nur, wenn man krank ist. Sonst bringt es ja nichts."

Nach dieser Erklärung waren alle drei Männer der Ansicht, dass es nicht schädlich sein konnte, wenn Torsten die Pflanzen weiterhin gärtnerisch pflegen würde. Zumindest vorerst!

Was die Verwendung des Marihuanas anging, so hatte der Zufall die Wegrichtung vorgegeben. An einem lauen Sommertag war die Oma des gegenüberliegenden Huber-Hofes bei einem ihrer Spaziergänge vor dem Haus der Chaoten stehen geblieben, lehnte ihren Gehstock gegen den Gartenzaun und beobachtete Torsten eine Zeitlang beim Kräuter-abzupfen.

„Junger Mann", hatte sie ihn angesprochen. „Sie haben jede Menge Kräuter im Garten. Früher, als ich in Ihrem Alter war, hatten wir auch einen Kräutergarten. Meine Großmutter hatte für jede Krankheit ein geeignetes Kraut. Leider habe ich mir dieses Wissen selbst nie angeeignet."

Torsten hob den Kopf, grinste und antwortete. „Ich kenne mich diesbezüglich einigermaßen gut aus. Ich habe sogar ein Buch von *Hildegard von Bingen* gelesen. Das hat zwar etwas gedauert, weil ich", er zögerte, „naja, weil ich nicht so ganz gut im Lesen bin. Aber egal. Jedenfalls war sie die Kräuter-Tante Nummer eins im Mittelalter. Die hatte es voll krass drauf. Sie war damals absolut angesagt."

Oma Huber schmunzelte. „Ja, das sagte meine Großmutter auch immer. Nur verwendete sie andere Worte." Sie atmete hörbar laut aus und stöhnte ein wenig. „Ach, wissen Sie, ich habe so schreckliches Rheuma und nichts aus dieser Apotheke hilft mir wirklich. Der Quacksalber von Doktor hat auch keine Ahnung. Wissen Sie zufällig, ob eines Ihrer Kräuter gut für mich wäre? Ich zahle auch dafür."

Die alte Frau tat Torsten leid. Spontan entschied er sich dazu, ihr zu helfen. „Ich habe da schon eine Idee. Meine Heilkräuter könnten Ihnen tatsächlich Linderung bringen."

Das leiderfüllte Gesicht von Oma Huber erhellte sich. Sie hatte schon lange mit dem Gedanken gespielt, dem Arzt und dessen Pillen den Rücken zu kehren, um einen Naturmediziner, einen Heilpraktiker oder so einen chinesischen Heiler aufzusuchen. Warum also sollte sie diesem jungen Mann und dessen Kräutern nicht eine winzig kleine Chance einräumen? Ihre ohnehin schon gute Laune hob sich noch einmal. „Wie heißen Sie denn, junger Mann?"

Torsten stand auf und ging zum Gartenzaun. Um seine Hände zu säubern, rieb er seine Handinnenflächen gegen die Hosenbeine der Jeans. Anschließend streckte er seine rechte Hand aus. „Hi, ich bin Torsten und das *Sie* können Sie gerne weglassen. Ich wurde schon immer von allen geduzt."

„Elisabeth Huber", meinte die alte Frau, schüttelte ihm die Hand und fügte hinzu: „Sag ruhig Oma Huber zu mir. Das sagen alle hier im Dorf."

„Oma Huber, ich kann Ihnen ..."

„Dir! Wir lassen auch bei mir das *Sie* weg und duzen uns", fiel sie ihm ins Wort. „Was für dich gilt, gilt auch für mich."

Das Lächeln der alten Dame war äußerst sympathisch. Torsten mochte diese Frau auf Anhieb. „Gerne", erwiderte er. „Ich habe auch schon eine Idee, wie ich dir möglicherweise helfen kann. Ich stelle eine besondere Kräutermischung zusammen. Mit etwas Glück wirkt sie gegen das Rheuma."

„Als Tee?", fragte sie.

„Du kannst einen Tee daraus machen, sie in Kuchen und Keksen mitbacken", er überlegte kurz und meinte dann, „aber am effektivsten wird es wohl sein, wenn du sie rauchst."

„Als Zigarette? Junge, mit 16 habe ich mal eine Zigarette geraucht. Mir war drei Tage lang schlecht. Im Gegensatz dazu habe ich hin und wieder einen Zug von Papas Pfeife genommen. Tabak mit Vanille-Note. Das hat mir geschmeckt. Das durfte ich aber nur, wenn er sich eine Maß Bier gönnte und entsprechend gut gelaunt war", lachte sie.

„Eine Pfeife ist eine gute Idee. Ich werde mich gleich an die Arbeit machen und dir eine Mischung zusammenstellen. Du musst dir nur noch eine Pfeife besorgen."

„Ich habe die alte Pfeife von meinem Papa aufgehoben. Aber sag mal, was kostet das?"

Torsten überlegte kurz, zuckte mit den Schultern und meinte: „Nichts!"

„Papperlapapp! Umsonst ist nur der Tod und selbst der kostet das Leben. Ich probiere deine Kräutermischung aus und wenn es mir hilft, zahle ich dir einen Euro pro Pfeifenfüllung."

Torstens Gesichtszüge erhellten sich. „Einverstanden! Aber das mit dem Vanille-Aroma bekomme ich nicht hin."

Oma Huber zwinkerte Torsten zu. „Das ist ja auch Medizin. Das muss nicht nach Vanille duften oder schmecken", lachte sie und verabschiedete sich winkend.

Torsten sah der alten Frau nach. Seine Gedanken kreisten zu seinen Pflanzen. Er spürte, dass dies der Anfang von etwas ganz Großem war. Und mit einem Euro pro Pfeifenportion würde er auch etwas zur Haushaltskasse beitragen können.

„Meine Freunde, wir sind ein Team! Ab jetzt verdiene ich etwas dazu", sagte er laut zu sich selbst und machte sich sofort an die Arbeit.

Bereits eine Woche später wechselten fünf Euro und fünf Pfeifenkopffüllungen die Eigentümer. Wiederum eine Woche später besuchte ihn Oma Huber, Pfeife rauchend und bestens gelaunt, erneut. Torsten hatte gerade die Tomaten gegossen und stellte die Gießkanne beiseite. Als sie durchs Gartentürchen ging, rief er ihr staunend zu: „Oma Huber, wo ist denn dein Gehstock?"

Die Rentnerin hob demonstrativ ihre Pfeife. Sie ging ganz normal, humpelte nicht, zog kein Bein nach und wenn Torsten nicht alles täuschte, hatte sie sogar ein verhältnismäßig sportliches Tempo drauf.

„Den Gehstock brauche ich nicht mehr. Deine Medizin vollbringt wahre Wunder. Ich bin schon am Überlegen, mit wem ich beim Sportler-Ball tanzen soll."

Torsten klatschte in die Hände. „Das ist ja wunderbar."

Oma Huber stolzierte direkt durch den Garten. Sie blieb bei den Akeleien stehen, bewunderte deren Farben, warf einen Blick zum Bambus und dem dahinter sprießenden Elefantengras und bückte sich, um einen kleinen Stein aufzuheben. Diesen warf sie an die Seite ins Kiesbett, welches das Wohnhaus umrandete. Sie nahm sogar spielend die kleine Stufe, die zu den erhöht liegenden Tomatensträuchern führte. Als sie bei Torsten stand, nannte sie ohne Umschweife den Anlass ihres Besuchs. „Deine Medizin tut mir außerordentlich gut, und aus diesem Grund bin ich auch hier. Mein lieber, guter, allerbester neuer Freund, ich brauche wieder Nachschub. Hast du noch etwas von den Kräutern?"

21

Dem jungen Hobby-Gärtner war die Freude anzusehen. Endlich war da ein Mensch, der seine Gärtnerkunst schätzte und ihm zum ersten Mal im Leben das Gefühl gab, wirklich wichtig zu sein. „Kein Problem", antwortete Torsten. „Ich habe schon ein paar Pfeifenfüllungen vorbereitet."

Oma Huber strahlte überglücklich. „Prima", sie rieb die Hände aneinander. „Und weil ich schon mal hier bin. Meine Freundin, Frau Körner, hat da auch so ein Zipperlein. Sie möchte ebenfalls mal deine Kräutermischung ausprobieren. Und die alte Anna Schwinghofer, die Obstbäuerin, die am anderen Ende des Dorfes wohnt, braucht das auch. Weißt du, sie hat es oft mit dem Rücken. Das viele Bücken und dann das Tragen der schweren Obstkörbe."

Torsten war zwar nicht gerade ein Intelligenzbolzen, wusste aber, dass der Anbau seiner Heilpflanzen, also den Marihuana-Stauden, und der Verkauf seiner daraus fabrizierten sogenannten Kräutermischung, nicht gerade legal waren. Dennoch hatte er kein schlechtes Gewissen. Schließlich tat er mit der Weitergabe seiner Ernte etwas Gutes. Um auch der alten Dame klarzumachen, dass es an und für sich verboten war, was sie gerade taten, fragte er vorsichtig: „Oma Huber, du weißt schon, dass wir das hier geheim halten müssen? Ich meine absolut geheim."

Sie zwinkerte ihm zu. „Keine Sorge, Torsten. Wir Mädels vom Rentnerinnen-Kaffee-Kränzchen sind so verschwiegen wie die Gräber, die unsere Erben schon für uns ausgesucht haben."

Misstrauische Blicke ruhten auf Oma Huber, die ihre Aussage etwas korrigierte. „Besser gesagt, wir sind verschwiegen, wenn wir wissen, dass wir es sein müssen. Ansonsten plappern wir natürlich hinter vorgehaltener Hand über dies und das, über denjenigen oder diejenige."

Torsten druckste ein wenig herum. Er beschloss, noch einmal deutlicher zu werden. Obwohl sich beide allein im Garten befanden, flüsterte er: „Ich glaube nämlich, dass ein nicht unwesentlicher Bestandteil von meinem Medizinkraut ...", ihm fiel das richtige Wort nicht ein. „Also ... es könnte sein, dass die Polizei ... ich möchte damit sagen, dass ... also wenn jemand ..."

Oma Huber klemmte die Pfeife zwischen die Zähne und stemmte demonstrativ die Hände in die Hüften. „Wia simmt verswöögen!"

„Was hast du gesagt?"

Sie nahm die Pfeife aus dem Mund. „Wir sind verschwiegen! Basta!"

Der Hobby-Gärtner nickte. Diese Aussage war deutlich und seine Ängste somit beseitigt. Die Gesichtszüge des jungen Mannes entspannten sich. „Also gut, wenn ich helfen kann, helfe ich gerne."

Schon drei Tage später war Oma Huber abermals da und berichtete, dass Torstens Medizin auch bei Frau Körner und Anna Schwinghofer positiv angeschlagen hatte. „Das Zeug wirkt einfach!"

Torsten war mächtig stolz. „Das freut mich."

„Und weil deine Medizin scheinbar gegen alle Wehwehchen in unserem Alter hilft, dachte ich mir, ich nehme mal für nächsten Donnerstag für jede aus meiner Senioren-Damenrunde etwas mit. Weißt du, Torsten, seit ich deine Medizin regelmäßig einnehme, oder soll ich sagen *rauche*, fühle ich mich blendend. Das kann ich meinen anderen Freundinnen nicht vorenthalten. Die fangen sonst an über mich zu tuscheln."

Torsten, der es lieber gehabt hätte, die Abgabe seiner Kräutermedizin etwas kleiner und damit verschwiegener zu halten, gab sich widerspruchslos geschlagen. „Und alle deine Freundinnen rauchen Pfeife?"

Die Rentnerin schüttelte verneinend den Kopf. „Nein, natürlich nicht, aber das sind ja Kräuter, also kann ich sie in der Küche verwenden. Für unsere Nichtraucherinnen backe ich Kuchen oder ein paar Kekse", kam es selbstsicher.

„Warte hier." Torsten verschwand und kam ein paar Minuten später zurück. Oma Huber sackte ein paar Pfeifenfüllungen, drei Portionen zum Zigarettendrehen und vier Kräutertütchen als Zutat für Backmischungen ein. Torsten bekam einen Zwanni in die Hand gedrückt und beide fühlten sich großartig.

Dank Oma Huber erreichte Torstens besondere Heilkräuter-Medizin nach und nach auch deren kompletten Seniorinnen-Stammtisch. Vorgestellt wurde das Wundermittel erst den beiden engsten Freundinnen und als diese bedingungslos von der Wirkung überzeugt waren, beschloss man beim Kaffeeklatsch, es dem Rest der Truppe auch zu präsentieren. Im Dorfkrug, dem einzigen Gasthaus im Umkreis von zehn Kilometern, trafen sich die Seniorinnen jeden Donnerstagnachmittag zum Unterhalten, Lästern und gegenseitigem Wehklagen.

Seit dem Zeitpunkt, als Oma Huber die Damen mit Torstens spezieller Medizin versorgte, wurden die Treffen um eine halbe Stunde vorverlegt. Allerdings versammelte sich die außergewöhnliche Clique nicht direkt im Gasthof, sondern hinter dem Wartehäuschen der Bushaltestelle.

Das war ein genialer Ort, um sich ein bis zwei Gemeinschafts-Pfeifen, eine selbst gebaute Tüte oder ein paar Kekse mit besonderen Zutaten aus Torstens Kräutergarten reinzuziehen. Anschließend kehrte die Runde bestens gelaunt und lachend im *Dorfkrug* ein.

Sie unterhielten sich fortan nicht mehr über Wehwehchen, Ärzte und langweilige Tombolas, sondern quatschten über Urlaub, die Karibik und die stattlichen Männer, die es dort geben soll und die man mal vernaschen müsste.

„Das ist das Thailand für Frauen", meinte Oma Huber mit verschmitzten Blick. „Ich kann ja mal nachsehen, was so eine Reise kostet. Das ist allemal besser als diese Kaffee-Fahrten nach Südtirol", schlug sie vor und heimste dafür grölenden Applaus ein.

Torsten hatte den Rentnerinnen etwas ganz besonderes geschenkt. Lebensfreude!

Er war zu ihrem geliebten *Kräuterjungen* geworden, der aus Sicht der alten Damen, Schwung in das früher so eintönige Dorfleben gebracht hatte. Torsten hatte ihr langweiliges Leben auf angenehme Art und Weise versüßt. Oder sollte man sagen *vergrünt*?

Eine Pfeifenfüllung kostete bei Torsten gerade mal einen Euro. Ebenso wie die Tüte zum Qualmen oder die Backzutat. Und so eine Portion Glücksgefühl für 'nen schlappen Euro, konnte man sich auch mit magerer Rente leisten.

Wenn die Seniorinnen Torsten hin und wieder in den Dorfkrug einluden, brachte er natürlich für die *Aufwärmrunde* hinterm Wartehäuschen die Ware gratis mit.

Torsten liebte seinen Garten, und die Damen liebten das Gras, das in Torstens Garten so wunderbar gedieh. Torstens Kräuterkuren waren das neue Highlight in ihrem Leben.

Fortan hatten die Damen für ihren wöchentlichen Stammtisch ein Motto: *La vita é bella – das Leben ist schön.*

Die dauerhaft gute Laune der Großmütter im Dorf sorgte auch für eine allgemein bessere Harmonie unter den Einwohnern. Bauer Huber bekam dreimal wöchentlich frisch gebackenen Kuchen, natürlich ohne Torstens Kräuterbeigabe. Oma Körner erhöhte in bester Laune den Lohn für ihre Aushilfskräfte. Anna Schwinghofer verringerte den Preis für den Most, den sie an die anderen Dorfbewohner verkaufte. Die Warteschlangen beim Arzt in der benachbarten Gemeinde wurden kürzer, und so kam dieser mittags pünktlich zum Essen nach Hause.

Zählte man alles zusammen, brachte Torsten mit seinen Kräutermischungen Harmonie in das gesamte Dorfleben. Alle waren glücklicher als zuvor und keiner hatte einen Nachteil.

Kapitel 2
Ein ganz normaler Tag

Der Tag war perfekt. Es war weder zu warm noch zu kalt. Ein paar weiße Wolken zogen am blauen Himmel, und sie waren derart elegant anzusehen, dass man meinen konnte, man starrte auf ein Gemälde von *Monet* oder *van Gogh*. Sie schwebten wie riesige Wattebäuschchen über der Ortschaft. Der angenehm laue Wind schien die Sonne nach oben zu heben, damit sie ihre Strahlen über dem bayrischen Dorf verteilen konnte. Mit zwei Worten ausgedrückt: bayrische Dorfidylle.

Wie jeden Morgen wurden die drei Freunde durch das laute *Kikeriki* von Charles, so hieß der Hahn von Nachbar Alfons, geweckt. Charles gehörte zur Rasse der *Friesenhühner* und wurde deshalb von Torsten stets mit: „Moin!", begrüßt.

Pünktlich um sieben Uhr krähte Charles was das Zeug hielt. Scheinbar lieferte er sich ein Duell mit dem Gockel von Bauer Huber, der auf dem dortigen Misthaufen herumstolzierte und ebenfalls wie verrückt krähte. Allerdings war dessen Krähen nicht annähernd so störend wie das des nebenan wohnenden Friesenhahns.

„Moin, Charles", rief Torsten aus dem Fenster und weckte damit Alfons, der sich zwar an das Kikeriki, aber nicht an die Antwort seines neuen Nachbarn gewohnt hatte. Kurz nachdem Torsten sein nordisches *moin* hinausgeplärrt hatte, folgte das Echo.

„Guten Morgen, Torsten!", antwortete Alfons und steckte seinen Kopf aus dem Fenster, schnaufte tief durch und rief: „Ein herrlich blauer Himmel. Weißt du eigentlich, warum der Himmel blau ist?"

Torsten blickte nach oben. „Äääh", überlegte er, „Vielleicht weil es nicht regnet?" Er war auch ein bisschen stolz auf die gute Antwort. Leider war sie falsch. Alfons löste sein Rätsel auf, ohne auf eine weitere Antwort zu warten und entgegnete: „Nein, natürlich nicht. Er ist so blau, weil hauptsächlich blaues Licht von den kleinsten Luftteilchen in alle Richtungen gestreut wird. Und deshalb erscheint uns der wolkenlose Himmel so blau."

Torsten runzelte die Stirn. Das war für diese Uhrzeit zu viel Information. Gleichzeitig hörte er die Stimmen seiner Kumpels: „Schnauze Torsten!"

„Mensch Torsten, halt die Klappe, sonst kommt Alfons wieder rüber."

Torsten befolgte die Anweisung, winkte Alfons grinsend zu und meinte: „Toll, das merke ich mir", und schloss das Fenster.

Wie in „*Und täglich grüßt das Murmeltier*" fand dieses Prozedere jeden Tag statt. Wie eingangs erwähnt, züchtete Alfons Hühner. Neben den *Friesen* hielt er noch den *Onagadori* und den *Niederländischen Eulenbart*.

Alfons war zwar freundlich und meinte es gut, doch er war auf eine speziell aufdringliche Art freundlich. Es war genau diese Art Höflichkeit, die in weniger als 60 Sekunden komplett nervte. Er gehörte zu der Sorte Mensch, die man nie direkt ansehen sollte. Hatte man erst einmal den Augenkontakt hergestellt, wirkte das wie ein Magnet. Nicht irgendein Magnet, sondern der berühmt berüchtigte *Deppenmagnet*. Frei nach dem Motto: „Schau keinen Deppen an, sonst kommt er her!"

Man konnte die Uhr danach stellen. Willi und Erich hatten das schon ein paarmal gemacht und mitgezählt.

„Drei, zwei, eins ..."

Und schon klopfte es an der Tür.

Tock tock tock

„Ich bin es, Alfons. Ich bringe euch frische Eier. Diesmal sind es wieder drei Grüne und ein Blaues."

Alfons lebte alleine, was Erich, Willi und Torsten nicht wunderte, denn keine Frau hielt sein Dauergequatsche länger als ein paar Stunden aus. Er redete und redete und redete.

Sogar langweilige Themen wie zurückliegende Wahlergebnisse, das Wetter in Nordkanada oder Synchronspringen bei einer Olympiade fügte er in seinen Ansprachen mit ein. Er sprang von einem Thema zum nächsten und fand kein Ende. Das *Aus* musste man gewaltsam setzen, sonst stoppte ihr Nachbar nie.

Fakt war, die drei Chaoten fanden Alfons zwar nett, vermieden aber jeden unnötigen Kontakt. Wenn sie sahen, dass er im Garten war, huschten sie schnell wieder zurück ins Haus oder gingen erst gar nicht nach draußen.

„Alfons quatscht in drei Minuten mehr, als ich in einer Stunde", hatte Willi einmal gesagt.

Tock tock tock

„Ihr Schlafmützen, wie lange braucht ihr denn noch bis zu Tür?", rief Alfons.

„Ich bin auf dem Klo", antwortete Willi.

„Ich auch", kam es von Erich, woraufhin Willi sagte: „Wir haben zwei Klos", um etwaige Missverständnisse sofort auszuschließen.

„Und ich dusche", schummelte Torsten.

„Aber nicht, während ich auf dem Klo bin", ergänzte Erich.

„Das dauert mir zu lange, ich habe noch Kaffee auf dem Tisch stehen. Den möchte ich warm genießen. Ich stelle die Eier vor die Tür. Wir können ein anderes Mal ein bisschen quatschen."

Aufatmen.

Später duftete es nach frischem Kaffee und gebratenen Spiegeleiern. Erich durchstöberte, wie fast jeden Morgen, die Zeitung nach Unfällen, Bankrauben und anderen Gewaltverbrechen, die er hoffte, noch vor *seinen Kollegen* aufklären zu können.

Es war für ihn immer wieder faszinierend, was in der Welt alles passierte. Jedes Mal stellte er sich vor, wie er als Polizist zu einem schweren Unfall oder einem Einbruch gerufen würde. In seinen Gedanken war er ein Superheld. Er rettete Schwerverletzte, jagte erfolgreich Gangster, ermittelte Mörder und machte sie dingfest, bevor sie ihre Fluchtpläne umsetzen konnten.

Willi kam es beinahe vor, als würde man mit den Dorfbewohnern assimilieren und binnen kurzer Zeit genauso werden wie sie. Seit vier Wochen spielten sich jeden Tag die gleichen Szenen im selben Rhythmus ab.

„Irgendwann kann man uns nicht mehr von den Leuten, die hier leben, unterscheiden", sagte er und griff nach einem Toastbrot.

„Ja, ja, gestern ist nicht viel passiert", murmelte Erich, griff zur Kaffeetasse und nahm laut schlürfend einen Schluck. Es klapperte, als er die Tasse zurück auf den Unterteller stellte.

Willi betrachtete den gedeckten Tisch. Neben den Spiegeleiern sah er Wurst und Käse, Butter, Marmelade, Honig, Toast und natürlich Kaffee. „Torsten, beeil dich. Der Kaffee wird kalt!"

Eine gedämpfte Stimme war aus dem Bad zu hören: „Ich komme ja schon!"

Fast ein wenig enttäuscht, blätterte Erich die Zeitung durch und suchte schließlich das Kreuzworträtsel. „Nichts passiert hier, nicht mal ein Unfall", beschwerte er sich. „Auch kein kleiner Ladendiebstahl oder so etwas Ähnliches", fügte er hinzu.

„Sei doch froh", meinte Willi.

„Hier ereignet sich einfach gar nichts! Jeden Tag der gleiche Ablauf. Das spannendste Ereignis seit wir hier wohnen war, wie Bauer Hubers geschecktes Kuh ausgebüxt war und fast von einem Auto angefahren wurde."

„Ist doch schön. Alles ist friedlich und alle sind glücklich."

„Wenn du meinst", erwiderte Erich und nahm den Kugelschreiber in die Hand, den er schon vorher zurechtgelegt hatte. Es war Kreuzworträtsel-Time. Er hatte die Rate-Seite aufgeschlagen und legte die Zeitung neben seinem Teller auf den Tisch. „Ich persönlich finde es ja elendslangweilig. Ein wenig mehr Action würde uns allen guttun. Weißt du, ich bin schon eher so ein Action-Typ. Ein wenig Power unterm Hintern und ab geht die Post!"

Willi konnte sich das nur schwer vorstellen. Wenn zwei Dinge nicht zusammenpassten, waren das *Action* und *Erich*. „Warte nur ab, bis du in meinem Alter bist, da gibt es nichts Schöneres als einen herrlichen, ruhigen und ungestörten Morgen, an dem man seinen Kaffee genießen kann", meinte Willi.

Erich sah ihn schief an. „Du bist gerade mal drei Jahre älter als ich."

„Und das merkt man", behauptete Willi süffisant und lehnte sich zurück. „Das sind immerhin dreimal 365 Tage. Also", fing er an zu rechnen, gab aber schnell wieder auf und antwortete: „Das sind ´n Haufen Tage!"

Torsten kam aus dem Badezimmer und setzte sich an den Tisch. Erich schenkte Kaffee ein. Torsten nahm die Tasse und nippte behutsam.

„Brauchst nicht so vorsichtig zu sein. Ist eh schon kalt", entgegnete Erich. „Du bist echt immer der Letzte, der am Morgen erscheint."

„Wenn du in der Früh immer das Klo so lange besetzt", konterte Torsten.

„Dann musst du eben früher aufstehen", schmunzelte Erich.

Torsten griff nach einem Zuckerwürfel. Er gab den Zuckerwürfel in seinen Kaffee, rührte um, nippte erneut und holte noch zwei Stück Zucker. Er ließ sie in die Tasse plumpsen und rührte abermals um. Es folgten noch zwei weitere Zuckerwürfel, dann war Torsten zufrieden und nahm sich eine Scheibe Toastbrot.

„Fünf Zuckerwürfel?", wunderte sich Willi.

„Keine Ahnung, ich habe keinen Taschenrechner zur Hand."

„Wie kann man nur fünf Zuckerwürfel in seinen Kaffee geben?", fragte Erich.

„Wie kann man nur in aller Früh schon Wurst essen?", schmettere ihm Torsten entgegen und zeigte auf Erichs dick belegtes Brot. Demonstrativ nahm er einen weiteren Schluck Kaffee, ehe er seine Tasse wieder hinstellte. „Mhm, saulecker!"

„Es gibt nichts Besseres als ein gut belegtes Wurstbrot", hielt Erich dagegen. „Da sind alle Vitamine und Proteine enthalten, die ein gesunder Körper zum Wachwerden benötigt."

„So ein Quatsch. Das hast du bestimmt am 1. April in der Zeitung gelesen."

Erich klopfte mit dem Zeigefinger auf die Zeitung. „Ja, das kann schon sein, aber was in der Zeitung steht, stimmt!"

„Die haben dich verarscht. Am 1. April schreiben die auch mal Unsinn. Und abgesehen davon", klärte Torsten auf, machte eine kleine Pause, um den zweiten Halbsatz bewusst so abzusenden, dass er vom Empfänger auch richtig wahrgenommen wurde, „gerade *du* solltest auf deine Ernährung achten. Sonst wird das nie etwas mit deiner Polizeifigur!"

„Wenigstens hab ich kein Gehirn aus Teer."

„Wieso aus Teer?", wunderte sich Willi. „Stimmt was mit Torstens Gehirn nicht?"

Erich war perplex. „Weiß ich nicht!"

„Wieso sagst du es dann?", schüttelte Willi den Kopf.

Torsten fand das ganz und gar nicht witzig, schwieg aber.

Erich konzentrierte sich wieder auf das Rätsel. „Ich finde, es hört sich toll an! Ich hätte auch sagen können, dass in jedem Ei von Alfons Hühnern mehr Hirn steckt als in Torstens Kopf", raunzte er und biss provokativ in sein Wurstbrot.

„Ist in den Eiern echt Hirn?", fragte Torsten. „Ich dachte da ist weißes und gelbes Zeug drin. So sieht doch kein Hirn aus."

„Vergiss es Torsten, das war ein Witz", erklärte Willi.

Torsten lachte. „Ha, ha, ach so."

Erich war wieder ins Kreuzworträtsel vertieft und fragte in die Runde: „Hauptstadt von Italien mit drei Buchstaben. Ich war noch nie in Italien, war jemand von euch schon mal dort?"

„Nein, aber ich war schon mal italienisch Essen", grinste Torsten. „Im *Bella Roma*."

„Was für ein Aroma?", fragte Erich nach.

„Stimmt, Rom! Rom ist die Hauptstadt von Italien", löste Willi die Frage.

Nach dem Frühstück räumten sie den Tisch ab. Da sie keine Spülmaschine besaßen, war Handwäsche angesagt. Torsten war hierbei nur Zuschauer, da er auf diese Weise am wenigsten falsch machen konnte.

„Ich muss heute nochmal los. Ich brauche Zweitakt-Gemisch für Bauer Hubers alte Zündapp. Ich hab das Moped tatsächlich wieder zum Laufen bekommen", sagte Willi.

„Da kommen wir mit. Der Kühlschrank ist fast leer", meinte Erich.

„Fast leer?", fragte Torsten verdutzt. „Wir haben doch am Samstag erst eingekauft.

Erich zuckte mit den Schultern. „Na und? Da war ja auch der Sonntag dazwischen. Schon vergessen? Heute ist Montag. Kein Wunder, dass das Ding schon wieder leer ist. Und außerdem muss ich zur Bank und danach zur Poststation im EDEKA-Laden."

Willi räumte das abgetrocknete Besteck ein. Entsprechend klimperte es. „Was willst du in der Poststation?"

Erich zog den Stöpsel. Das Abwaschwasser lief ab. „Onkel Eddie endlich die Postkarte mit der neuen Adresse schicken."

„Wenn du schon zur Bank gehst, kannst du dann einen Fünfziger mehr abheben? Ich muss tanken. Du bekommst ihn zurück, sobald ich Bauer Huber die Zündapp bringe. Er hat mir einen Hunderter versprochen."

Zustimmendes Nicken. Die Wangen des Schwergewichts schwabbelten nach. „Kein Problem."

„Prima. Wann fahren wir?"

Alle drei blickten auf die große Wanduhr, welche im Bahnhofs-Stil mit römischen Ziffern die ansonsten kahle Wand zierte.

„Jetzt!", beschloss Erich und rieb über seinen voluminösen Bauch.

Wenn die drei Kumpels zum Einkaufen fuhren, bretterten sie in die fünf Kilometer entfernte Ortschaft, welche all die anderen Dörfer rund herum mit dem versorgte, was zum Leben notwendig war.

Es gab eine Bank und einen *Tante-Emma-EDEKA-Laden*, in dem sich auch eine kleine Postfiliale befand. Betrieben wurde der Laden von Oma Körner, aus der Seniorinnen-Gruppe. Sie werkelte trotz ihrer 72 Jahre immer noch fleißig herum und machte so viel wie möglich selbst. Nur wenn sie Arzttermine hatte oder zum Stammtisch ging, überließ sie ihren Aushilfen das Geschäft.

Neben dem EDEKA befand sich die *Körner-Bäckerei* und schräg gegenüber, hinter dem netten Dorfbrunnen, die *Metzgerei Körner*.

Die Körners waren vermutlich die einzige alteingesessene Familie des Dorfes, die keinen Bauernhof besaß, sich aber dennoch mit ihren Geschäften unverzichtbar breitgemacht hatte. Lediglich die Tankstelle gehörte nicht den Körners, sie wurde vom alten Brennauer betrieben, dessen Gattin ebenfalls zu den Freundinnen von Oma Huber zählte.

Dann gab es natürlich noch den obligatorischen Italiener, der seine Pizzen auch auslieferte. Und vor gut einem Jahr ließ sich eine türkische Familie nieder, die nach anfänglichen Startschwierigkeiten recht erfolgreich einen Dönerstand betrieb. Beide Familien waren zwischenzeitlich komplett ins Landleben integriert, sehr beliebt und hier nicht mehr wegzudenken.

Für die Gesundheit sorgten der uralte Allgemeinarzt und ein wohl noch älterer Zahnarzt. Beide, wie sollte es auch anders sein, natürlich Brüder.

Dann sind noch eine Baufirma, ein Schreiner, eine alte Druckerei und ein stillgelegter Steinbruch erwähnenswert. Das war es. Ansonsten war hier *tote Hose* angesagt. Außer natürlich beim Feuerwehrfest, dem Schützenfest oder dem Sportlerball der Fußballer. Bei diesen Mega-Events feierte das ganze Dorf.

Ein weiteres Großereignis war Fasching. Alljährlich findet am Rosenmontag im Dorfkrug ein lustiger sogenannter *Kappenabend* statt. Da setzen sich die Gäste lustige Kappen auf die Köpfe, fühlen sich verkleidet und tanzen unter den Klängen einer billigen Hammond-Orgel und unter dem Gegröle aller bei: „... an der Nordseeküste ...“ oder „... hier fliegen gleich die Löcher aus dem Käse ...“, eine Polonaise durchs Lokal.

Willi hatte vor Wochen den Beifahrersitz aus seinem BMW ausgebaut, damit Erich bequemer sitzen konnte. Außerdem war es dem Schwergewichtler ohne diesem Sitz problemlos möglich, durch die Beifahrerseite einzusteigen und sich robbenähnlich auf die Rücksitzbank zu rollen. Er hatte darin schon so viel Übung, dass er das Ein- und Aussteigen perfekt beherrschte.

Willi fuhr los. Obwohl er und Torsten hintereinander saßen, hatte der BMW leichte Schräglage nach rechts. Erich war der festen Überzeugung, dass Willi das Bordwerkzeug und den Verbandskasten im Kofferraum auf der rechten Seite liegen hatte und das der Grund für die ungleichmäßige Gewichtsverteilung sein musste. Somit war Willi für die Schräglage des BMW verantwortlich.

„Essen wir dort eine Kleinigkeit?“, wollte Erich wissen.

Torsten glaubte sich verhört zu haben. „Wir haben gerade eben gefrühstückt“, hielt er sofort entgegen.

Das war kein Argument für Erich. „Aber so eine Fahrt macht hungrig.“

Willi war mehr auf Torstens Seite, schnaufte kräftig durch, bog auf die Hauptstraße ein und beschleunigte. „Wir sind noch keine fünf Minuten unterwegs und ihr beide quatscht schon wieder übers Essen. Muss das sein?“

Genervt schaltete er das Radio an.

Schöne Maid, hast du heut´ für mich Zeit. Ho-ja-ho-ja-hooo, schmetterte *Tony Marschalls* Stimme aus den Boxen.

Willi war schockiert. Krampfhaft versuchte er einen anderen Sender einzustellen. „Wer hat am Radio gespielt und diesen Oma-Sender gespeichert? Wenn ich das länger anhöre, muss ich rechts ran fahren und mich übergeben."

Torsten grinste. „Bleib cool, Willi. Ich habe mit Oma Huber hier gesessen und Musik gehört, während ich ihr ein paar Medizin-Päckchen gegeben habe."

„Du verkaufst in meinem Auto Drogen?"

„So ein Quatsch. Das ist Medizin. Kräuter aus meinem Kräutergarten. Und wenn es Oma Huber und ihren Freundinnen hilft, dann tue ich damit etwas Gutes."

„Die alten Weiber kiffen, weil es hier am Land nichts anderes gibt, was das Leben verschönert, außer vielleicht saufen. Das ist die Wahrheit."

„Sei nicht so gemein, Willi. Das Zeug hilft ihnen und es bekommt auch niemand anderes. Außerdem deale ich gar nicht richtig, weil ich nur einen Euro für eine Pfeifenfüllung nehme. Da kann man wirklich nicht von Gewinn sprechen. Ich bin kein *Walter White* aus *Breaking Bad*."

Erich meldete sich zu Wort. „Ich bin der Polizist unter uns und ich habe das Ganze natürlich aus kriminalistischer Sicht geprüft. Ich deklariere das als medizinischen *Nutz-Hanf* und bin der Ansicht, dass Torsten nichts Illegales macht", kam es ziemlich selbstsicher, dann überlegte er kurz. „Außer, dass er vielleicht keine Genehmigung hat das Zeug anzubauen, aber das ist lächerlich im Vergleich zu den Kolumbianern oder anderen Kartellen der echten Rauschgiftszene. Außerdem reicht der Erlös gerade, um uns einmal die Woche beim Italiener Essen bestellen oder uns einen Döner kaufen zu können. Und damit lassen wir das Geld in der Gemeinde. Es ist so betrachtet nichts anderes als ein Tauschgeschäft", begründete er und ergriff somit Partei für Torsten. Dann schwenkte er gekonnt auf das Anfangsthema zurück. „Apropos Essen, haben wir uns schon entschieden, wohin wir gehen?"

Willi gab auf. Aus dem Radio donnerten die Gitarren-Riffs von Jimi Hendrix und das verbesserte seine Laune erheblich. „Okay, wir fahren jetzt einkaufen, dann besorgen wir uns etwas zum Essen, aber Italiener ist nicht drin. Die Kasse ist knapp. Allerdings wäre für jeden ein leckerer Döner kein Problem."

„Es ist noch nicht mal zwölf", wunderte sich Torsten. „Ich dachte, ihr wollt vor dem Mittagessen keinen Döner mehr kaufen. Das letzte Mal hat die ganze Gemüsesuppe nach Knoblauch geschmeckt, weil ihr vorher unbedingt einen Döner essen musstet."

„Na und? Wenn ich Hunger hab, hab ich Hunger. Und dann ist es mir egal, ob es sieben Uhr morgens, zwölf Uhr mittags oder ein Uhr nachts ist. Und ich bin der Ansicht, dass so ein Döner eine erstklassige Vorspeise ist und hervorragend zu Gemüsesuppe passt", konterte Erich, der Angst hatte, seine Kumpels könnten sich gegen die Dönerbude entscheiden.

„Leute, aber erst kaufen wir im EDEKA ein, oder?", fuhr Willi dazwischen.

Schweigen.

„Was ist los?", hakte Willi nach und schaltete einen Gang zurück. Vor ihnen tuckerte ein Traktor mit angehängtem Güllewagen.

„Ich habe jetzt schon Hunger", schmollte Erich. „Wenn wir erst noch einkaufen, wird der Döner nicht reichen, dann sollten wir doch lieber zum Italiener gehen." Er rieb sich den Bauch und presste ein lang gezogenes: „Mmmmh", aus.

„Wir hatten diese Woche schon zwei Mal Pizza", beschwerte sich Torsten. „Wir machen es wie vereinbart und essen Döner!"

„Heute ist Montag!", hakte Erich ein. „Und da dies der erste Tag der Woche ist, steht fest, dass wir diese Woche noch gar nicht zum Essen gegangen sind. Und Döner könnten wir am Dönerstag essen."

„Dönerstag?", wiederholte Torsten nachdenklich.

„Donnerstag ist ab jetzt Dönerstag", erklärte Erich und war stolz auf sein gekonntes Wortspiel.

Torsten fühlte sich besiegt und war ein wenig beleidigt. „Dann hatten wir eben letzte Woche Pizza. Ist mir doch egal. Jedenfalls haben wir zurzeit viel zu oft Pizza."

„Ist ja auch lecker."

Torsten wurde grantig. „Mag sein. Aber nicht, wenn man sie jeden Tag isst", zischte er wütend aus.

„Tun wir ja nicht", grinste Erich.

„Aber fast jeden Tag!", bemerkte Willi, schaltete abermals einen Gang zurück, setzte den Blinker und drückte aufs Gaspedal. Er scherte aus und überholte den Traktor. Ein leichter Güllegeruch drang durch die Lüftung des BMW ins Fahrzeuginnere. Willi ließ die Seitenscheibe ein kleines Stück herunter, woraufhin noch mehr Gestank hineinströmte. Seufzend schloss er das Fenster wieder.

„Na und? Ist ja auch verdammt lecker!", wiederholte Erich.

„Mag sein. Aber nicht, wenn man sie jeden Tag isst", wiederholte Torsten beharrlich.

„Das hast du gerade eben auch schon gesagt", kam es von Willi, der seine Richtgeschwindigkeit von 80 km/h wieder erreicht hatte. Viel mehr gab die alte Kiste nicht mehr her, wenn Erich mitfuhr.

„Na und! Er hat aber auch schon vorhin gesagt, dass es lecker ist."

„Na und?", äffte Erich dazwischen, der sich im Recht glaubte und Torsten ärgern wollte.

Torsten schmollte. „Ach, lasst mich doch in Ruhe."

„Italiener?", schlug Erich abermals vor, doch diesmal mit einer netten, versöhnlichen Stimmlage. Dazu zog er eine Grimasse und rieb wieder mit den Händen über seinen voluminösen Bauch. Er sah Torsten dabei fragend an.

Dieser wendete sich demonstrativ ab und blickte, immer noch beleidigt, aus dem Fenster.

Erich fing an zu singen. „O sole mio .... O meine Pizza ... wie ich dich liebe ... O ..."

Torsten, der sich das Lachen verkneifen musste, wendete sich Erich zu. „Hör auf zu singen, ist ja schon gut. Ich bin einverstanden, aber nächstes Mal bestimme ich ganz allein, was wir essen."

„Einverstanden", kam es von Willi.

„Na schön und ich schlage vor, wir fahren am Dönerstag wieder in die Stadt, dann darfst du bestimmen, dass wir uns einen Döner holen."

Torsten überlegte kurz. „Okay, abgemacht! Das ist fair!"

Willi parkte vor dem Dorfladen ein. *EDEKA-Körner* ist auf einem Schild zu lesen. Blaue Schrift, gelber Grund, nachts beleuchtet. Aus der

Ferne betrachtet erweckte es den Eindruck eines großen Supermarktes. Tatsächlich hatte der Laden allerdings etwa nur ein Viertel an Größe eines herkömmlichen Einkaufsmarkts.

Sie stiegen aus und holten sich einen Einkaufswagen. Dann betraten die drei Freunde den Dorfladen.

„Guten Morgen", grüßte Erich.

Frau Körner, die gleichzeitig für den Postschalter und die Kasse verantwortlich war, äugte mit schrägem Blick auf die Uhr. Für einen *Guten-Morgen-Gruß* war es ihrer Ansicht nach viel zu spät. Entsprechend den bayrischen Gepflogenheiten grummelte sie: „Grüß Gott!", ehe sie wieder den Blick senkte und ein paar Bögen Briefmarken einsortierte.

Der überschaubare Laden hatte gerade einmal drei Gänge, in denen die Regale entsprechend mit Drogerieartikeln, Lebensmitteln und sonstigem Zeug befüllt waren. Alles fein säuberlich aufgereiht und aufgefüllt, so als ob nach jedem Einkauf jemand durchging und die Ware mit einem Lineal wieder ausrichtete.

Die Einkaufsliste war schnell abgearbeitet und die Freunde standen in der kleinen Schlange an der Kasse, die sich zwischenzeitlich gebildet hatte. Das Wort *Schlange* ist eine relative Bezeichnung. Sie bestand aus zwei Personen, die aber ungefähr so viel Zeit benötigen, wie eine zwanzig Meter lange Warteschlange in einem großen Discounter. Das war so, weil Frau Körner mit allen Kunden Gespräche führte, die je nach Bekanntheitsgrad der Kunden länger oder kürzer ausfielen.

Geduldig warteten die ungleichen Freunde, bis sie endlich an der Reihe waren. Hinter ihnen hatten sich zwischenzeitlich drei recht düster dreinschauende Typen angestellt, die sich wohl auf der Durchreise befanden. Sie wurden weder von Frau Körner noch von den anderen beiden Kundinnen begrüßt, sondern nur mit argwöhnischen Blicken betrachtet. Das war das eindeutige Erkennungszeichen der Dorfbewohner, dass es sich um Fremde handelte.

Unbekannte wurden zur Sicherheit zunächst nicht angesprochen. Das war vergleichbar mit einem Western, in dem ein Reiter in die Stadt kam und vom Sheriff erst einmal blöd angemacht wurde. Der Reiter durfte sich einen Whiskey kaufen, weil er eine ausgetrocknete Kehle hatte, musste davor seine Waffen abgeben und sollte nach dem Drink die Stadt schnellstens wieder verlassen. Wenn er dann weg ritt, wehte so ein Gestrüpp-Knäuel durch die Straße, der Bösewicht traf sich mit seiner Bande, kehrte um und es gab eine heftige Schießerei, wobei der Gute gewann.

Jetzt und hier verkörperte Frau Körner natürlich das Gute und die Fremden, die in der Warteschlange ganz hinten anstanden, waren die Bösen. Zumindest erweckten die Blicke, die ihnen in regelmäßigen Abständen zugeworfen wurden, genau diesen Eindruck.

Nach einer gefühlten Viertelstunde waren die Freunde endlich an der Reihe. Die Ware lag auf dem Mini-Laufband, wurde eingetippt und landete wieder im Einkaufswagen. Nachdem der letzte Artikel die Kasse passiert hatte, sagte die Laden-Chefin: „53,80!", und schielte, ohne auf den Geldschein zu achten, der ihr von Erich hingehalten wurde, auf die drei Durchreisenden.

Erich räusperte sich. Frau Körner zeigte keine Reaktion. Die Situation war wie eingefroren. Schockstarre. Die Gute visierte die drei Bösen an. Die Winchester, die imaginär unter dem Tresen lag, war geladen, die Hand befand sich am Schaft des Gewehrs. Die Luft war spannungsgeladen wie in einem Western.

„Hallo Frau Körner", versuchte Torsten sein Glück.

Das finstere Gesicht der Laden-Besitzerin erhellte sich, als sie dessen Stimme hörte. Sofort schenkte sie ihm Aufmerksamkeit. „Hallo Torsten, wie geht's denn? Möchtest du vielleicht einen Krapfen? Die sind von gestern, aber immer noch lecker. Ich schenke dir einen."

„Gerne!"

Frau Körner griff hinter sich und reichte Torsten das Gebäck.

„Vielen Dank."

„Sag mal, ich treffe mich demnächst wieder mit Oma Huber. Hast du ihr die Medizin für mich schon gegeben?"

„Klar! Am Samstag hat sie die Kräutermischung abgeholt."

Die ältere Dame rieb sich die Hände. „Sehr schön." Dann änderte sie wieder ihre Miene, musterte Erich, wiederholte: „53,80!", und griff nach dem Geldschein, der immer noch in der Hand ihres Kunden lag. Zeitgleich gaffte sie weiterhin die drei Fremden an.

Erich öffnete das Kleingeldfach seines Geldbeutels. Er schüttelte verneinend den Kopf. Obwohl die Bewegung nur geringfügig ausgeführt wurde, schwabbelten die Wangen einen Moment lang nach und erinnerten an einen Bernhardiner, der sich nach einem Regenguss das Wasser aus dem Fell beutelte. „Ich habe leider keine 3,80."

„Ich kann rausgeben."

Erich schielte hinter Frau Körner. „Sind noch Krapfen von gestern übrig? Ich könnte auch einen verputzen", grinste er.

„Nein, aber mein Bruder, drüben in der Bäckerei, hat sicher noch welche. Das sind so viele, die müssen sie sogar verkaufen", scherzte Frau Körner und lachte als Einzige über ihren Witz. Dann legte sie das Wechselgeld auf den Tresen.

Erich war enttäuscht. So ein Krapfen wäre jetzt genau das Richtige für zwischendurch gewesen. „Ich bräuchte noch eine Postkarte. Wissen Sie, ich habe diesen reichen Onkel in Kanada. Onkel Eddie, der mit der Supermarktkette und den Hotels. Ich muss ihm mal wieder schöne Grüße ausrichten und endlich mitteilen, wo ich jetzt wohne. Er überweist mir doch jeden Monat Geld."

„Das interessiert keinen, Erich", kam es von Willi.

Frau Körner griff unter die Theke und legte zwei Ansichtskarten mit Motiven der Marktgemeinde auf den Tresen. „Mit Briefmarke zwei Euro!"

Erich betrachtete die Postkarten. „Hm, welche soll ich nehmen?"

Torsten verglich die Motive. Eine Karte zeigte den EDEKA-Markt, die andere den Dorfbrunnen. „Nimm den Brunnen", schlug er vor, doch Erich hatte sich bereits für die EDEKA-Karte entschieden.

„Die ist toll. Ich schreibe ihm, dass ich gerade in diesem Laden bin."

Willi war gelangweilt. „Wir gehen schon mal zum Auto und räumen das Zeug ein", meinte er und schob den Einkaufswagen zum Ausgang.

„Ich muss jetzt gleich noch rüber zur Bank. Das war unser letztes Bargeld", rief ihm Erich zu.

„Klar, dann kommst du einfach nach. Wir gehen schon mal zum Italiener."

Die Bank und das Lokal befanden sich gegenüber auf der anderen Straßenseite. Somit war aus Erichs Sicht die Entfernung, die er zu Fuß zurücklegen musste, kein Problem. Zudem verbuchte er jede Bewegung als sportliche Tätigkeit und die brachte ihn seinem Ziel, jeden Tag für den nächsten Einstellungstest der Polizei zu trainieren, wieder ein Stück näher. „Okay, ich nehme eine Familienpizza mit allem."

Willi drehte sich um. „Das ist eine Familienpizza", sagte er mit strengem Ton und wies seinen Kumpel damit dezent darauf hin, dass von diesem riesigen Teil in der Regel eine vierköpfige Familie satt wurde.

Erich nickte. „Stimmt haargenau. *Familienpizza* ist ʼn blöder Name, stimmtʼs, aber die schmeckt einfach am besten", schwärmte Erich und spürte, wie ihm das Wasser im Mund zusammenlief.

„Du kannst doch auch eine ..."

Erich hob einwendend die Hand. „Ich nehme eine Familienpizza mit allem und extra Käse", grinste er und überging den Einwand seines Mitbewohners.

Willi gab auf. „Okay! Bevor du zu Hause wieder herum zickst", er machte eine abfällige Handbewegung und schob den Einkaufswagen aus dem Dorfladen. „Dann eben eine Familienpizza", grummelte er leise.

„Mit allem und extra Käse!", rief ihm Erich mahnend hinterher, zahlte die Postkarte, ging zur Seite, um den drei Kerlen Platz zu machen, und füllte mit einem herumliegenden Kundenkugelschreiber, der mit einer dünnen Paketschnur gegen Diebstahl gesichert war, die Postkarte aus.

Die drei Typen, die hinter den WG-Kumpels an der Kasse angestanden waren, hatten nach ihrem Einkauf den Dorfladen ebenfalls verlassen und befanden sich auf dem Parkplatz. Sie hatten die Köpfe zusammengesteckt und tuschelten. Sie wirkten im Allgemeinen nicht gerade sehr sympathisch. Es war genau dieses Grüppchen Menschen, bei dem man für gewöhnlich die Straßenseite wechselte, um Ärger zu vermeiden.

Allen Anschein nach handelte es sich um eine Familie. Ein Vater mit seinen beiden Söhnen, denn alle drei hatten das gleiche langgezogene, pferdeähnliche Gesicht. Einer von ihnen hatte sogar einen Revolver einstecken. Als er sich bückte, um etwas Glänzendes aufzuheben, stach der Knauf der Waffe für einen Moment unter der Jacke hervor.

„Schau mal, ein Goldklumpen", freute sich der Typ.

Der Alte stieß ihn kurz in die Seite und sagte grimmig: „Versteck die Waffe, du Trottel! Der Griff schaut raus. Außerdem ist das kein Gold, sondern die Verpackung einer Praline."

„Schade!", stieß der Finder aus, betrachtete den Fund genauer und warf ihn wieder weg. „Du hast recht Papa, das ist Müll."

Der Alte zeigte verdeckt zum Laden. „Ich habe in die Kasse gesehen, da sind nur ein paar lumpige Scheine drin. Nicht mal 200 Euro."

„Das reicht aber nicht. Sollen wir nicht doch lieber die Bank überfallen?", schlug sein anderer Sohn vor, der etwas intelligenter zu sein schien.

„Damit sie uns wieder filmen und wir unsere Gesichter in der Zeitung und im Fernsehen ansehen können? Vergiss es. Die letzten zwei Jahre im Knast haben mir gereicht. Außerdem haben wir gesagt, dass der nächste Überfall das große Geld für uns bringen soll", widersprach der Vater und wiederholte: „Keine 200 Euro! Das ist zu wenig Beute!"

„Und was jetzt, Papi?"

Der Alte grinste verschmitzt. „Ich habe schon eine Idee, wie wir zu viel Geld kommen."

Die Söhne klatschten in die Hände. „Wie denn Paps?"

„Ihr habt doch den Fettsack gesehen, oder?"

„Ja", nickten beide.

„Den Kerl kidnappen wir und verlangen Lösegeld."

Zwei Köpfe flogen herum und starrten in Richtung des Supermarktes. Sie suchten das Opfer. „Ist er reich? Kennst du ihn?"

„Nicht hinsehen, ihr Dummköpfe!", schimpfte der Alte.

Sofort hefteten sich ihre Blicke wieder an die Augen ihres Vaters, der weitersprach: „Nicht er, sondern sein Onkel ist reich. Hört ihr nicht zu, wenn sich Leute unterhalten?"

Betretendes Kopfschütteln. Der etwas intelligentere Sohn fragte: „Das ist eine prima Idee. Wie viel Kohle gibt's dann für uns?"

„Bestimmt ´n Tausender für jeden", freute sich der mit der Waffe.

Der Vater schlug sich leicht mit der flachen Hand gegen die Stirn. „Oh Mann! Ich weiß nicht, was ich bei dir falsch gemacht habe. Aber vom Geschäft hast du keine Ahnung. Wir verlangen 100.000 Euro! Und damit setzen wir uns im Süden zur Ruhe."

Beide Söhne stottern. „Ein-hun-hun-hunderttausend?"

„Richtig!" Stolz atmete der Alte ein und prustete sich auf, wie ein Pfau, der gerade mit seiner Federpracht ein Rad schlug.

„Und wie machen wir das?", wollte der mit der Waffe wissen und kratzte sich am Hinterkopf.

„Ganz einfach. Wir beobachten den Kerl. Wenn der Fettsack aus dem Laden kommt, schnappen wir ihn, verfrachten ihn in den Kofferraum und hauen ab. Den Erpresserbrief schicken wir zu seinen beiden Kumpels. Die scheinen zusammen zu wohnen. Die sollen den Onkel verständigen und er schickt das Geld."

Pause. Nachdenken. „Aber wir wissen doch gar nicht, wo die wohnen."

„Idiot! Das sagt uns natürlich der Fettsack!"

Breites Grinsen in allen Gesichtern. „Ein klasse Plan! Da wird sich Mama freuen, wenn sie in ein paar Tagen aus dem Gefängnis entlassen wird."

„Der Plan ist ja auch von mir", brüstete sich der Vater.

„Und wo fahren wir mit unserer Geisel hin?", überlegte der schlauere der beiden Söhne.

„Genau dorthin, wo wir uns schon die ganze Zeit verstecken. In den Steinbruch."

Erich quetschte seinen Text auf die Postkarte und schob sie einmal quer über den Verkaufstresen. „Ich lasse sie hier liegen."

Frau Körner nickte wortlos.

Das Schwergewicht schielte wieder zu den beiden Krapfen, verkniff es jedoch abermals danach zu fragen und verließ den Laden. Der beleibte Polizei-Fan war bester Laune. Er hatte eine Postkarte an Onkel Eddie geschrieben, machte Sport, indem er den Weg zur Bank und zum Italiener zu Fuß zurücklegen würde, und freute sich auf die Belohnung. Eine Familienpizza.

Er schlenderte gemächlich über den Parkplatz. Dabei trällerte er die Melodie von Biene Maja und begann leise zu singen: „... und diese Biene, die ich meine, die heißt Maja ..."

Plötzlich quietschten Reifen neben ihm. Ein kleiner Fiat Panda hielt an. Zwei Männer, über deren Köpfe Sturmhauben gezogen waren, sprangen aus dem Kleinwagen. Der Fahrer blieb sitzen. Erich war schockiert und verharrte auf der Stelle. Der Biene-Maja-Song verstummte.

Einer der Kerle zog eine Waffe und richtete sie auf Erich. Sofort hob er seine Hände. „Ich ... ich ... habe kein Geld. Ich bin gerade auf dem Weg zur Bank."

Eine raue und durch die Sturmhaube gedämpfte Stimme schlug ihm entgegen. „Schnauze Dicker! Los rein mit dir in den Kofferraum!"

Erich wusste sofort, dass das kein Spiel war. Während der erste ihn immer noch mit dem Revolver bedrohte, stülpte ihm der zweite Täter eine dunkle Haube über den Kopf. Erich konnte nichts mehr sehen. Alles war dunkel. Jemand tastete ihn ab. Er musste lachen. „Hi, hi, hi, hi, hi. Aufhören!", kicherte er und wackelte dabei ungestüm mit dem Oberkörper. „Ich bin sehr kitzlig."

„Schnauze!", brüllte ihn einer an. „Bleib ruhig stehen."

Erich erstarrte. Seine Gedanken rasten umher. *Was wollen die Kerle von mir? Hoffentlich nichts Sexuelles!*

Er spürte, wie sein Geldbeutel aus der Gesäßtasche gezogen wurde.

Puh, Glück gehabt. Die wollen nur mein Geld, nicht meinen Körper!

Ängstlich und verunsichert sagte er: „Seht ihr, kein Geld im Portemonnaie. Ihr könnt alles, was noch drin ist behalten."

„Schnauze Dicker! Rüber zum Kofferraum!"

Erich hatte jede Menge Bücher gelesen und Filme gesehen. Er wusste, wie man sich verhalten sollte, wenn man Opfer einer Straftat wurde. Zumindest in der Theorie!

Bleib ruhig, sagte er sich im Stillen.

„Wo bin ich?", schob er nach und war etwas stolz auf seine Coolness.

„Blödmann, immer noch auf dem Parkplatz im selben Kaff wie vorher."

Daraufhin hörte Erich ein leises Klatschen, gefolgt von einem: „Aua!", und ein: „Rede nicht so viel Unsinn!"

Der Gefangene wurde zum Kofferraum des Autos bugsiert.

„Los, rein da!"

Erich ertastete die Umrisse der Karosserie und ahnte, dass er in den Kofferraum des Fiat Panda einsteigen sollte. Er drehte sich entsprechend um und setzte sich auf den Rand der Ladefläche. Der Kleinwagen wurde aufgrund des Gewichts vorne fast hochgehoben. Die Vorderreifen berührten gerade noch den Boden. Hinten hingegen, senkten sich die Radkästen bis auf die Reifen ab und lagen auf. Erich bemühte sich, doch er hatte keine Chance in den kleinen Kofferraum zu gelangen. „Das schaffe ich nicht", sagte er nach ein paar Versuchen. Er begann unter dieser blöden Haube zu schwitzen.

Die Entführer versuchten ihn daraufhin hineinzuschieben, doch auch das war zum Scheitern verurteilt.

„Mist, er ist zu fett!"

Erich entgegnete: „Ich bin nicht zu fett. Der Kofferraum ist zu klein!"

Einer der Entführer zog sich die Sturmhaube vom Gesicht und sagte: „Der Kofferraum ist zu klein, Pa. Da bekommen wir ihn nicht rein."

Klatsch

„Aua!"

„Nenn mich nicht Pa, du Trottel."

„Ja, Pa. Geht klar."

Klatsch

„Aua!"

„Los! Wir probieren es, indem wir die Beine hochheben. Dann klappt es bestimmt!"

Auch dieser Versuch brachte nicht den gewünschten Erfolg.

„Zu schwer", keuchte der mit der rauen Stimme. Es war der Vater der drei Gestalten.

Man konnte eben kein XXXL-Paket in einen XS-Kofferraum verfrachten oder ein Paket durch einen Briefkastenschlitz schieben.

Sie gaben auf. Ihr Vorhaben war unmöglich.

Der Alte überlegte kurz, dann befahl er: „Los, er soll sich hinten rein setzen. Auf die Rückbank."

Erich stand auf. Die Stoßdämpfer schossen nach oben, die Vorderräder berührten wieder komplett den Boden. Die Geisel wurde zur hinteren Seitentür gebracht. „Steig ein!"

Das Entführungsopfer wollte gehorchen und dem Befehl Folge leisten. Er stellte sogar ein Bein ins Fahrzeug, um sich komplett hinein zu quetschen, doch der massige Körper blieb am Einstieg hängen. „Das ist aber verdammt eng. Was für eine Mühle fahrt ihr denn?", schimpfte Erich.

„Einen Fiat Panda, du Fettsack!"

Klatsch

„Aua!"

„Du sagst jetzt gar nichts mehr. Verstanden?"

„Ja, Pa!"

Klatsch

„Aua! Warum habe ich diese Ohrfeige denn nun schon wieder bekommen?"

„Weil du *Pa* gesagt hast."

„Nur weil ich *Pa* sage, bekomme ich eine Ohrfeige?"

Klatsch

„Autsch!"

Beide Gangster packten zu und versuchten, Erich ins Fahrzeug zu pressen. Sie schoben wie verrückt, doch er passte definitiv nicht hinein.

Versuch Nummer drei folgte. „Los, vor auf den Beifahrersitz!"

Sie bugsierten Erich etwas nach vorn. Er tastete sich an der Karosserie und der Tür entlang. Das Kommando folgte. „Setz dich rein!"

Erich versuchte abermals in den Fiat zu steigen. Fehlanzeige. „Es geht nicht. Euer Auto ist zu klein."

„Du bist zu fett!"

Erich wurde sauer. Ihm fiel ein, dass seine Familienpizza auf ihn wartete. Er hatte Stress. Stress verursachte Hunger. Und Hunger machte ihn grantig. „Nein, das Auto ist zu klein. Ihr braucht ein größeres Auto!", stieß er aus.

Stille. Die Gangster schienen nachzudenken. Einer wurde immer nervöser und haspelte panisch: „Was machen wir jetzt? Beeilt euch Leute. Wenn uns jemand sieht und die Bullen anruft, sind wir im Arsch!"

Der intelligentere Sohn resignierte. Er hatte vom Fahrersitz aus zugesehen. „Er passt echt nicht rein, verdammte Kacke. Was machen wir jetzt?"

Der Vater übernahm wieder das Wort. „Ruhe! Lasst mich nachdenken!"

„Beeilung", drängte der Fahrer.

„Ich hab´s", sagte der Alte und wendete sich Erich zu. „Pass auf, Fettsack! Wir wissen, wo du wohnst und wir wissen, dass du mit deinen schwulen Kumpels dort ..."

Erich wurde jetzt richtig wütend. „Wir sind nicht schwul. Wir sind eine Wohngemeinschaft und nur Kumpels!"

„Mach hier mal keine Welle!", stupste ihn einer der Kerle an. Es war wohl der mit der Waffe, denn Erich spürte, dass ihm etwas Hartes gegen den Bauch gedrückt wurde. Das konnte nur der Revolver sein. „Du brauchst dich nicht zu rechtfertigen. Es interessiert uns nicht, ob ihr schwul seid."

„Mir ist es aber nicht egal. Ihr sollt wissen, dass wir nicht schwul sind! Wir sind eine anständige WG!"

Der Alte brüllte völlig entnervt. „Schnaaaauze!"

Er entnahm aus Erichs Geldbeutel dessen Personalausweis und las laut den Namen und die Adresse vor. Dann steckte er den Ausweis ein.

„Es ist mir scheißegal, ob ihr Tunten seid oder nicht! Du wirst uns bis nächsten Montag genau 100.000 Euro besorgen, sonst kommen wir bei euch vorbei und legen euch einen Meter tiefer. Verstanden? Ich habe deinen Ausweis. Du heißt Erich Kowalski und hast einen reichen Onkel in Kanada! Also, Fetti, nochmal zum Merken! Besorge das Geld oder wir kommen euch besuchen und knipsen die Lichter aus!"

„Pa, dann müssen wir ja nachts kommen. Tagsüber haben die gar kein Licht an."

Klatsch

„Aua!"

„Erich, du wiederholst jetzt, was ich dir gesagt habe!"

„Ich heiße Erich Kowalski und es ist dir egal, dass wir keine Tunten sind!"

Jetzt platzte dem Alten der Kragen. Er riss Erich die Kapuze vom Kopf und brüllte ihn an. „100.000 Euro bis nächsten Montag oder ich mach dich und deine warmen Brüder kalt!"

„Das sind nicht meine Brüder! Und wir sind nicht schwul, nicht warm und keine Tunten!"

Der Kerl packte Erich am Kragen. „Und keine Polizei, sonst stehe ich eines nachts an deinem Bett! Hast du mich verstanden?"

47

Das war deutlich. Erich erkannte im Blick des Alten, dass er seine Drohungen wahr machen würde. Er bekam Angst. Todesangst. Die Knie begannen zu schlottern.

„Wir melden uns wegen der Übergabe! Einhunderttausend! Kapiert?"

Erich zitterte jetzt am ganzen Körper vor Angst. „J-j-ja", stotterte er.

Der jüngere der beiden Gangster, die ihm gegenüberstanden, griff in seine Hosentasche und holte eine Patrone heraus. Er hielt sie zwischen Daumen und Zeigefinger und reichte sie Erich. „Hier! Ich habe davon eine ganze Ladung im Revolver. Auf jeder steht ein Name von euch. Die hier bekommst du, damit du nicht vergisst, das Geld pünktlich zu besorgen. Und keine Bullen, sonst ...", er deutete auf Höhe der Genitalgegend eine Schneidebewegung an.

„Keine Bu-Bu-Bullen!", bestätigte Erich, dem es heiß und kalt den Rücken hinunterlief. Ihm war völlig klar, dass die Gangster es ernst meinten.

Die Männer sprangen in den Fiat Panda, der PS-schwache Motor jaulte wimmernd auf und sie fuhren weg. Es dauerte gut zwei, drei Minuten, bevor Erich wieder einigermaßen klar denken konnte. Er zitterte immer noch wie Espenlaub.

Ich muss zu den Jungs und sie warnen, dachte er und begann zu rennen. Das heißt, er machte zwei, drei schnelle Schritte, dann fiel er in sein übliches gemächliches Tempo zurück. Allerdings atmete er derart aufgeregt weiter, dass man meinen konnte, Erich hätte an einem Marathonlauf teilgenommen.

Pflichtbewusst wie er war, vergaß er nicht zuerst zur Bank zu gehen. Er brauchte schließlich Bargeld, um die Pizza-Rechnung zahlen zu können, und Willi benötigte einen Fuffi fürs Tanken. Etwas ungelenk und mit leicht zittrigen Fingern zog der voluminöse Mann seine Bankkarte aus der Brusttasche. In dem Augenblick, als er sie in den Händen hielt, jubilierte er innerlich. Er hatte einen Sieg errungen. Diese Mistkerle hatten seine Bankkarte nicht erbeutet und konnten deshalb sein Konto nicht plündern.

Niemals alles zusammen an einem Ort aufbewahren. Wenn dir etwas geklaut wird, hast du immer noch Reserven, schoss es ihm durch den Kopf.

Erich drehte sich mehrfach um. Er wollte sichergehen, dass er nicht beobachtet wurde. Als er sich davon überzeugt hatte allein zu sein, schob er die Karte in den Geldautomaten, tippte nach virtueller Aufforderung PIN und Wunschsumme ein und schnappte sich das Geld aus dem Ausgabefach.

Und jetzt zum Italiener! Einem Verbrechen zum Opfer zu fallen, macht hungrig.

Der Fiat Panda tuckerte über die Landstraße.

„Pa, das war genial!", lobte der Fahrer den Kopf der Bande.

„Ich weiß, Junge. Ich bin das Gehirn unserer Gangster-Familie. Ohne mich wärt ihr nur harmlose Straßenräuber. Mit mir als Chef gehören wir allerdings zu den ganz großen Clans. Wir sind die modernen Nachfolger von Al Capone, Lucky Luciano, Jesse James und all den anderen Gangsterbossen."

„Bonnie und Clyde", pulverte der Sohn, der auf der Rückbank saß, nach vorn.

„Das war ein Liebespaar. Die haben zwar ein paar Banken ausgenommen und Bullen erschossen, aber das waren keine Profis", verbesserte ihn der Vater.

„Ja, stimmt. Aber dann sind wir wie unser Finanzminister."

Der Fahrer rollte mit den Augen. „Was soll denn das dumme Gerede. Wenn du keine Ahnung hast, dann sei einfach still", moserte er und drückte aufs Gaspedal.

Die Tachonadel wackelte sich in Richtung 90 km/h hoch.

„Wir sollten uns von dem Geld ein schnelleres Fluchtauto kaufen. Wenn wir mit dieser Karre nach einem Überfall türmen, schnappen sie uns ziemlich schnell."

Der Alte drehte sich um. „Wie meinst du das mit dem Finanzminister?"

„Mama hat immer gesagt, der Finanzminister raubt unser ganzes Geld."

Schweigen.

„Pa?", fragte der Fahrer.

„Was ist?"

„Wo soll ich hinfahren?"

„Zu den Trotteln nach Hause."

„Und wenn sie daheim sind?"

„Hast du vorhin nicht gehört, dass sie beim Pizza-Essen sind? Mannoman, wenn ihr mich nicht hättet."

„Was machen wir dort?"

„Gib mir einen Stift und einen Zettel. Ich schreibe ihnen einen kleinen Brief, damit sie auch tatsächlich wissen, dass wir wissen, wo sie wohnen."

„Pa, du bist einfach der Cleverste!"

Der Alte lachte hämisch. „Die werden sich so richtig in die Hose machen."

„Wichtiger ist, dass sie die Kohle besorgen."

„Das werden sie, Jungs, das werden sie. Und wenn nicht, machen wir ihnen so richtig Feuer unterm Arsch", kam es ziemlich selbstsicher.

Willi und Torsten saßen an ihrem Stammplatz bei *Da Antonio*. Wie immer bediente Antonio persönlich. Der Wirt war Kellner und stand auch zugleich hinter dem Tresen, während seine Frau in der Küche arbeitete und feinste italienische Gerichte auf die Teller zauberte. Ihre Kochkünste spiegelten sich auch in ihrer Figur wider.

Das Lokal war überschaubar klein und läge es nicht direkt an der Hauptstraße und somit für die wenigen Laufkunden, die sich hin und wieder hierher verirrten, gut sichtbar, wäre Antonio wohl im ersten Jahr Pleite gegangen.

Erst nach und nach akzeptierten die Leute hier den *Spaghetti*, wie sie Antonio bei seiner Geschäftseröffnung erst scherzhaft und nun mit vollem Respekt nannten. Bald lernten die Dorfbewohner, dass es außer Schnitzel und Schweinebraten auch andere kulinarische Genüsse gab.

Inzwischen kamen sogar Leute aus der Stadt zum Essen hierher und man musste an den Wochenenden tatsächlich reservieren, um einen Platz zu bekommen.

Aus der Küche strömte ein appetitanregender Duft ins Lokal. Den beiden Gästen lief bereits nach kurzer Zeit das Wasser im Mund zusammen. Antonio kam zum Tisch. Er zwirbelte seinen eher bayrisch als italienisch anmutenden voluminösen Schnurrbart und sagte: „*Buon giorno*, Freunde."

Torsten erwiderte den Gruß: „John Porno!", und freute sich über sein fast perfektes Italienisch.

Willi rollte entsetzt mit den Augen, Antonio überging den Versprecher und erkundigte sich nach dem Dritten der Freunde: „Diesmal ohne Erich?"

„Er holt noch Geld, ist gleich da", entgegnete Torsten.

„Wisst ihr schon, was ihr trinken wollt?"

Willi winkte ab. „Heute nichts, Antonio. Wir waren einkaufen und das Zeug geht nur kaputt, wenn es nicht schnell in den Kühlschrank kommt. Wir möchten Pizza zum Mitnehmen bestellen."

Der Italiener legte zwei Speisekarten, die er in der linken Hand gehalten hatte, auf den Tisch. „Bitte schön, Seniores, vielleicht einen kleinen Espresso aufs Haus, während ihr wartet?"

Willi nickte, Torsten winkte ab. „Erich möchte eine Familienpizza mit allem und extra Käse, aber wir beide müssen kurz einen Blick in die Karte werfen."

„Nur keine Eile. Ich mache erst mal den Espresso."

Die Tür knallte regelrecht auf. Erich kam hereinstolziert wie ein Revolverheld im Wilden Westen. Allerdings wirkte er nicht so lässig und cool, sondern schwitzte wie verrückt. Er schien völlig durch den Wind zu sein und war leichenblass. Man konnte meinen, eine Horde wildgewordener Rocker würde ihn verfolgen, um ihn zu vermöbeln. Oder schlimmer noch. Es war Sonntagvormittag und der Kühlschrank war gähnend leer. Das war Erichs schlimmster Albtraum. Schnell entdeckte er seine beiden Kumpels, steuerte den Tisch an, setzte sich hin, drehte sich zum Wirt und sagte: „Antonio! Drei Grappas!"

Antonio strahlte, Torsten und Willi lehnten sofort ab.

„Spinnst du? Es ist noch nicht mal Mittag und du bestellst schon Schnaps. Ich muss noch fahren!", meckerte Willi.

„Die sind nicht für euch, die sind für mich!"

Torsten war verwirrt. So aufgewühlt hatte er Erich noch nie erlebt. Außer vielleicht neulich, als sie in der Kreisstadt im großen Supermarkt beim Einkaufen waren, da hatte Erich schon einmal so einen Blick.

„Ha, ha", kicherte Torsten, als ihm die Szene wieder einfiel und sie sich vor seinen Augen gedanklich wiederholte.

51

Erich schlenderte mit dem Einkaufswagen durch die Gänge. Er legte Nudeln, Tomatensoße und lauter so Zeug in den Wagen. Schon den ganzen Tag hatte er sich auf *Toast Hawaii* gefreut. Toastbrot, Käsescheiben, Kochschinken und sogar ein Glas mit Cocktail-Kirschen lagen bereits im Wagen. Es fehlten nur noch Ananasscheiben aus der Dose.

Erich entdeckte sie und stellte schon von weitem mit Erschrecken fest, dass nur noch zwei Dosen der geliebten, in Scheiben geschnittenen Frucht im Regal standen. Sofort kreiste sein Blick wie ein Radar-Gerät herum. Nur dass sein Radar keine feindlichen Flugzeuge erfasste, sondern mögliche Konkurrenz-Kunden, die ihm die Dose noch wegschnappen konnten. Und tatsächlich. Erich entdeckte eine ältere Dame, die ebenso wie er auf die Dosen starrte und beschleunigt mit ihrem Einkaufswagen darauf zurollte.

„Die Dosen gehören mir!", hatte er ausgestoßen und gab plötzlich Vollgas, was bei Erich schon etwas bedeutete.

Nun, wie jeder wohl weiß, der sich etwas mit Physik auskennt, wenn eine gewisse Masse erst einmal in Bewegung geraten ist, dann benötigt sie auch einen entsprechenden Bremsweg. Zum Beispiel hat ein Flugzeugträger oder ein vollgeladenes Containerschiff bei sofortiger Vollbremsung einen Bremsweg von ca. 15 Schiffslängen. Wenn so ein Schiff 200 Meter lang ist, benötigt es also einen Bremsweg von 3 Kilometern. Rechnet man das auf Erich um, hätte er bereits vor Betreten des Ganges bremsen müssen, um auf Höhe der Ananasdosen zum Stehen zu kommen. Das Gegenteil war der Fall. Bei Betreten des Gangs hatte Erich nicht den Bremsvorgang eingeleitet, sondern war losgespurtet. Geschätzte 160 Kilo Lebendgewicht plus die sich im Einkaufswagen befindlichen Produkte setzten sich mit wachsender Geschwindigkeit in Bewegung. Er kam auf Volltouren und schaffte es nicht einmal ansatzweise am Ziel stehen zu bleiben. Zudem rammte er volles Brett den Einkaufswagen der älteren Dame. Beide Wägen fielen um. Ein Brei aus geplatzten Milchtüten und Joghurtbechern ergoss sich über Mehl, Toastbrot und sonstigen Dingen.

Erich schlitterte über diese Masse, verlor das Gleichgewicht und knallte wie ein gefällter Baum in das Dosenregal. Dort blieb er liegen, wobei das Bauchfett noch längere Zeit gewaltig schwabbelte.

Seine Kontrahentin war etwas geschickter. Als sie das Unglück auf sich zurasen sah, ließ sie ihren Wagen unter lautem: „Hilfe! Ein Verrückter!", los und wich zurück. Leider befand sich hinter ihr ein Stapel Eier. Sie stieß dagegen, verlor den Halt und landete schließlich auf den 6er und 10er Kartons frischer Eier, die allesamt von Freilandhühnern aus der Region stammten.

Noch während sie den Batz aus Eigelb, Eiweiß und gesplitterten Schalen aus ihren friseurgestylten Haaren buhlte, visierte sie Erich an. Ihr Blick allein hätte ausgereicht, um ihn zu töten. Vermutlich hatte er sie deshalb nicht angesehen, sondern sich mit lautem Stöhnen herumgewälzt, nach den Ananas-Dosen gegriffen und laut jubiliert: „Toast Hawaii ist gesichert, Jungs!"

Erich hatte damals die Misere erst registriert, nachdem er die Dosen jubilierend in Siegerpose nach oben gehalten hatte. Sein Blick gefror, als er das totale Elend um sich herum bemerkte. Es raubte ihm fast den Atem. Er sah Personal anlaufen, erkannte den Todesblick der alten Dame, schüttelte den Kopf und rief geistesgegenwärtig: „Können Sie nicht aufpassen, wo Sie hinfahren? Ich hätte mich verletzen können."

Das war genau das Falscheste, das er sagen konnte, denn *zack* flogen erste Eier in seine Richtung. Erich wollte ausweichen und ob man es glaubt oder nicht, sein Gewicht mit etwas Elan nach hinten geworfen, reichte aus, um ein weiteres Regal umzuwerfen. Ravioli, Chilli con Carne und diverse Suppen kullerten durch den Supermarkt.

Krack crash bumm polter

Domino der unerwünschten Art. Das Regal krachte natürlich auf das nächste Regal und dieses wiederum auf das danebben aufgebaute Regal.

Regal-Dominospiel im Supermarkt, konnte man am nächsten Tag in der Zeitung lesen. *Großmutter dreht durch*, war die zweite Schlagzeile.

Und dank dem Zufall, dass die Angestellten erst in dem Moment zum Unfallort kamen, als die ältere Dame wie eine Furie hinter Erich herrannte und immer wieder mit Gegenständen nach ihm warf, war am Ende des Zeitungsberichtes zu lesen: *Ältere Frau nach Tobsuchtsanfall in Nervenklinik eingewiesen!*

In diesem Moment bekam Erich auch diesen gehetzten Blick, den er jetzt hatte und er war damals ebenso schweißgebadet. Allerdings brauchte er danach keine drei Grappas, sondern aß zwei Toast Hawaii mehr als üblich. „Wegen den zu viel verbrannten Kalorien beim Weglaufen", hatte er erklärt. „Das hilft gegen Muskelkater."

Seit diesem Tag kauften sie übrigens nur noch im *EDEKA-Körner* ein, auch wenn es hier ein bisschen teurer war als im großen Discounter. Den Supermarkt in der Kreisstadt mieden sie seither wie die Pest. Erich hatte Bedenken geäußert, die alte Dame könnte ihnen auflauern, um Rache zu nehmen.

Antonio stellte die drei Grappas auf den Tisch. Erich hatte immer noch nichts erzählt. Er musste erst zur Ruhe kommen. Die dunklen Schweißflecken unter seinen Achseln hatten bereits enorme Maße angenommen. Antonio reichte Erich eine Serviette, damit er sich den Schweiß von der Stirn tupfen konnte.

„Jetzt sag endlich, was los ist", drängte Willi.

„Erst mal der Reihe nach. Das Wichtigste zuerst. Habt ihr meine Familienpizza bestellt?"

„Ja, klar."

„Mit extra Käse?"

„Natürlich! Aber jetzt erzähl endlich, was los ist!"

Erich war erleichtert. Die Pizza würde ihm nachher guttun. „Also Jungs, dann passt mal auf. Wir sind in Lebensgefahr!"

Willi lehnte sich zurück, Torsten beugte sich vor. „Was?", entfuhr es ihnen gleichzeitig.

Erich nahm einen Grappa und kippte ihn hinunter. Er stellte das Glas auf den Tisch und griff nach dem zweiten. „Ihr habt richtig gehört. Wir sind in Lebensgefahr!"

„Wie kommst du darauf? Hast du von einem Geheimagenten erfahren, dass genau hier eine Atombombe explodiert und der dritte Weltkrieg beginnt?"

Torsten fand Willis Frage gut und überlegte ebenfalls etwas Kluges zu sagen: „Oder haben es die Dinosaurier aus dem *Jurassic Park* bis hierher geschafft?"

„Die wurden alle erledigt", meinte Erich beiläufig.

„Eben nicht. Ein paar haben überlebt!"

„Torsten, das war ein Film", fuhr Willi dazwischen, der endlich wissen wollte, was Erich zugestoßen war.

„Die Viecher waren echt! Habt ihr den Film nicht in 3-D angeschaut? Ich sage euch, die Saurier gibt's wirklich!"

Erich schüttelte den Kopf. Wie immer schwabbelten die dicken Wangen nach. „Das waren Tricks."

„So ein Quatsch. Ich habe es selbst im Kino gesehen!"

Willi beschwichtigte. Er wollte unbedingt wissen, was Erich zu berichten hatte. Das Thema schien ernst und brisant zu sein. Erich trank äußerst selten Schnaps, und wenn doch, dann garantiert nie vor dem Essen. „Okay Jungs, ich würde vorschlagen, dieses Thema besprechen wir mal an einem andern Tag", entschied er und sprach Erich an, bevor Torsten noch einmal etwas nachschob und die sinnlose Diskussion über Dinosaurier weiterging. „Jetzt erzähle endlich, was los ist!"

Antonio kam zum Tisch. „Die Pizzen sind gleich fertig. Soll ich sie in Stücke schneiden?"

„Ja, bitte.", antwortete Erich.

Willi nickte zustimmend. „Wie immer."

„Si, wie immer, acht Stücke und große Familienpizza in 16 Stücke."

Torsten überlegte kurz und hob einwendend die Hand. „Äh, meine bitte nur in vier Stücke schneiden. Acht schaff ich heute nicht. Das wäre jetzt wirklich zu viel."

Stille. Alle Augen ruhen auf Torsten.

Antonio überlegte, ob er lachen oder antworten sollte. Er entschied sich, gar nichts zu tun, wartete kurz und sprach aus lauter Verwirrung italienisch. „Quattro o otto pezzi, amico mio."

Torsten glotzte nun Antonio an. „Otto? Nein, die Pizza ist für mich. Ich kenne keinen Otto."

Antonio gab auf. „Das ist italienisch und heißt vier oder acht Stücke, mein Freund."

„Wow, Leute, habt ihr gehört? Antonio kann italienisch."

Der Gastwirt schloss die Augen, schnaufte tief durch und sagte darauf: „Ich glaube, ich brauche auch einen Grappa."

Willi musste eingreifen. „Du weißt schon, dass es keinen Unterschied macht, ob du die Pizza in acht oder vier Stücken verdrückst", versuchte er seinem Kumpel Torsten klar zu machen. „Und übrigens, Antonio *ist* Italiener." Das *ist* wurde dabei extrem stark betont.

Torsten schüttelte vehement den Kopf und grinste siegessicher. „Diesmal bist du auf dem Holzweg. Acht ist mehr als vier."

„Aber wenn du sie in vier Stücke schneiden lässt, ist ein Stück doppelt so groß, als wenn du sie in acht Stücke schneiden lässt."

Torsten brauchte erst einen Moment, um sich zu besinnen. „Was laberst du, Alter? Acht ist mehr als vier", wiederholte er.

„Aber die beiden Pizzen sind doch immer gleich groß. Egal in wie viele Stücke du sie teilst."

„Hä? Check ich nicht", zuckte Torsten mit den Schultern. „Wieso ist die Pizza gleich groß wie die andere. Du hast doch nur eine. Wie groß ist denn die andere? Und wo kommt die plötzlich her?"

„Egal. Im Endeffekt stellt sich diese Frage nicht, und wenn, dann nur als rhetorische Frage", sagte Willi.

„Eine was?"

„Eine rhetorische Frage."

„Was ist eine rhetorische Frage?"

Willi klatschte mit der Hand gegen seine Stirn.

Antonio verdrehte die Augen, Erich griff ein. „Eine Frage, auf die man keine Antwort erwartet", erklärte er.

Antonio war fast am Verzweifeln. Wie bei einem Tennisspiel, flog sein Kopf hin und her. „Vier oder acht Stücke? Wie soll ich jetzt schneiden?"

„Vier!", sagte Torsten.

„Acht", meinte Willi und schob nach: „Dann kannst du es dir zu Hause mal ansehen."

Antonio ging. „Ich denke, ich trinke zwei Grappas."

Die Pizzen wurden zum Tisch gebracht, Erich zahlte und sie verließen das Lokal. Er hatte eine Grappa-Fahne und sein Magen knurrte. „Hoffentlich schaffe ich es bis nach Hause. Das riecht wieder mal klasse."

„Du wirst in meinem Auto nichts essen."

„Schon gut!"

„Außerdem musst du endlich erzählen, was passiert ist", drängte Torsten.

Sie fuhren. Torsten hatte sicherheitshalber die Pizzen auf seinem Schoß liegen. So war sichergestellt, dass Erich nicht anfing im BMW zu essen.

„Man hat gerade versucht, mich zu entführen. Ich habe aber nicht in das Auto der drei Gangster gepasst."

Willi bremste ruckartig und fuhr augenblicklich rechts ran. Torsten hatte Mühe, die Pizzen festzuhalten.

„Man hat was?", sprudelte Willi aus.

Erich erzählte der Reihe nach die ganze Geschichte, um am Ende zum Punkt zu kommen. „... und dann haben sie gesagt, dass wir genau eine Woche Zeit haben 100.000 Euro aufzutreiben!"

Kapitel 3
100.000 Euro sind doch ein Klacks

Die drei Kumpels hockten vor ihren leeren Pizza-Kartons und grübelten vor sich hin. Der Schock saß tief, als sie zu Hause den Brief gefunden und gelesen hatten. Die Verbrecher wussten also, wo sie wohnten.

Schrecklich! Niederschmetternd! Angsteinflößend!

Bei jedem der drei Freunde konnte man unvermittelt erkennen, der *Worst Case* war eingetreten.

Erich machte ein Gesicht, als sei der Kühlschrank leer, Torsten, als wäre sein Marihuana-Feld im Garten abgebrannt und er konnte seinen Freundinnen keine Medizin mehr verkaufen, und Willi glotzte, als hätte jemand seinen BMW mit einem Traktor überrollt.

Endlose Minuten des Schweigens. Willi war es schließlich, der die Stille durchbrach, indem er das Blatt Papier mit der krakeligen Handschrift hochhob und die Zeilen der Erpresser noch einmal laut vorlas. „Ihr habt eine Woche Zeit, um 100.000 Euro zu besorgen, sonst sterbt ihr nacheinander. Erst der Dicke, dann der Große und am Schluss der Schlanke."

Erich schnaufte laut hörbar tief durch, blickte in die Runde und fragte: „Wen meinen diese Arschgeigen mit *der Dicke*? Ich bin der Große, das steht hier außer Frage." Sein Blick blieb an Willi hängen. Er musterte den Automechaniker. „So viel hast du eigentlich gar nicht zugelegt", er schwenkte weiter zum Gärtner. „Torsten ist etwas voller geworden. Aber ihn deshalb gleich als *Dicken* zu bezeichnen ist schon dreist. Findet ihr nicht auch?"

Willi verzog das Gesicht, rollte mit den Augen und versuchte es so schonend wie möglich zu sagen. „Sorry Erich, aber damit meinen sie dich. Für die drei bist du *der Dicke*! Zuerst wollen sie dich killen, dann mich und du stirbst als Letzter", sagte er und sah dabei Torsten an. Ohne auf eine Reaktion zu warten, senkte er wieder den Blick aufs Papier und las sichtlich betroffen weiter. „Sobald ihr das Geld habt, sendet ihr eine SMS an die unten stehende Handynummer. Dann vereinbaren wir einen Übergabetermin. Die Nummer ist nicht zurückzuverfolgen. Prepaid. Wir sind nicht dumm! Und keine Polizei! Denkt daran, wir wissen, wo ihr wohnt und wer ihr seid. 100.000 Euro! Zahlbar in einer Woche!"

Pause.

Willi schluckte. Sein Adamsapfel wanderte deutlich sichtbar hoch und runter. „Und dann haben sie ein Galgenmännchen hingemalt!", presste er mit krächzender Stimme über die Lippen.

Erich griff sich an den Hals und rieb daran.

Torsten registrierte das und wollte trösten. „Keine Angst, Erich. Dich hängen sie nicht. Das Seil würde reißen. Mann, wäre ich gerne so dick wie du."

Erich glotzte seinen Kumpel an. „Ich bin nicht dick, ich habe nur unheimlich schwere Knochen. Das liegt bei uns in der Familie. Aber mal davon abgesehen, die meinen es ernst, diese Gangster verstehen keinen Spaß. Auf dem Parkplatz haben sie mir eine Patrone gezeigt und gesagt, dass sie für jeden von uns eine haben und dass da auch der Name von jedem drauf steht. Ich tippe auf die Mafia. Diese Typen sind eiskalt!"

Willi schlug mit der Faust so heftig auf den Tisch, dass die Kerze aus dem Leuchter fiel. „Verdammt noch mal! Was machen wir? Und wie kommen diese Kidnapper auf die Idee uns zu erpressen. Wir haben doch kaum genug Geld, um selber durch zu kommen."

„Vielleicht denken die, ich gehöre zu so einem großen Rauschgift-Kartell. Nur weil ich meine *Gesundheits-Kräuter-Mischung* an die Damen hier im Dorf verkaufe", warf Torsten ein und versuchte, die Kerze wieder in den Leuchter zu stecken. Er benötigte ein paar Anläufe, dann lehnte er sich stolz zurück. Es hatte geklappt. Die Kerze hielt.

„Quatsch! Wenn das etwas mit Rauschgift zu tun hätte, hätten die uns längst erschossen", schüttelte Erich den Kopf. Er richtete die Kerze gerade, da sie aussah wie der schiefe Turm von Pisa.

„Oder mit einer Autobombe hochgejagt", bestätigte Torsten. „Wie in den Filmen, die du so gerne ansiehst."

Erich schnaufte kräftig durch. „Die wollen, dass ich Onkel Eddie aus Kanada bitte, mir das Geld zu geben."

Torsten lachte, schlug sich auf die Schenkel und stand auf. „Klasse Idee. Bingo, wir haben das Problem gelöst. Was kommt im Fernsehen? Möchte jemand 'ne Cola? Ich gehe zum Kühlschrank."

Willi sah Erich an. Dieser wirkte nicht gerade entspannt. „Vergesst Onkel Eddie. Er überweist mir zwar jeden Monat einen Tausender, aber das nur, weil er sich bei meiner Geburt sozusagen vertraglich dazu verpflichtet hatte. Ich glaube, Mama hat ihm das so abgerungen, weil sie etwas über ihn weiß, das besser geheim bleiben soll. Ihr müsst wissen, mein Onkel ist geiziger als *Dagobert Duck*. Er würde eher sterben, als nur einen Cent freiwillig an Erpresser zu zahlen."

Willi konnte es nicht glauben. „Da geht's nicht um irgendwelche Geschäfte, sondern um das Leben seines Neffen."

Erich winkte ab. „Wisst ihr, warum Onkel Eddie allein lebt?"

„Nee."

„Nein."

„Weil vor zehn Jahren seine Frau entführt worden ist. Die Täter haben damals eine Million Dollar gefordert. Da hat Onkel Eddie nur gesagt, dass sie für ihr Geld arbeiten gehen sollen und er keinen Cent bezahlen würde. Er unterstütze so etwas nicht und sei nicht erpressbar."

„Und wie ging das aus?"

„Seine Frau ist seitdem spurlos verschwunden. Er lässt sich nicht erpressen."

„Du verarschst uns doch, oder? Das ist doch sicher ein Witz", sprudelte Willi hervor.

Erich verneinte wortlos, indem er seinen Kopf leicht hin und her schwenkte. Die Wangen schwabbelten wie immer nach.

„Und wenn er dir das Geld leiht?", schlug Torsten vor und war der Ansicht, damit wohl einen genialen Geistesblitz gehabt zu haben.

„Macht er nicht. Was das angeht, ist er der Meinung, wer sich Geld borgen muss, soll zur Bank. Wenn die einem nichts leihen, wird er es erst recht nicht tun."

„Dein Onkel Eddie ist ein ganz schöner Arsch", kommentierte der Hobby-Gärtner.

„Das trifft es ziemlich genau!"

Torsten sah Willi an. „Deine Ex-Frau? Meinst du sie könnte ...", er sprach den Satz nicht zu Ende, denn Willis Blick war aussagekräftig genug. Er drückte in etwa aus: *Halt den Mund, erwähne Sylvia nie wieder oder ich erwürge dich!*

Statt über diese Option ein weiteres Wort zu verlieren, geschweige denn auf diese Idee in irgendeiner Art und Weise auch nur annähernd einzugehen, stand Willi auf, holte einen Schreibblock und einen Stift. Er setzte sich wieder hin und begann wortlos Notizen zu machen.

Erich schielte auf das Blatt Papier und las: *Onkel Eddie.* Kaum geschrieben, strich Willi die Worte allerdings durch. Erich wurde neugierig. „Was machst du da?"

Willi war todernst. „Wir müssen alle Optionen in Erwägung ziehen, die in Frage kommen. Und damit wir wissen, dass wir nichts vergessen, schreibe ich es auf. Also, jeder denkt nach und wir notieren alles."

Erich war begeistert. „Das nennt man *Brainstorming*! Ich wollte das auch vorschlagen."

„Brain-was?", fragte Torsten.

Willi grinste. „Was andere Leute im Kopf haben."

Erich war netter. „Sag einfach deine Ideen, wie wir zu 100.000 Euro kommen", meinte er, verzichtete jedoch auch auf eine Erklärung.

Geraume Zeit später standen auf dem Zettel sämtliche Möglichkeiten, die den drei Freunden zur Lösung des akuten Problems eingefallen waren.

Willi legte den Stift zur Seite und reichte den Lösungszettel herum. „Lest, dann besprechen wir jeden einzelnen Punkt."

1. ~~Onkel Eddie~~
2. Polizei verständigen
3. Jobs suchen
4. einen Kredit aufnehmen
5. Lotto spielen
6. Marihuana im großen Stil verkaufen
7. Bank ausrauben
8. von hier wegziehen

„Meint ihr wirklich, wir sollen die Polizei verständigen? Die drei Gangster sind saugefährlich und ich möchte kein Risiko eingehen", begann Erich.

„Was Erich sagt, macht Sinn. Was ist, wenn die Polizei nur einen oder zwei von den Kerlen erwischt? Dann rächt sich der dritte Typ und fackelt womöglich das Haus ab, während wir schlafen. Oder baut ʼne Bombe in den BMW und wir explodieren, wenn wir zum Einkaufen fahren", stellte Willi nüchtern fest.

„Und wie machen wir das mit den Jobs?", wollte Torsten wissen.

Willi gab die Antwort. „Ich besorge uns eine Tageszeitung. Wir lesen die Stellenanzeige gründlich und systematisch durch. Vielleicht finden wir etwas."

„Gute Idee, bring bitte Kuchen mit. Ich habe mal gelesen, dass man viel Süßes essen soll, wenn man denkt. Das fördert das Gehirn."

Torsten hatte ein Stück Apfelkuchen, Willi eine Kirschtasche und Erich einen Apfelkuchen, eine Kirschtasche und eine Schwarzwälder-Kirsch-Torte. „Das ist im Magen genau das entscheidende Bindeglied zwischen Apfelkuchen und Kirschtasche, wisst ihr, so bringe ich meine inneren Werte in Harmonie. Das nennt man *Feng Shui* im Körper", hatte Erich erklärt, als er sich den Vorwurf anhören musste, dass gespart werden sollte, um die 100.000 Euro für die Erpresser zusammen zu kratzen.

Die aufgeschlagene Tageszeitung lag auf dem Tisch. Willi las vor. „In der Nachbargemeinde suchen sie eine Erzieherin oder einen Erzieher."

„Nein!", kam es im Chor.

Der Finger wanderte über drei weitere Stellenanzeigen. „Maurer gesucht. Meint ihr, wir könnten auf dem Bau arbeiten?"

Kopfschütteln.

„Dann wird noch ein Hausmeister-Nebenjob im Rathaus angeboten."

Erich fragte: „Steht nichts über ein Detektiv-Büro drin? Ich könnte mit meiner Polizei-Erfahrung dort vorübergehend jobben, bevor ich die Ausbildung antrete."

Willi verneinte. „Leider nicht."

Torsten fragte sich, welche Polizei-Erfahrung Erich meinte. Er war schließlich nur beim ärztlichen Test. Ende der Erfahrung. Aber wenn Erich Detektivarbeit leisten konnte, konnte er auch Gartenarbeit verrichten. „Oder sucht jemand einen Gärtner?", hakte er nach.

„Auch nicht. Kein Gärtner, kein Detektiv, kein Kfz-Mechaniker." Erich wurde nervös. „Was wird denn überhaupt gesucht?"

Willi hat umgeblättert und überflog eine Schlagzeile. „Sie suchen einen Sittenstrolch, der im Stadtpark Frauen belästigt."

Torsten kratzte sich am Hinterkopf. „Meint ihr, das wäre ein Job für mich? Was zahlen sie denn da so?"

Bei den Blicken, die er sich für diese Frage einfing, war dem Hobby-Gärtner schnell klar, dass das kein Stellenangebot war.

Willi legte die Zeitung zur Seite. „Es hat keinen Sinn. Nichts für uns dabei."

„Und das mit dem Hausmeister? Was zahlen sie denn da?"

„450 Euro im Monat."

Erich überlegte kurz. „Wenn wir den Job nehmen, damit bei der Bank einen Kredit von 100.000 Euro abbezahlen und der Zins ziemlich niedrig ist, müssten wir so um die 300 Monate zahlen, dann wären wir wieder schuldenfrei. Das sind 25 Jahre."

Torsten schlug sich auf die Oberschenkel. „Bingo! Das machen wir. Problem gelöst!"

„Keine Bank wird uns so viel Geld leihen. Vergesst das", kam es von Willi. Zeitgleich hob er einen Lottoschein nach oben. „Den habe ich vom letzten Haushaltsgeld gespielt. Wenn wir am Mittwochabend den Jackpot knacken, sind wir alle Probleme los!"

Wieder klatschte Torsten auf seine Oberschenkel. „Bingo! Diesmal haben wir das Problem aber wirklich gelöst."

Erichs Bemerkung, dass man ungefähr 100 Millionen Lottoscheine mit verschiedenen Zahlenkombinationen ausfüllen müsste, um eine recht gute Gewinnchance zu bekommen, kapierte auch Torsten.

„Und was machen wir, wenn wir nicht den Jackpot knacken?", fragte er und der Blick fiel auf den nächsten Punkt. „Meint ihr, ich soll ins große Marihuana-Geschäft einsteigen?"

Alle drei standen auf und gingen zum Fenster. Sie sahen zu dem Hanffeld, das zwischenzeitlich üppig im Garten gedieh.

„Ach du meine Fresse", stieß Erich aus, dem nie aufgefallen war, wie viele Hanfpflanzen dort sprießten. „Das hast du alles aus dieser einen Pflanze gemacht?"

Torsten war stolz. „Nicht ganz. Ein paar Samen waren schon von den Vormietern gesät. Aber ich habe die Pflanzen gut gepflegt. Das liegt mir."

Erich begann zu rechnen. „Wie viele ... also ... Joints ... bekommst du da raus?"

„Wenn ich die Kräutermischungen für meine Damen als Anhalt nehme, schätze ich ..."

„Stopp!", wetterte Willi.

Seine beiden Kumpels sahen ihn erstaunt an.

„Wisst ihr noch, was mit unseren Vormietern passiert ist?"

„Klar", antwortete Torsten. „Die sind in den Knast gekommen."

Willi hob mahnend einen Zeigefinger. „Eben!"

„Wir sind schlauer", entgegnete Erich.

„Hier im Dorf funktioniert das. Die Damenrunde, die Torstens Zeug konsumiert, hält dicht, aber wenn wir Cannabis im großen Stil anbauen und verkaufen, haben wir bald nicht nur die Rauschgiftfahnder, sondern auch die Drogenkartelle am Hals. Dann haben wir die Wahl zwischen Knast und Friedhof. Und im Knast treffen wir früher oder später wieder auf die Erpresser."

Betretenes Schweigen. Nicken. Zustimmen. „Willi hat recht. Außerdem würde das meiner Polizeikarriere schaden", stöhnte Erich.

Torstens sekundenlanger Traum, groß ins Marihuana-Geschäft einzusteigen, platzte wie eine Seifenblase. „Oh Mann! Und wie geht's jetzt weiter?"

Willi hob wieder den Lottoschein hoch. „Wir warten auf Mittwoch. Wenn wir den Jackpot knacken, haben wir keine Probleme mehr."

„Und wenn nicht, Willi?"

Der Automechaniker murmelte die nächsten Worte etwas widerwillig: „Der nächste Punkt auf unserem Zettel heißt: Banküberfall!"

„Oder von hier wegziehen", warf Torsten ein.

„Wollen wir das?", fragte Erich seine Freunde.

Alle drei waren sich einig. Nein! Hier im Dorf fühlten sie sich wohl. Sie waren anerkannt und hatten mit vielen Leuten Freundschaft geschlossen. Demnach blieben tatsächlich nur die beiden Punkte, Banküberfall und Marihuana-Geschäft, übrig, um an Geld zu kommen.

Erich und Willi war es völlig klar, dass bei der Planung eines todsicheren Banküberfalls Torsten besser außen vor bleibt. Er war mit seinem Talent, in jedes auch noch so kleine Fettnäpfchen zu treten, ein viel zu großes Risiko. Also beschlossen sie, bis Mittwoch einen perfekten Plan für einen Banküberfall auszuarbeiten, während Torsten in seinem Hanffeld arbeitete, um so viele Kräutermischungen zum Rauchen und Backen herzustellen wie nur möglich.

Drei Freunde, drei Optionen! Sie ordneten die letzten Möglichkeiten an Geld zu kommen in eine Reihe.

Plan A – Lottogewinn
Plan B – Banküberfall
Plan C – Marihuana-Geschäft ausweiten

Torsten rackerte wie verrückt in seinem Kräutergarten. Hier wurde gegossen, dort etwas Unkraut gezupft. Nach der Pflege seiner Kräuter begann er mit der Ernte. Hibiskus, Pfefferminze, Zitronenmelisse, Thymian und noch einige andere Kräuter wurden fein säuberlich gerupft oder abgeschnitten. Er legte den Ertrag in einen großen Korb und ging zur Scheune. Auf einem großen Tisch, der noch von den Vormietern hier stand, breitete er alles aus. Zufrieden betrachtete er die Zutaten für seine Heilkräutermischung.

Er wischte seine Hände an der Latzhose ab, die an *Peter Lustig* und den Bauwagen aus *Löwenzahn* erinnerte, packte den Korb und ging wieder nach draußen. Sein Ziel war das Marihuana-Feld. Die Pflanzen wuchsen erstaunlich schnell und trugen stattliche Dolden. Als er diese begutachtete und mit gekonntem Blick erntete, war er stolz auf sich.

„Im Leben bin ich ein Tollpatsch und Loser, aber hier im Garten bin ich der Chef", sagte er. Das Gärtnern lag ihm im Blut und wenn es half das Leben seines Freundes zu retten, würde er auch die ganze Woche ohne Pause durcharbeiten. Er, Torsten der Voll-Chaot, beherrschte etwas, das andere nicht konnten. Er besaß ein unbeschreiblich gutes Gefühl für Pflanzen. Verwendete stets die richtige Menge Dünger, der natürlich von Bauer Hubers Misthaufen stammte. Demselben Misthaufen, der auch den permanent in der Luft liegenden Marihuana-Duft überdeckte.

Zum Erstaunen aller konnte Torsten auch mit Gartengeräten unfallfrei umgehen. Vielleicht lag das daran, dass der junge Mann beim Gärtnern nicht nachdachte, sondern rein aus Gefühl handelte.

Er wusste, dass er oftmals sehr tollpatschig handelte, und bei gewöhnlichen Arbeiten aller Art extrem talentfrei war. Ihm war aber auch bewusst, dass er wohl die perfekte Mischung aus Kräutern, Gewürzen und Marihuana entdeckt hatte, die dazu geeignet war, die Alltagsprobleme der älteren Damen hier im Dorf zu lindern.

Seine Medizin wirkte außerordentlich gut und die Frauen hatten ihn ins Herz geschlossen. Ein Gefühl, das Torsten bis dahin nicht gekannt hatte, abgesehen von seiner Familie und natürlich seinen beiden besten Freunden Erich und Willi. Hier im Ort mochte man ihn und er war für sie alle wichtig, außerdem vertraute er Oma Huber. Sie war alt, aber rüstig. Sie kannte fast jeden Menschen im Umkreis von 30 Kilometern und hatte enormen Einfluss. Er wusste, dass sie verschwiegen sein konnte. Und sie war seine große Hoffnung zur Rettung seiner Freunde.

Während Torsten im Garten die Kräuter geschnitten hatte, war in ihm diese Idee gereift. Sollte das mit dem Lotto-Jackpot-Plan misslingen, würde er Oma Huber von der Erpressung erzählen. Seine Idee war es, so viele Kräutermischungen herzustellen, dass er eine ganze Armee von Rentnerinnen damit topfit machen konnte.

Der Hobby-Gärtner sah sich in Gedanken als Druide gekleidet, der mit der goldenen Sichel Misteln schnitt. Er war der moderne *Miraculix* aus dem *Asterix und Obelix* Comic. Er war in der Lage einen Zaubertrank herzustellen. Allerdings nicht als Trunk, sondern zum Rauchen und als Backmischung. Er würde so viele Tüten von seinem Stoff verkaufen, dass er an die Erpresser die geforderten 100.000 Euro zahlen konnte.

„Wenn Oma Huber 100 andere Omas kennt, und die wieder so viele andere Omas kennen, und ich genug Tüten zusammen habe, dann bekomme ich", beim Rechnen benutzte er die Finger, betrachtete beide Hände, gab es auf und sagte leise: „verdammt viel Geld!"

Während Torsten in der Scheune damit beschäftigt war, seine Heilkräutermischung im großen Stil herzustellen, saßen Erich und Willi am Küchentisch und zerbrachen sich den Kopf, wie sie einen perfekten Banküberfall ausführen konnten.

In einer Sache waren sie sich einig. Torsten blieb zu Hause! Er war das größte Risiko, denn der Jüngste der drei Kumpels zog das Unglück geradezu magisch an.

„Also noch einmal", flüsterte Willi, obwohl sie allein waren. „Ich stelle den BMW in der Seitenstraße ab." Sein Zeigefinger lag auf dem Stadtplan ihrer benachbarten Marktgemeinde. „Du stehst Schmiere, ich renne zur Bank, stürme rein, rufe laut: Überfall! Geld her! Zeige meine Pistole, lasse mir das Geld geben und haue wieder ab! Wir fahren dann ganz langsam aus dem Ort raus und gehen zu EDEKA-Körner, kaufen etwas und holen uns bei Antonio eine Pizza. Torsten setzen wir vor dem Überfall dort ab. Er bestellt die Pizzen und wartet. Zu Antonio sagt er, dass wir noch beim Einkaufen sind. Das ist das perfekte Alibi!"

„Richtig. Das Alibi ist perfekt", antwortete Erich. „Nur hast du einen kleinen Denkfehler."

Willi blickte abwechselnd auf den Stadtplan, dessen Rand voller Werbeanzeigen war, und zu Erich. Dieser lehnte sich zurück und verschränkte seine Arme. Der Automechaniker wartete darauf, dass sein übergewichtiger Freund weitersprach, doch Erich schwieg. Genervt fragte Willi: „Was für ein Denkfehler?"

„Du wartest im Auto. Du bist der Fahrer, ich bin derjenige, der in die Bank stürmt und den Überfall ausführt!"

Jetzt lehnte sich Willi zurück. „Das geht nicht!"

„Oh doch!"

„Oh nein!"

„Oh doch!"

„Oh nein!"

„Und ob das geht!"

„Das geht eben nicht!"

Erich beugte sich wieder nach vorn. „Und warum nicht?"

„Weil ... weil du ... nun, ich glaube, ich kann ...", er überlegte, wie er sich am besten ausdrücken sollte, um Erich nicht zu beleidigen. „Ich glaube, ich kann schneller rennen als du. Ich habe in der Schule beim Sportfest eine Siegerurkunde bekommen und war beim 50-Meter-Lauf der Schnellste."

Erich grübelte. „Das ist ein gutes Argument. Ich hätte damals auch fast eine Siegerurkunde bekommen, aber ich habe mir beim Weitsprung den Fuß verstaucht und konnte deshalb nicht am 50-Meter-Lauf teilnehmen."

„Wie weit bist du denn gesprungen?"

Erich verzog das Gesicht und starrte Willi leicht sauer an. „Das war ein Fehlversuch, ich bin beim Anlaufen gestolpert und richtig dumm auf dem Sprungbein aufgekommen. Der Sprung wurde nicht gewertet, also auch nicht vermessen! Reicht das als Antwort?"

Willi hob abwehrend die Hände. „Das war kein Vorwurf. Hätte ja sein können, dass du dir erst beim dritten Sprung ..."

„Nein!", hakte Erich ein. „Beim ersten Versuch, und jetzt ist das Thema abgeschlossen!"

Willi schwieg. Erich auch. Der Automechaniker musterte seinen schwergewichtigen Freund, gab sich einen Ruck und fragte abermals. „Okay, also ... was schlägst du vor?"

Erich stellte das Schmollen ein. „Wie du weißt, bin ich der Kriminalist unter uns. Dein Denkfehler ist, dass du der Fahrer bist, der *Driver*, der Mann, der mit laufendem Motor im Auto wartet und Gas gibt, wenn ich nach dem Überfall ins Auto springe."

Willi schnaufte bei diesem Gedanken gewaltig ein und wieder aus. Gedanklich sah er Erich schnell zum BMW laufen, die Tür aufreißen und hineinspringen. Nein! Das konnte niemals funktionieren! „Nun", wollte er einhaken, doch Erich sprach weiter.

„Wenn ich es mir so recht überlege, sollten wir beide zusammen in die Bank stürmen."

„Wieso denn das?"

„Rückendeckung! Wenn ein Bankkunde versucht den Helden zu spielen, könnte er mich an der Flucht hindern. Oder noch schlimmer, einer der Bankangestellten löst Alarm aus, weil ich nicht alle beobachten kann. Wenn zwei Bankräuber im Schalterraum sind, kann einer die

Kohle holen, der andere hält die Kunden und die Bankangestellten in Schach."

Jetzt beugte sich auch Willi nach vorn. Ein breites, siegessicheres Grinsen huschte über sein Gesicht. Das klang vernünftig. Er war überzeugt. „So machen wir es!"

Erich war in seinem Element. Es war, als würde er einen Kriminalfall lösen, nur eben rückwärts. Er löste den Fall nicht, sondern entwarf einen perfekten Plan, der einfach nicht schiefgehen konnte. „Jetzt zur Verkleidung! Wir müssen unsere Gesichter verdecken."

„Strumpfmasken?"

Erich lachte. „Sag mal, aus welchem Jahrhundert stammst du denn? Wir sind moderne Bankräuber. Da trägt man Kostüme."

Willi nahm gerade einen Schluck Orangensaft, als Erich das mit den Kostümen sagte, verschluckte er sich und hustete. „Was? Kostüme? Du wirst doch nicht im Ernst glauben, dass wir als Prinzessinnen oder Gartenzwerge mit Zipfelmützen oder noch schlimmer, als Einhörner in die Bank stürmen. Die lachen sich alle tot. Ich möchte nicht im Gefängnis sitzen und von jedem Häftling mit: *na, kleine Prinzessin,* begrüßt werden." Gleichzeitig stellte er sich Erich im Prinzessinnenkostüm mit Krönchen vor und begann herzhaft zu lachen.

„Warum lachst du so blöd?", fragte Erich verwundert.

„Ich ... ha ha ... ich ... ha ha", prustete Willi, „ich stelle mir vor, wie du in hautenger weißer Leggins und Tütü-Röckchen und 'ner Krone auf dem Kopf aussiehst. Und vielleicht zückst du statt dem Revolver einen Zauberstab und drohst die Bankangestellten in Frösche zu verwandeln ... ha ha ..."

„Idiot! Das sind Feen und keine Prinzessinnen. Oh Mann, ich möchte einmal im Leben mit Profis arbeiten."

Erich schmollte wieder.

Nachdem Willi Kaffee gekocht hatte und Torsten eine Packung Gebäck dazu servierte, hatte sich Erich beruhigt.

Sie saßen zu dritt am Tisch. Torsten überlegte, ob er seinen Kumpels von dem Plan, Oma Huber mit ins Boot zu nehmen, erzählen sollte. Letztendlich entschied er sich dazu, es für sich zu behalten. Das war seine Geheimwaffe. Stattdessen holte Erich aus und präsentierte den perfekten Plan zum Bankraub. Er hatte die letzten Einzelheiten ausgetüftelt, während Willi den Kaffee aufgesetzt hatte.

„Herhören und Mund halten. Ich sage euch Anfängern jetzt, wie wir vorgehen, wenn das heute Abend mit dem Lotto-Jackpot nicht klappt!"

Torsten und Willi lauschten gebannt. Erich schob sich drei Plätzchen gleichzeitig in den Mund und spülte sie mit Kaffee hinunter. Torsten schüttete Unmengen von Zucker in seine Tasse und rührte ewig lange um. Willi war neugierig ohne Ende.

Erich genoss diese Situation und zögerte sie abermals hinaus, indem er noch einmal in die Gebäcktüte griff. Diesmal nahm er aber nur ein Teilchen in die Finger, schob es in den Mund, kaute und schluckte es hinunter. Dann begann er endlich, seinen Plan vorzustellen. „Wir machen es folgendermaßen: Wir fahren zu dritt los. Torsten setzen wir bei Antonio ab. Er bestellt Pizza."

„Was soll das?", monierte der Gärtner.

„Das ist wichtig. Sehr wichtig sogar. Du bist unser Alibi. Wenn du das versaust, wandern wir ins Gefängnis."

Torsten schwieg erst, sagte dann aber überrascht: „Echt? Wenn ich keine Pizza bestelle, müssen wir in den Knast? Wahnsinn." Denken war echt nicht so sein Ding. Er kapierte das nicht, wollte aber nicht nachfragen. Die anderen sollten glauben, er wüsste, um was es ging. Er war froh, als ihm Erich nun einen kurzen Vortrag über ein wasserdichtes Alibi hielt und dass er eine extrem wichtige Rolle beim Banküberfall spielte. Torsten fühlte sich wie ein Held.

„Weiter", drängte Willi.

„Wir beide kaufen dann schnell etwas bei EDEKA-Körner ein und fahren anschließend zur Bank. Dort ziehen wir unsere Tarnung an."

„Was für eine Tarnung?"

„Wir haben uns doch neulich unterhalten und über Fasching gesprochen."

„Karneval?", wollte Torsten wissen.

„Bei uns heißt das Fasching", verbesserte Willi.

Erich sprach weiter. „Torsten war Cowboy."

„Ich war Revolverheld. Zwei Kanonen im Gürtel", verbesserte Torsten.

„Willi war gar nicht verkleidet und ich ging als Batman."

„Was hat das mit dem Banküberfall zu tun?", fragte Willi.

„Wir schlüpfen in diese Kostüme, verwenden Torstens Revolver und überfallen die Bank. Wir geben uns gegenseitig Deckung. Sobald wir die Kohle haben, laufen wir zum Auto und fahren zu Antonio. Dort holen wir Torsten und die Pizzen ab. Fertig!"

„Moment!", hakte Willi ein. „Du gehst als Batman, Torsten gibt uns die Revolver. Und wie verkleide ich mich?"

Erich nickte mit selbstsicherer Miene. „Das Batman-Kostüm war ein Zweiteiler. Batman und Robin. Ich habe Batman in XXXL gekauft und Robin in XL, weil ich das anziehen wollte, sobald ich etwas abgenommen habe. Ihr wisst ja, ich bin im täglichen Training für den Polizei-Einstellungs-Sport-Test."

„Batman und Robin", klatschte Torsten in die Hände. „Da kann nichts schiefgehen. Die beiden schaffen alles."

„Zumindest haben die auch Augenmasken. Okay. Ich schau mir das Kostüm mal an. XL könnte passen", kommentierte Willi.

„Dann ist der BMW das Batmobil", lachte Torsten, dessen Gesicht sich plötzlich versteinerte. „Leute, meine Knarren sehen zwar aus wie echt, sind aber keine echten Colts. Das wisst ihr schon, gell?"

„Ist das ein Problem?", setzte Willi nach und sah Erich fragend an.

Dieser blieb locker. „Es reicht, wenn sie wie echte Revolver aussehen! Wir wollen ja nur einschüchtern und niemanden erschießen!"

Alle waren sich einig. Das Ding würde klappen.

Mittwochabend. Die Ziehung der Lottozahlen wurde live mitverfolgt. Torsten hielt den Tippschein in der Hand, Willi starrte auf den Bildschirm, Erich notierte die Gewinnzahlen auf einen Notizzettel. Willi wiederholte jeweils laut die gezogene Zahl.

„Treffer!", jubilierte Torsten gleich bei der ersten Gewinnzahl.

„Fängt vielversprechend an", grinste Willi.

Die zweite Zahl folgte. Willi sagte vor, Erich schrieb mit, Torsten verglich auf dem Tippschein. „Haben wir auch!"

„Hey, super gemacht Willi. Schon zwei Richtige", freute sich Erich.

Als Torsten auch bei der dritten Zahl ansagte, dass sie angekreuzt war, schwappte die Freude fast über. Willi strahlte über das ganze Gesicht. „Juhuu, wir haben schon drei Richtige und bekommen unseren Einsatz zurück."

„Pass auf, die vierte Zahl kommt", sagte Erich.

Willi las vor. Erich schrieb mit und Torstens Augen rasten über den Lottoschein. „Wieder richtig!"

„Jaaaa! Vier Richtige! Jetzt wird es spannend, Leute!", brüllte Willi aufgeregt.

Erich bekam vor Freude einen Schweißausbruch. Unter den Achseln färbte sich das T-Shirt dunkel, auf der Stirn bildeten sich kleine Schweißperlen, die Nackenhaare klebten an der Haut.

Wieder las Willi vor und abermals vermeldete Torsten einen Treffer. „Bingo!"

„Ein Fünfer! Freunde unter der Sonne, wir haben 5 Richtige! Ich fasse es nicht. Nur noch eine Zahl .... Achtung ... aufgepasst! Jetzt wird sie gezogen!"

Erich und Willi starrten auf den Bildschirm. Ihr Puls trommelte, Erichs Schweißperlen kullerten über sein Gesicht. Ein Griff in die Hosentasche folgte. Mit einem Taschentuch wischte er sich schnell über die Stirn und einmal um den Kopf herum, dann verschwand das Taschentuch wieder in der Hosentasche.

Mit beinahe zittriger Stimme sagte Willi die letzte Zahl an. Erich schrieb sie auf. Torstens Augen funkelten.

„Die haben wir auch, Leute! Alle Zahlen!"

Willi klatschte in die Hände, sprang auf, tanzte um den Tisch herum und begann zu singen: „We are the Champions .... We are the Champions ..."

Erich lehnte sich zurück. Er konnte das Glück kaum fassen. „Gib mir mal den Lottoschein. Aber Vorsicht, das ist das wertvollste Stück Papier, das du jemals in den Händen gehalten hast. Ich bin total erleichtert."

Torsten streckte den Arm aus, Erich nahm den Lottoschein und betrachtete ihn. Dann sah er auf seinen Notizzettel, wieder auf den Lottoschein und wieder auf den Notizzettel.

Willi tanzte in die Küche. „Leute, haben wir Sekt im Haus? Ich würde sagen, wir feiern!"

Torsten tanzte nun ebenfalls voller Freude durchs Wohnzimmer. „Juppi duppi dieh ... ha ha ha ... juppi duppi deih!", sang er dazu und übertönte Willi, der außer dem Refrain des Welthits von Queen keine weiteren Textpassagen auswendig kannte.

Erich wurde leichenblass. Er holte tief Luft, stand auf und brüllte so laut er nur konnte: „Tooorsteeen!"

Willi kam aus der Küche zurück. Torsten tanzte immer noch herum, grinste Erich an und sang im Hip-hop-Stil: „Erich steht da ... Torsten tanzt ... Willi holt Sekt ... die Korken knallen! Yeah .... Antonio macht Pizza .... Wir spielen Lotto... er schneidet sie in Otto .... Wir holen die Millionen ... yeah ..."

„Tooorsteeen!", wiederholte Erich laut.

Schlagartig schwiegen alle und starrten das Schwergewicht an.

„Du bist der größte Vollidiot, den ich kenne. Hast du schon einmal Lotto gespielt?"

Torsten wunderte sich. „Nein, warum fragst du?"

„Weil wir keinen Gewinn haben. Die Zahlen müssen alle im gleichen Kästchen sein. Wir haben zwar alle Zahlen, aber jede ist in einem anderen Spiel. Wir haben nichts gewonnen, absolut gar nichts!"

Willi stockte der Atem. „Wie nichts?"

„Nichts", wiederholte Erich.

Torsten kratzte sich am Hinterkopf. „Verstehe ich nicht. Wir haben doch alle Zahlen. Ich bin doch nicht blöd!"

Willi ging zu Erich und nahm ihm den Lottoschein aus den Händen. Er warf einen Blick darauf, verglich ihn mit Erichs Notizen und wiederholte: „Nichts!"

Die gute Laune hatte sich in Luft aufgelöst.

Torsten verstand die Welt nicht mehr. „Ihr meint echt ... nichts!"

„Gar nichts! Nicht mal ein Dreier", kam es bedrückt.

„Oh Mann, Torsten. Ich habe mich so gefreut", knickte Erich ein.

„Das tut mir leid, ich dachte wirklich, wir hätten gewonnen."

Erich setzte sich. Willi auch. Torstens Stimme senkte sich. „Es tut mir echt leid, Leute", wiederholte er. „Ich bin wirklich ein Trottel."

„Das war nicht so gemeint", ruderte Erich seinen Wutausbruch von gerade eben zurück.

„Und jetzt?", fragte Willi, der sich auch wieder gefangen hatte.

„Batman und Robin?", schlug Torsten vor.

„Eine andere Wahl haben wir nicht, wenn wir weiterleben möchten."

Erich ballte die rechte Hand zur Faust und knallte sie in seine linke Handfläche. „Batman und Robin! Wir ziehen den Überfall durch. Morgen früh rauben wir die Bank aus!"

Kapitel 4
Batman und Robin in Action

Torsten saß auf dem Sofa und betrachtete seine beiden Revolver. Es waren Nachbildungen des legendären Colt *Peacemaker* von 1873. Die Waffen waren zur Dekoration bestimmt. „Wenn die echt wären, könnte man auf die Gangster warten und sie entsprechend empfangen. Dann würden wir ihnen Feuer unterm Arsch machen!"

„Ach ja", tönte es dumpf aus Erichs Zimmer. „Ich könnte ja problemlos damit umgehen. Als angehender Polizist bin ich natürlich ein erstklassiger Schütze, aber bei dir hätte ich Bedenken."

„Wo hast du denn das Schießen gelernt?"

Erichs Stimme wurde lauter. „Ich bin ein Naturtalent. Das wurde mir in die Wiege gelegt." Er kam ins Wohnzimmer. „Und angefangen habe ich als Sportschütze auf dem Münchner Oktoberfest. Die Besitzer der Schießbuden haben aus Respekt die Augen verdreht, als ich kam. Junge, waren das Zeiten."

Torsten musste zweimal hinsehen, als Erich im Batman-Kostüm vor ihm stand. Er wusste nicht, ob er lachen oder weinen sollte. Erich steckte in einer schwarzen Leggins, die ab den Knien blau eingefärbt war und damit Batmans schwarze Stiefel imitierend abgrenzten. Der Oberkörper war in ein ebenfalls tiefschwarzes, hautenges Long-Shirt gepresst. Das Batman-Emblem auf der Brust wirkte extrem unförmig, da es nicht auf Batmans Sixpack auflag, sondern sich über Erichs gigantischen Bauch erstreckte.

Die Batman-Maske mit den auffällig stehenden Fledermausohren war über den Kopf gezogen und verdeckte das Gesicht. Nur die Mundpartie lag frei. Um die Hüfte war ein Gürtel gespannt. Der Metallstift der Schnalle war im allerletzten Loch eingehakt. Ein Umhang rundete das Kostüm ab.

„Ich ... ich", haspelte Torsten, „bin beeindruckt." Er musste sich das Lachen extrem verkneifen. *Bat-Elephant-Man*, lag ihm auf der Zunge, oder noch treffender wäre *Bat-Nilpferd-Man* gewesen. Doch er schwieg. Er wusste, wie ungehalten sein Kumpel reagieren konnte, wenn man ihn auf seine Figur, beziehungsweise das Übergewicht ansprach, also blieb er bei seiner Aussage und bekräftigte sie noch einmal. „Ja, wirklich sehr beeindruckend."

Erich war stolz. Er fühlte sich fast wie der echte Batman. Es war, als wären die Superkräfte des Comic-Helden auf ihn übergegangen. Das Kostüm verwandelte ihn von Erich, den angehenden Super-Polizisten, in Erich, den wahren Batman. Batman, der Superheld, der alle Probleme löste.

„Ta ta ta ... taaaaa", tönte es und Willi hüpfte als Batmans Gehilfe Robin ins Wohnzimmer.

Enge lindgrüne Leggins, enganliegendes Long-Shirt, dessen Brust und Rückenbereich rot gefärbt und die Ärmel ebenfalls lindgrün waren. Eine Augenmaske verbarg einen Teil des Gesichts und ein gelber Umhang hing lasch am Rücken.

„Hallo Robin!", wurde er von Erich freudestrahlend begrüßt.

„Hallo Batman!", zischte Willi mit fester Stimme.

„Hallo Willi", entgegnete Torsten.

„Und? Wie sehe ich aus?", fragte Willi.

„Perfekt", kam es von Batman.

„Du siehst aus wie Willi in einem Robin-Kostüm", meinte Torsten nüchtern.

Batman ging zum Tisch und nahm die Colts. Einen reichte er Robin. Beide hielten die Revolver hoch, begutachteten sie und machten Zielübungen.

„Hände hoch! Geld her! Das ist ein Überfall!", schmetterte Erich.

„Hoch mit den Flossen! Keine dumme Bewegung und raus mit der Knete!", machte es ihm Robin nach.

„Kein Falschgeld rein", flüsterte ihnen Torsten zu.

Erich schob den Revolver umständlich in den Gürtel. Das heißt, er versuchte ihn dort hineinzuschieben, aber es misslang, da nur der Lauf hineinpasste. Der Teil mit der Trommel war zu breit oder der Gürtel zu eng. Anders ausgedrückt: Batman war zu dick. Je nachdem, wie man es betrachtete. Also behielt Batman den täuschend echt aussehenden Colt in der Hand. „Du bekommst in der Bank kein Falschgeld, Kumpel."

Torsten beharrte darauf. „Doch!"

„Pass mal auf, Torsten. Wenn ich sage, dass du in der Bank kein Falschgeld bekommst, dann ist das so."

„Diesmal habe ich recht!"

Robin mischte sich ein. „Was meinst du mit *Falschgeld?*"

„Na das Geld, das nach dem Überfall bunt wird."

Erich klopfte sich an die Stirn. „Na klar, jetzt weiß ich, was du meinst. Du meinst das Sicherheitspäckchen, das sie gerne in Geldbündel stecken. Die Dinger explodieren und färben Geld und unter Umständen auch die Hände des Bankräubers bunt. Die Geldscheine sind dann unbrauchbar und die Farbe bekommt der Bankräuber nicht ab. Das war ein sehr guter Hinweis."

Torsten freute sich.

„Robin, wir müssen die Bankangestellten darauf aufmerksam machen, dass sie uns gefälligst kein *Safty Pack* unterjubeln, sonst ...", er hob den Colt und zog den Abzug durch. Natürlich passierte nichts, da die Deko-Waffe unbrauchbar gemacht worden war, aber Willi, alias Robin, wusste Bescheid.

„Richtig! Kohle einpacken, aber kein Sicherheitspäckchen, sonst ...", wiederholte Robin mit tiefer, angsteinflößender Stimme und hielt seinen Colt ebenfalls bedrohlich nach vorn.

„Und, wie waren wir?", wollte Erich wissen.

Torsten zog eine Schnute. „Nicht so überzeugend. Ihr müsst das noch ein wenig üben!"

„Dachte ich mir. Ich bin ja schließlich ein Polizist und stehe auf der anderen Seite des Gesetzes, da muss man das erst noch lernen!"

Das Üben begann.

Torsten spielte den Bankangestellten, Robin und Batman stürmten von der Küche aus ins Wohnzimmer und brüllten immer wieder ihren Text.

Sie übten auch den kontrollierten Rückzug, wobei Erich beim Rückwärtsgehen zweimal über den Teppich stolperte und Robin dabei fast umrannte. Daraufhin beschlossen sie, die Bank nicht rückwärts, sondern vorwärts zu verlassen.

Nach etlichen Versuchen waren sie der Meinung, es perfekt hinzubekommen. Der nächste Schritt wurde durchgesprochen. Das *Timing!*

Auch hier waren einige Ungereimtheiten abzustimmen. Am Ende eines langen Diskussionsabends stand der finale Überfallplan fest.

Erich fasste alles noch einmal zusammen. „Wir packen die Kostüme und die Colts in den Kofferraum. Dann fahren wir zu EDEKA-Körner. Willi und ich kaufen eine Kleinigkeit ein. Torsten, du wartest im Auto. Nach dem Einkauf setzen wir dich vor Antonios Pizzeria ab. Du versteckst dich im Gebüsch gegenüber des Lokals. Wir fahren währenddessen in die benachbarte Marktgemeinde. Unterwegs halten wir an und ziehen uns um. Wenn wir im Ort angekommen sind, parken wir in der Seitenstraße, gleich bei der Bank. Dann gehen wir rein und ziehen programmgemäß den Überfall durch. Sobald wir mit dem Geld zurück im Auto sind, senden wir dir die codierte Nachricht, dass wir den Einkauf erledigt haben. Dann gehst du zu Antonio und bestellst die Pizzen. Für mich bitte eine Familienpizza mit extra Käse und was möchtest du haben, Willi?"

Willi zuckte mit den Schultern. „Ich bin nervös. Ich weiß nicht, was für eine Pizza ich essen soll."

„Dann nimm doch eine Pizza Vier Jahreszeiten, da kannst du nichts falsch machen. Solltest du keinen Hunger drauf haben, kann ich dir helfen", schlug Erich vor.

„Du hast doch schon die große Familienpizza", meinte Torsten.

„Ich nehme Salami und Peperoni", beschloss Willi.

„Okay, die ist auch nicht schlecht", nickte Erich. „Und wenn du sie nicht schaffst, kümmere ich mich um den Rest."

„Wie geht der Plan weiter?", drängte Torsten.

„Wir fahren zurück, ziehen uns unterwegs wieder um und holen dich ab. Zu Antonio sagst du, dass wir im EDEKA sind."

„Ein perfekter Plan!"

Torsten war noch nicht ganz zufrieden. „Ich habe da noch einen kleinen Einwand."

„Was denn?"

„Wenn ihr auf der Flucht seid, Stress habt und deshalb keine Nachricht abschicken könnt, sitze ich ewig lange in diesem Gebüsch."

Sie überlegten. Willi hatte den idealen Einfall. „Leute, wie wäre es, wenn wir die Telefonverbindung durchgehend aufrechterhalten?"

„Wie?", wollten die anderen wissen.

„Wir rufen Torsten an, bevor wir in die Bank stürmen. Er kann den Überfall am Telefon live mitverfolgen, weiß, wann wir wieder im Auto sind und auch, wann wir losfahren."

„Das könnte von mir sein. Genial!", lobte Erich. „Genauso machen wir es."

Jeder war zufrieden. Alle hatten einen Teil zum Gelingen des perfekten Bankraubs beigetragen. Sie waren ein Team. Sie waren besser als die drei Musketiere, besser als die drei ??? und besser als jedes andere Team auf der Welt. Sie waren drei Freunde fürs Leben und standen füreinander ein.

Am nächsten Morgen war alles wie immer. Charles, der Friesenhahn, krähte wie blöd, Torsten öffnete das Fenster, atmete einen tiefen Zug nach Gülle riechender Landluft ein und begrüßte Charles mit: „Moin, moin!", woraufhin ihr redseliger Nachbar Alfons zurückgrüßte. Die Kumpels riefen Torsten zu, dass er ruhig sein sollte und Alfons legte frische Eier vor der Tür ab, weil niemand auf sein Läuten und Klopfen reagierte.

Beim Frühstück gingen sie ein letztes Mal den perfekten Plan für den Banküberfall durch. Jeder, auch Torsten, wusste, worauf es ankam. Alle drei waren aufgeregt ohne Ende, jeder wollte aber vor den anderen als *cool* gelten, also gab keiner zu ultranervös zu sein.

Die Tasche mit den Kostümen und den beiden Revolvern war gepackt. Ein Stoffbeutel mit dem Pandabären-Aufdruck von *WWF* sollte als Geldtasche für die Beute dienen.

Alle drei standen schließlich vor dem BMW.

„Alles klar?", fragte Willi.

Erich hielt den Daumen hoch. Torsten blickte nach oben und fragte: „Hast du was gesehen?"

Verwundert antwortete Erich: „Nein."

„Warum zeigst du dann nach oben?"

„Ich zeige doch gar nicht nach oben, ich mache das Zeichen für okay. Und außerdem, was soll schon dort oben sein?"

„Keine Ahnung. Vielleicht ein toter Vogel."

Willi blickte nach oben. „So ein Quatsch. Tote Vögel fliegen nicht."

„Aber sicher bist du dir nicht. Sonst hättest du nicht nach oben geschaut."

Erich reichte es. Seine Nerven waren zum Zerreißen gespannt und er wollte endlich losfahren, um die Sache hinter sich zu bringen. Er fühlte sich mieser als vor einem Zahnarzttermin. „Ruhe jetzt. Wir diskutieren ein anderes Mal darüber. Sonst dauert das wieder so lange wie neulich, als du behauptet hast, da hatte ein Flugzeug eine Panne und ein anderes hat es abgeschleppt."

Torsten stemmte die Hände in die Hüften. „Das war so. Ein Flugzeug hat ein anderes gezogen. Also hatte das Hintere eine Panne."

„Torsten, zum hundertsten Mal. Das war ein Segelflugzeug. Es wird nach oben gezogen und dort ausgeklinkt, damit es segeln kann."

„Ich bin mir da nicht ganz sicher. Es könnte ja auch sein, dass es liegen geblieben war oder nicht mehr runter kam, also musste es abgeholt werden. Wenn man etwas raufschleppt, kann man es auch wieder runterschleppen, so einfach ist das."

Willi und Erich wussten in diesem Moment, dass ihr Plan, Torsten während des Überfalls bei Antonio zu parken, richtig war.

„Los, einsteigen, wir fahren los."

Die drei Erpresser saßen in einem Sprinter. „Als ich sagte, wir brauchen ein neues Auto mit mehr Volumen, meinte ich, dass wir uns ein schnelleres Auto besorgen sollten, keinen größeren Wagen", murrte der Alte und schielte zu dem Fahrer.

„Dann hättest du sagen müssen, wir brauchen ein Auto mit mehr Hubraum. Volumen ist für mich die Ladefläche, Hubraum heißt es beim Motor!"

„Noch so ein Spruch und du bekommst eine Ohrfeige."

Der Fahrer schwieg.

Der Jüngste von ihnen wollte schlichten. „Außerdem stand diese Karre so richtig einladend herum. Ich hätte am liebsten gewartet und mir die dummen Gesichter der Leute angesehen, die die Umzugskisten ausgeladen und ins Haus getragen haben", lachte er. „Wie dämlich von denen, die Schlüssel stecken zu lassen."

„Und der Fahrer ist ein besonderer Trottel. Er hat sogar seinen Geldbeutel und die Papiere hier drinnen", lachte der Vater und durchstöberte die Geldbörse. Er hob freudestrahlend einen Fünfziger hoch. „Wir können wieder einkaufen!", dann verstummte er, überlegte und schob nach: „Das ist ein Leihwagen."

Der Jüngste grübelte. „Der gehört den Leuten gar nicht? Müssen wir jetzt die Gebühren zahlen?" Er fing sich schräge Blicke ein.

„Junge, du bist wirklich nicht die hellste Kerze im Leuchter. Wir haben die Kiste hier geklaut. Wir bringen sie weder zurück noch zahlen wir etwas. Und der Schriftzug an der Seite ist die perfekte Tarnung. Jeder denkt, wir haben den Sprinter nur ausgeliehen."

Der Fahrer meldete sich zu Wort. „Die Bullen werden uns aber schnell finden. Die suchen das Auto bestimmt bald."

„Ihr Anfänger", schnaufte der Vater. „Wir fahren heute Nacht zu dieser Leihwagenfirma und tauschen die Kennzeichen aus. Das merkt kein Schwein. Dann fahren wir einen Leihwagen mit Kennzeichen, die nicht als geklaut gelten."

Alle drei lachten. „Paps, du bist einfach der Beste!"

„Und bald haben wir fette Kohle. Die drei Schwachköpfe werden zahlen. Das spüre ich. Die haben Angst ohne Ende."

Der Fahrer lachte laut. „Der Fette hat mehr gezittert als ein Wackelpudding."

Sie fuhren die Hauptstraße der Ortschaft entlang.

„Schaut mal dort rüber, da sind Batman und Robin."

„So ein Quatsch!"

Die Köpfe flogen herum.

„Tatsächlich!"

Der Alte konnte nicht glauben, was er sah. „Fahr mal rechts ran. Ich habe da eine Vermutung!"

Der Fahrer lenkte den Sprinter an den Fahrbahnrand und blieb stehen.

„Sind das die Echten?"

„Blödmann, die gibt's nicht in echt", erklärte der Bruder.

„Ist schon Fasching?", kam als nächstes.

„Schnauze und aufpassen, Jungs. Heute ist unser Glückstag."

„Also, ist jetzt Fasching oder nicht?", wollte der Jüngste nach wie vor wissen.

Klatsch

„Aua! Warum habe ich jetzt schon wieder eine Ohrfeige kassiert?"

„Weil ich sagte, Schnauze halten!"

Der andere starrte auf die Straße. „Batman und Robin kamen aus der Seitenstraße dort. Glaubst du, deren Batmobil steht da?"

Der Alte rieb sich die Hände. „Das kann gut sein, mein Sohn. Fahr rein und bleib dort stehen. Heute werden wir richtig Asche machen und dann legen die drei Vollidioten trotzdem noch was drauf." Er lachte schallend.

„Wenn das nicht die Echten sind, haben sie auch kein Batmobil!"

Ein strenger Blick des Vaters reichte.

Wie geplant, hatten sie die Kostüme angezogen und fuhren weiter.

„Wir sehen ziemlich blöd aus. Was sagen wir, wenn uns die Polizei anhält?", fragte Willi.

„Wir setzen die Masken erst auf, bevor wir aussteigen. Und wenn uns meine zukünftigen Kollegen davor aufhalten, sagen wir einfach, dass wir für nächsten Fasching schon die Kostüme gekauft haben und die Klamotten nur zur Probe tragen, für den Fall, dass wir sie umtauschen müssen, wenn sie zu groß ausfallen."

Willi betrachtete Erich, dessen Kostüm so eng anlag, dass es zu platzen drohte. Er fragte sich, ob sein Kumpel überhaupt atmete, weil das Teil zum Zerreißen gespannt war.

„Du schaust mich so skeptisch an. Meinst du, mein Batman-Kostüm ist etwas zu groß ausgefallen? Sei ehrlich!"

Willi schüttelte verneinend den Kopf. „Zu groß ist es definitiv nicht", war seine diplomatische Antwort.

„Gott sei Dank, ich habe mir schon Sorgen gemacht, es könnte etwas zu locker sitzen."

Sie parkten. Beide waren sichtlich nervös. Der *Point of no Return* lag hinter ihnen. Sie hatten keine andere Wahl und mussten das Geld auf diese Weise besorgen. Ihr Leben war in Gefahr. Die Bank zu überfallen war nach Abwägen aller Tatsachen das geringere Risiko.

Willi war so aufgeregt, dass seine Hände leicht zitterten. „Okay, wir ziehen das Ding jetzt durch. Als erstes setzen wir die Masken auf, dann rufe ich Torsten an und stecke das Handy ein, ohne aufzulegen. So kann er alles mithören."

Erich schwitzte schon wieder. „Richtig. Dann steigen wir aus und gehen zur Bank. Wir stürmen rein und brüllen: Überfall!"

Sie zogen die Masken über und betrachteten sich erst im Spiegel, dann gegenseitig. Sie waren zufrieden.

„Nur um sicherzugehen. Du sprichst mich jetzt mit Robin an und ich sage Batman zu dir."

Erich hob wieder mal den Daumen nach oben. „Wie vereinbart, Robin!"

„Batman, du sicherst mit dem Colt, ich gehe zur Bankangestellten an der Kasse und lasse das Geld in die Tasche packen."

Erich wies abermals auf mögliche Safty Packs hin. „Und denke daran, den Hinweis auf die Sicherheitspackung zu geben!"

Jetzt hob Willi den Daumen hoch. „Auf jeden Fall."

„Fertig?"

„Fertig!"

Beide nickten.

Willi sagte: „Bei drei!"

„Du meinst bei drei steigen wir aus oder bei zwei, und drei sagen wir dann draußen?"

„Erich, wir ziehen das jetzt durch, also keine Diskussionen!"

„Okay!"

„Eins ... zwei ..."

„Also steigen wir jetzt schon aus oder erst, wenn du drei gesagt hast?"

„Drei!", schmetterte Willi über die Lippen und schob ein unmissverständliches: „Raus!", nach.

Batman und Robin verließen den BMW. Sie hatten beide die Grenzen des Erträglichen erreicht. Entsprechend kribbelig und auffällig blickten sie sich um. Die Seitenstraße war menschenleer. Sie hasteten nach vorn und bogen rechts ab. Erich war bereits an der Einmündung schlapp. „Robin, nicht ganz so schnell", keuchte er. „Wir brauchen die Energie, wenn wir nach dem Überfall türmen!"

Robin wartete. Als Batman wieder dicht hinter ihm war, gingen beide in normaler Schrittgeschwindigkeit weiter in Richtung Bankfiliale. Die Aufregung war enorm. Batman schwitzte gewaltig unter dem Kostüm. Robin spürte, wie seine Knie weich wurden und schlotterten. Die beiden als Superhelden verkleideten Männer bemerkten den Sprinter nicht, der hinter ihnen rechts an den Fahrbahnrand fuhr und stehen blieb. Ebenso hatten sie nicht registriert, dass sie von den Insassen des gestohlenen Lieferwagens beobachtet wurden.

Batman und Robin standen direkt vor der Bank. Der Vorraum war leer. Weder am Kontoauszugdrucker noch am Geldautomaten befanden sich Kunden. Beide zogen die Colts und stürmten gleichzeitig los. Der Türrahmen war zu eng. Sie verkeilten sich.

„Robin, ich gehe zuerst, damit ich nach hinten sichern kann, dann stürmst du vor. Das macht mehr Eindruck, weil ich als Batman ziemlich bombastisch wirke!", keuchte Erich.

„Gut, dann geh du zuerst!"

Robin löste sich aus dem Türrahmen, machte einen Schritt zurück und ließ Batman den Vortritt. Dieser öffnete die nächste Glastür und huschte durch. Robin folgte ihm. Sie standen jetzt im Geschäftsraum der Bank. Eine ältere Dame saß mit dem Filialleiter in einem der beiden mit Glasfenster abgeschirmten Büros und wurde beraten. An einem der drei Kunden-Tresen wurde eine junge Mutter mit ihrem Kind bedient. Der kleine Junge lachte und rief: „Schau Mami, Batman und Robin!"

Batman blieb am Eingang stehen und keuchte schwer. Robin ging bis zur Mitte des Geschäftsraums. Von hier aus konnte er alles gut überblicken. Er blieb stehen und rief laut: „Geld hoch! Hände her! Das ist ein Überfall!"

Verdutzte Blicke der Anwesenden.

„Er meint Hände hoch!", korrigierte Batman.

Robin drehte sich um. „Natürlich meine ich das!"

„Seid ihr mit dem Batmobil da?", wollte das Kind wissen.

Robin suchte den Kassenschalter. Nichts! Er wurde noch nervöser, als er ohnehin schon war. „Mist! Wo ist die Kasse?", plärrte er.

Batman antwortete dem Kind. „Na klar! Wir düsen immer mit dem Batmobil umher. Übrigens, du brauchst keine Angst zu haben.

Wir sind die Guten. Wir heben nur auf lustige Art und Weise etwas Geld ab, um damit jemandem zu helfen."

„Das ist wirklich lustig", lachte das Kind.

Batman sprach die Bankangestellte an, die die Mutter des Kindes bedient hatte. „Geben Sie dem Kind einen Luftballon und einen Lutscher. Oder haben Sie keine Werbegeschenke?"

„Do-doch", zitterte die verängstigte Bankangestellte, griff unter den Tresen und hörte die warnenden Worte, die der voluminöse Bankräuber nachschob. „Kein Alarm, sonst wird es hier gefährlich!"

„Kein Alarm", wiederholte sie und kramte ein paar Luftballons hervor, um sie dem kleinen Jungen zu geben.

„Danke Batman!"

„Gerne!"

Robin öffnete die Tür zum Beratungsbüro. „Wo ist die blöde Kasse?"

„Junger Mann, hier gibt's seit zwei Jahren keine Kasse mehr. Sie sind wohl nicht von hier?", antwortete die alte Dame relativ gelassen, während der Filialleiter langsam vom Stuhl rutschte und unter den Schreibtisch kroch.

Robin bückte sich und sah ihm in die Augen. „Hallo? Haben Sie etwas verloren?", fragte er höflich.

Die alte Dame meinte lediglich: „Ja, seinen Mut! Und Ihnen rate ich, mir nicht unter den Rock zu schauen, sonst werde ich ungemütlich!"

Robin stellte sich wieder gerade hin. Der Bankangestellte kroch unter dem Schreibtisch hervor und setzte sich zurück auf den Bürostuhl. Mit etwas zittriger Stimme sagte er: „Meine Kontaktlinse fiel auf den Boden. Ich habe sie gesucht." Dabei versuchte er sich ein Lächeln abzuringen.

Die alte Dame meinte lediglich: „So, so, ein Kontaktlinsenträger. Das ist ja interessant."

Robin fragte: „Wo ist das Geld?"

Der Filialleiter räusperte sich und sagte: „Wir haben nur das Geld, das im Geldautomaten ist. Aber da ist ein Zeitschloss dran. Wenn ich es öffnen soll, müssen wir ein paar Minuten warten. Das dauert!"

„Gibt es hier keinen Safe oder so etwas?"

„Nein."

Robin fluchte: „Verdammt!", drehte sich zu Batman um und rief. „Die haben keine Kasse, nur ein Zeitschloss am Geldautomaten. Was machen wir?"

„Wir nehmen nur Geld mit, das lose herumliegt! Wir müssen uns beeilen."

Robin wendete sich wieder dem Filialleiter zu. „Sie haben es gehört. Los! Alles Geld da rein, aber kein Safty Pack!"

„Hier liegt kein Geld herum. Nur das, was die Frau gerade einzahlen möchte."

„Junger Mann, das ist mein Geld", schimpfte die alte Dame.

„Zahlen Sie es ein und nehmen Sie die Quittung, dann ist das Geld auf ihrem Konto und ich nehme es von der Bank", antwortete Robin.

Die alte Dame grinste hämisch und sprach den Filialleiter an. „Sie haben es gehört. Geben Sie mir eine Quittung."

Der Filialleiter legte die beiden mit Kugelschreiber bekritzelten Hundert Euro Scheine in die WWF-Tasche, verließ das Büro, tippte etwas in einen Automaten und gab der Kundin einen Beleg. „Hier. Sie haben das Geld jetzt offiziell eingezahlt."

Zufrieden nicke die alte Dame, schob die Quittung in ihre Handtasche und meinte: „Herr Bankräuber, Sie können weiter machen."

„Danke", antwortete Robin und zog sich zurück.

„Raus hier Batman! Ich habe alles, was wir bekommen konnten!"

Batman und Robin verließen die Bank. Sie gingen schnellen Schrittes zur Seitenstraße und wollten gerade in den BMW einsteigen, als ein Sprinter neben ihnen anhielt und zwei bekannte Gestalten heraussprangen. Einer zielte mit einer Waffe auf sie.

„Einsteigen und Knarren her!"

Batman und Robin hoben verblüfft die Hände. Sie fühlten sich mies und hilflos. Als wären sie bei einem der schlimmsten Schulstreiche auf frischer Tat vom Direktor ertappt worden. Die Schiebetür wurde aufgestoßen. Unfreiwillig und halb hineingeschubst, stiegen sie ein.

„Hinsetzen und keinen Mucks! Und die Tasche her, die gehört jetzt mir", lachte der Alte und sprach den Typen mit der Waffe an. „Du steigst hinten mit ein. Wenn sie auch nur einen Mucks machen, legst du sie um!"

Einer der Kidnapper stieg mit ein. Er zielte nach wie vor mit der Waffe auf Batman und Robin. Der Alte steckte die beiden Deko-Revolver der Bankräuber in die WWF-Tasche, sah die magere Beute des Überfalls und fluchte lauthals: „200 Euro? Sagt mal, seid ihr zu blöd eine Bank zu überfallen?"

„Es gibt keinen Kassenschalter. Die haben das Geld nur noch im Automaten und der hat ein Zeitschloss!"

Von weitem war ein Martinshorn zu hören.

„Bullen im Anmarsch", rief der Fahrer.

Der Alte starrte Batman und Robin wütend an. „Dann ist bald das Lösegeld für euch fällig!"

Die Schiebetür wurde zugeknallt. Der Sprinter setzte sich in Bewegung.

Erich begann zu quatschen. „Torsten, wir werden gerade entführt!"

„Schnauze!", schimpfte der Entführer. „Ihr sollt euch nicht unterhalten!"

„Torsten, hörst du uns? Die Erpresser vom Parkplatz haben uns gerade entführt. Wir sitzen in einem Lieferwagen, werden bedroht und die ganze Beute haben sie auch."

Der Kidnapper wurde misstrauisch. „Warum laberst du so umständlich mit deinem Kumpel? Er sitzt doch neben dir. Und warum fragst du, ob er dich hört?"

„200 Euro. Sie haben die ganze Beute in Höhe von 200 Euro", sagte jetzt Robin.

Dem Geiselnehmer ging ein Licht auf. Allmählich war ihm klar, dass etwas nicht stimmte. „Ihr quatscht mit jemanden. Jetzt checke ich es! Funkgeräte und Telefone raus! Aber sofort, sonst muss ich euch umlegen!"

Beide nahmen die erneute Drohung ernst und kamen der Aufforderung sofort nach. Widerwillig wurde das Handy übergeben. Das Gespräch war beendet.

Torsten saß im Gebüsch und schlotterte vor Aufregung. Die Stimmen seiner Kumpels klangen zwar etwas dumpf, aber er konnte alles verstehen. Seine beiden Freunde waren mutig, cool und schlau. Er musste natürlich auch seinen Auftrag korrekt ausführen, dann wären sie alle Probleme los. Ein Schmetterling flatterte umher. Für einen Moment war Torsten abgelenkt. Er betrachtete das prächtige Insekt. „Tagpfauenauge, wie geht's dir?", grinste er. „Heute ist ein prächtiger Tag zum Herumflattern."

Ein prächtiger Tag. Schlagartig kehrte er in die Realität zurück. Der Tag, an dem sie ihre Probleme lösen würden. *Hoffentlich schaffe ich das mit der Pizza-Bestellung. Mann, bin ich nervös,* gestand er sich ein.

Die Freude, bald das Dilemma mit den Erpressern erledigt zu haben, wich. Er hörte etwas von Problemen und dass es keine Kasse gab.

Eine Bank ohne Kasse? Was geht denn da ab?

Gespannt presste er sein Ohr an das Mobiltelefon. Er verstand, dass Batman und Robin doch etwas Beute gemacht hatten und aus der Bank flüchteten. Er war etwas erleichtert. Das Keuchen hörte sich an, als ob sie schnell laufen würden. Sein Körper begann zu beben. Adrenalin raste durch seine Blutbahn. *Gleich kommt mein Einsatz!* Torsten stand auf, blickte sich um, ob ihn jemand gesehen hatte, und trat auf die Straße. *Wenn sie im Auto sitzen und losfahren, gehe ich in die Pizzeria. Ich bleibe ganz lässig und bestelle eine Familienpizza mit extra Käse, eine Salamipizza mit Peperoni und für mich? Hm, was nehme ich eigentlich? Zuerst wollte ich die Vierjahreszeiten, aber es ist so ein schöner Tag, da werde ich auf die vegetarische Pizza umschwenken und zwar mit viel Knoblauch.*

Torsten steuerte auf den Eingang des italienischen Lokals zu, als er stutzig wurde. *Da stimmt etwas nicht!* Er konnte mehrere Stimmen hören. *Ob sie von der Polizei geschnappt wurden? Auweia!*

Der Hobby-Gärtner bekam Angst. Immer wieder blickte er sich sichernd um. Es war keine Polizei zu sehen. Jetzt wurde er übers Handy direkt angesprochen. Er hörte deutlich Erichs Stimme. Er klang absolut anders als sonst und die Tonlage war mit der vergleichbar, als er in die Pizzeria kam und von der versuchten Entführung erzählte. „Torsten, wir werden gerade entführt!"

Schon wieder, durchfuhr es ihn.

Gebannt lauschte Torsten der Entführung. Ihm war sofort klar, dass das eindeutig schlimmer war als eine Festnahme. Die Erpresser hatten jetzt nicht nur die Beute aus dem Banküberfall, sondern auch Batman und Robin, alias Erich und Willi, als Geiseln. Torsten ahnte, was folgen würde. Er stand vor dem Eingang der Pizzeria und grübelte. Er wusste, dass er den Auftrag hatte, Pizza zu bestellen, um für ein Alibi zu sorgen. Seine beiden Kumpels würden aber nicht kommen. Somit wäre er in Erklärungsnot. Scharfsinn war gefragt. Torsten traf eine Entscheidung. Er ging nicht zu Antonio, sondern nach Hause, um dort abzuwarten.

Ich gehe querfeldein, dann sieht mich niemand. Es kann ja sein, dass mich die Erpresser suchen. Außerdem kann ich in der Natur am besten denken.

Die Fahrt dauerte nicht allzu lange und der letzte Streckenabschnitt war extrem holprig. Erich hatte versucht sich wichtige Einzelheiten der Strecke einzuprägen. Diesen Trick kannte er aus einem der *96 Hours*-Filme mit *Liam Neeson* in der Hauptrolle. Im Film hatte das jedoch besser geklappt als bei ihm. Erich beschloss, an dieser Taktik noch zu feilen. Der Lieferwagen hielt an. Die Schiebetür wurde aufgeschoben. Das grimmige Gesicht des Alten lugte hinein. „War irgendwas?", fragte er.

„Alter, ja! Sie haben heimlich mit einem Torsten telefoniert und ihm gesagt, dass sie entführt werden. Ich habe das natürlich voll gecheckt und ihnen sofort das Handy abgenommen. Gut, gell!", brüstete sich der Nachwuchs-Gangster.

Der Alte beäugte Batman und Robin. „Ihr kommt euch wohl sehr schlau vor. Eines kann ich euch sagen, wenn euer Freund nicht zügig mit der Kohle herüberrückt, werdet ihr für immer in diesem Steinbruch bleiben!"

„Ihr habt doch schon die ganze Beute!", entgegnete Willi.

Dem Alten schien die Antwort nicht zu passen. Er reagierte schroff. „Schnauze, du Clown!"

Erich verneinte kopfschüttelnd. „Das ist kein Clown-Kostüm, das ist Robin. Er ist der Gehilfe von Batman", wollte er höflich erklären, erntete aber nur ein: „Halt die Schnauze, Fettsack!", woraufhin Batman seinen Kumpel Robin ansah und ihm zuflüsterte: „Du hättest mir ruhig sagen können, dass das Batman-Kostüm leicht aufträgt. Ich mag es nicht, wenn ich etwas korpulent wirke."

Der Entführer mit der Waffe war sichtlich genervt, zeigte mit dem Lauf des Revolvers auf Erich und spannte den Hahn. „Schnauze, hat mein .... äh ... hat er gesagt! Und jetzt raus mit euch!"

Das mechanische Klicken ließ die beiden Geiseln zusammenzucken.

„Nicht schießen! Wir machen ja alles, was ihr wollt!", sprudelte es über Willis Lippen, der sich langsam lächerlich im Robin-Kostüm vorkam.

„Keine Angst, Leute. Das sind nur Kostüme. Wir sind gar nicht die echten Batman und Robin. Ihr braucht uns nicht zu bedrohen", haspelte Erich.

Sie standen etwas umständlich auf, wobei Willi Erich helfen musste, da sich dessen Umhang an einem Bodenhaken des Sprinters verfangen hatte. Als sie endlich ausgestiegen waren, sprang auch der Kidnapper mit der Waffe aus dem Lieferwagen. „Ich weiß, dass ihr nicht die echten Helden seid! Ich bin doch nicht doof!"

„Ich meinte ja nur, weil wir so richtig echt wirken!", schob Erich nach.

Willi stieß ihm in die Seite, nahm die Augenmaske ab und flüsterte: „Reiz ihn nicht." Er schielte dabei auf den Kidnapper. „Die meinen es ernst."

Erich legte seinen Zeigefinger an die Lippen. „Ich schweige wie ein Grab." Dann nahm auch er die Maske ab. „Puh, ich hab da drunter geschwitzt wie ein Ochse bei der Feldarbeit. Wo sind wir denn hier eigentlich?"

Der alte Kidnapper lief vor Wut knallrot an, holte tief Luft und brüllte: „Schnauuuuuze!"

Das hatte gesessen. Erich schwieg. Er besann sich wieder auf sein polizeiliches Denkvermögen, wie er es nannte, und versuchte sich so viele Einzelheiten wie möglich einzuprägen.

Sie befanden sich in dem stillgelegten Steinbruch, der im weitläufigen Gelände abseits ihres Dorfes lag. Die steilen Wände um sie herum zeugten von jahrzehntelangem Gesteinsabbau, der sowohl in die Tiefe als auch in die Breite stattgefunden hatte. Tonnenweise war der Fels weggesprengt, zerkleinert und abtransportiert worden, um irgendwo als Schotterweg, Schüttgut oder als Massenrohstoff Verwendung zu finden. Zurückgeblieben war eine zerfurchte Landschaft, die an einen Canyon erinnerte und die perfekte Kulisse für ein Wild-West-Open-Air-Spektakel bot.

Die Maschinen standen schon lange still, seit Jahren war kein schwer beladener Lastwagen mehr von dieser Örtlichkeit weggefahren. Kein Bagger leerte seine gefüllte Schaufel auf ein Förderband, und es warteten keine Arbeiter auf die Sirene, die vor dem Sprengen von Felswänden warnend ertönte.

Kahl und steil thronten Felswände über der teils überwucherten Zufahrt. Das Gelände war mit einem mannshohen Drahtzaun umgeben, an dessen oberer Kante Stacheldrahtrollen befestigt waren, die ein unbefugtes Betreten verhindern sollten. Das große Einfahrtstor stand weit offen.

Erichs Gehirn ratterte. *Das Gelände bietet ihnen einen erstklassigen Unterschlupf. Man findet hier niemanden. Sie haben das Tor garantiert aufgebrochen und sich dort niedergelassen.*

Das ehemalige Bürogebäude machte zwar einen renovierungsbedürftigen, aber keinen einsturzgefährdeten Eindruck. Ein paar Fensterscheiben waren zersplittert, die Zugänge mit Brettern vernagelt. Bis auf einen. Und genau dorthin wurden Erich und Willi geführt.

Torsten war äußerst geknickt und voller Angst, als er losmarschierte. Wer hatte seine Freunde gekidnappt und warum? Gedankenversunken ließ er die Marktgemeinde hinter sich, verließ die Hauptstraße und schlenderte über einen staubigen Feldweg. Bienen summten und flogen auf den saftigen Wiesen von Blume zu Blume. Ein Rotmilan zog auf der Suche nach Beute seine Kreise und Kühe standen auf einer umzäunten Weide, kauten Gras, verfolgten ihn mit ihren großen braunen Augen und setzen ihre Kuhfladen ab, auf denen sich im nächsten Augenblick hunderte von Fliegen tummelten. Natur pur! Herrliches Landleben. An und für sich ein Paradies für den Hobby-Gärtner. Doch diesmal konnte sich Torsten nicht daran erfreuen. Er fühlte sich so hilflos wie noch nie zuvor in seinem Leben.

Verdammt, wir hätten das nicht machen sollen!

Als er endlich zu Hause angekommen war, setzte er sich ins Wohnzimmer, starrte an die Wand und wartete.

Der Filialleiter der Bank hatte einen wahren Redefluss, als er dem Polizisten den Raubüberfall schilderte. Gedanklich sah er sich schon in den 20 Uhr-Nachrichten. Presseleute würden sein Haus belagern, ja, er würde über Nacht berühmt werden. Insgeheim rechnete er mit einer Versetzung zur Hauptzentrale und damit verbunden, einen kometenhaften Aufstieg innerhalb der Bank. „... dann sagte ich ihm, dass es hier nichts zu holen gibt und dass", er senkte seine Stimme etwas, um noch markanter zu erscheinen, „sollten sie mit dem Gedanken spielen, uns als Geiseln zu nehmen, um Lösegeld zu erpressen, sie die Kunden und meine Angestellte gehen lassen sollen. Ich würde mich freiwillig als alleinige Geisel zur Verfügung stellen. Wissen Sie, meine Devise war es, Leben zu retten."

Der Beamte notierte alles mit. „Und nochmal zur Beschreibung. Wie sahen die beiden Täter aus?"

Ein Reporter des Kreisblattes traf ein. Der Filialleiter kannte ihn flüchtig. Er winkte dem Pressevertreter zu und versuchte so seriös wie möglich zu wirken. „Sie hatten Faschingskostüme an. Superhelden, ha, dass ich nicht lache. Ich hatte mir schon einen Plan überlegt, beide zu überwältigen, aber da Kunden in der Bank waren, ging deren Sicherheit natürlich vor. Aus diesem Grund habe ich rein deeskalierend auf sie eingeredet, was sie letztendlich auch zur Flucht ohne Beute bewegt hat."

„Sie Lügner", wetterte die alte Dame, die sich gerade eben zu ihnen gesellt hatte. „Diese Gangster hätten fast meine 200 Euro mitgehen lassen. Zum Glück machte der Schlanke von ihnen den Vorschlag, das Geld erst einzuzahlen. Ich habe einen Beleg."

„Ach ja", verbesserte sich der Filialleiter. „200 Euro. Wie konnte ich das nur vergessen. Ich wollte die beiden Räuber ablenken und dadurch die Kundin in Sicherheit bringen, deshalb ..."

Ein zweiter Polizist kam hinzu. „Die Angestellte hat mir die Aufnahmen aus der Überwachungskamera gezeigt. Schlechte Qualität. Man erkennt, dass die Täter die Kostüme von Batman und Robin trugen, und dann ist da noch eine Einstellung, in der man sieht, wie jemand unter einem Schreibtisch verschwindet und wieder hervorkommt."

Der Reporter schrieb mit, der Filialleiter begann zu schwitzen. „Das war der Moment, als ich Alarm auslösen wollte, dieser blöde Bürostuhl war aber so glatt, dass ich runterrutschte."

Die alte Dame wetterte wieder los. „Also haben sie doch keine Kontaktlinse verloren?"

Dem Filialleiter rann der Schweiß bereits in Strömen hinab. Er wendete sich dem Reporter zu. „Das brauchen Sie nicht zu schreiben."

Der Polizist fragte: „Waren die beiden Täter mit den Kostümen von Batman und Robin maskiert?"

Der Filialleiter warf der alten Dame einen üblen Blick zu. „Das mit der Kontaktlinse war eine Finte, denn wenn ich gesagt hätte, ich wollte Alarm auslösen, wäre er womöglich durchgedreht ..."

„Sie hatten Schiss!"

„Also, jetzt hören Sie aber auf. Die beiden waren extrem gefährlich. Ich hatte Angst um Ihr Leben, nicht um meins!"

Der Polizist drängte. „Die Beschreibung bitte!"

Das Kind sagte: „Die waren nett. Besonders Batman fand ich super. Er hat gesagt, dass mir die Frau Luftballons schenken soll."

Der Polizist schwenkte seinen Kopf von links nach rechts wie bei einem Tennisspiel. „Was jetzt? Nett oder gemeingefährlich?"

„Nett!"

„Sehr gefährlich!"

„Sie sind mit dem Batmobil gekommen! Das haben sie mir erzählt."

Entnervt ging der Beamte zum Streifenwagen, griff zum Funkgerät und gab die Fahndung durch. „Wir suchen Batman und Robin. Sie sind vermutlich mit dem Batmobil geflüchtet und bewaffnet."

Insgeheim dachte er: *Für diesen Funkspruch werden mich meine Kollegen bis zu meiner Pension verarschen!*

Ein Passant war neben dem Streifenwagen stehen geblieben. „Ich glaube, ich habe da etwas gesehen, das sie interessieren könnte."

Der Polizist nahm die Mütze ab, wischte sich über die Stirn und fragte. „Aber nicht zufällig Superman, der hinter dem Steuer des Batmobils saß, während Spiderman den Fluchtweg frei machte, oder?"

„Nein, aber ich habe gesehen, wie die beiden Typen in einen Sprinter gestiegen sind. Da war noch jemand. Der war aber nicht verkleidet. Insgesamt habe ich drei Männer gesehen. Die beiden Maskierten und einen älteren Mann. Der hat die Tasche mit der Beute des Überfalls an sich genommen. Zu diesem Zeitpunkt wusste ich natürlich noch nicht, dass da ein Überfall stattgefunden hat, sonst hätte ich genauer hingesehen.“

„Das ist endlich mal ein guter Hinweis. Warum sind Ihnen die Männer aufgefallen?“

„Ich befand mich auf dem Balkon und habe meine Blumen gegossen. Ich habe nach unten gesehen, nicht dass ich jemandem Wasser auf den Kopf schütte. Da habe ich sie kurz gesehen. Die Männer standen ja nicht direkt unter meinem Balkon, also habe ich weiter meine Blumen gegossen.“

„Kam Ihnen das nicht komisch vor?“

„Wegen den Kostümen? Nein! Ich dachte, die fahren zu einem Kindergeburtstag oder so was in der Art.“

Das war plausibel. Der Polizist notierte sich die Aussage und stellte weitere Fragen. „Können Sie den Sprinter genauer beschreiben?“

„Nein, leider nicht und das Kennzeichen habe ich auch nicht beachtet. Mir ist nur aufgefallen, dass der Wagen an den Seiten die Aufschrift einer Leihwagenfirma hatte.“

Der Polizist nahm abermals das Mikrofon des Funkgeräts in die Hand und ergänzte die Fahndung.

Erich und Willi saßen mit Seilen an Stühle gefesselt, in der ehemaligen Teeküche des Bürogebäudes. Der Raum war klein. Die Einrichtung bestand aus einem Esstisch und einer Küchenzeile mit Waschbecken, Kühlschrank, Herd und Wandschränken. Alles war genauso heruntergekommen wie das Gebäude selbst. Alt, schäbig, aber scheinbar noch funktionstüchtig. Dann waren da natürlich noch eine verschlissene Eckbank und die beiden Stühle, auf denen sie saßen.

In einem Eck lagen Unmengen von leeren Konservendosen herum. Ravioli, Chilli con Carne, Nudeln mit Fleischklößchen.

„Die können nicht kochen“, stellte Erich sofort fest.

„Sei leise, sie können uns bestimmt hören.“

„Natürlich", antwortete Erich, der jetzt flüsterte.

Eine Minute Schweigen. Dann fragte Willi. „Was haben die mit uns vor?"

„Die wollten sich die Beute aus dem Banküberfall schnappen und zusätzlich das Lösegeld erpressen. Das sind ganz fiese Typen!"

„Und wie haben die uns gefunden? Ich meine, wie konnten die von diesem Banküberfall wissen?"

Erich zuckte mit den Schultern. „Keine Ahnung. Entweder haben die mich verwanzt, ohne dass ich es bemerkt habe, oder sie haben uns observiert, aber das hätte ich garantiert bemerkt. Ich bin Profi", er schielte zu Willi, ob dieser auch den Zusatz *Profi* verstanden hatte, „oder es war einfach purer Zufall."

Der Alte kam herein, gefolgt von dem mit der Waffe. Der etwas intelligentere Entführer, der den Sprinter gefahren hatte, versteckte den gestohlenen Lieferwagen hinter dem Bürogebäude. Zumindest vermutete Erich das, denn er konnte von seinem Platz aus dem Fenster sehen und beobachten, dass der Kerl in den Transporter gestiegen war und langsam wegfuhr.

Während sich der Jüngste auf die Eckbank setzte, baute sich der Vater vor Erich und Willi auf und betrachtete beide. „Ihr seht richtig erbärmlich aus. Wisst ihr, wie hoch eure Beute war?"

„Hi, hi", lachte der Sohn.

Ohne auf eine Antwort zu warten, sprach der Alte weiter. „200 mickrige Euro! Ihr riskiert fünf Jahre Knast wegen zweihundert Mäusen! Ihr seid wirklich dumm wie Hafergrütze."

Erich wollte sich rechtfertigen. „Da war keine Kasse in der Bank."

Der Alte verhöhnte sie: „Ihr habt das Objekt nicht ausgespäht, sondern seid, angezogen wie zwei Faschingsprinzen, dort reinmarschiert und habt mit euren Spielzeugknarren herumgefuchtelt. Kein Wunder, dass ihr nicht mehr Kohle rausgeholt habt. Ich wäre dort nicht unter 50.000 Euro rausgegangen. Die lagern doch in jeder Bank. Die haben euch richtig verarscht!"

Erich schluckte, Willi sah betroffen zu Boden.

„Jetzt sage ich euch etwas. Ich rufe gleich euren Kumpel an. Er wird bis übermorgen die 100.000 Euro locker machen und pro Tag Verzögerung kommen nochmal 10.000 Euro dazu. Hat er binnen einer

Woche immer noch nicht bezahlt, schicke ich euch in eine andere Bank, und die raubt ihr beide für mich aus. Das heißt, einer von euch. Wenn er das nicht macht, könnt ihr schon mal drei Gräber auf dem Friedhof aussuchen!"

Erich und Willi wurde es äußert mulmig zumute.

„Klasse, Papi", jubilierte der Sohn.

Der Alte drehte sich um. Wütend plärrte er seinen Sohn an. „Hanno, du sollst mich nicht dauernd mit Papi ansprechen! Nimm dir ein Beispiel an deinem Bruder!"

„Heimo ist ja gar nicht hier!"

„Du sollst unsere Namen nicht verraten!"

„Ich habe gar nicht gesagt, dass wir Hansen heißen."

Der Vater schloss für einen Moment die Augen, murmelte: „Womit habe ich das verdient", und wendete sich den beiden Geiseln zu. „Jetzt wisst ihr, wer wir sind. Die berüchtigte Hansen-Bande!"

„Wer?", fragte Willi.

Er wackelte verneinend mit dem Kopf. „Hansen-Bande? Noch nie gehört."

Der Alte kratzte sich am Hinterkopf. „Noch nie etwas von uns gehört? Nun, man merkt, dass wir hier in der bayrischen Provinz gelandet sind. Ihr lebt wirklich noch im letzten Jahrhundert."

Hanno stand auf. „Das ist der berühmte Hubert Hansen!", deutete er auf seinen Vater. „Der berüchtigtste Verbrecher, der jemals durchs Land gezogen ist. Wir sind Gesetzlose! Wir sind gefährlich und bald steinreich."

„Wir sind gar nicht an so vielen Informationen interessiert", blockte Erich ab. „Wer nichts weiß, kann nichts sagen."

Der alte Hansen kam näher, bückte sich und blickte Erich tief in die Augen. Das wettergegerbte und unrasierte Gesicht sah nicht sehr gepflegt aus. Zudem strömte ein unangenehmer Geruch in Erichs Nase. Angewidert verzog er das Gesicht.

„Du kommst dir wohl ganz schlau vor, Freundchen. Ich rate dir mal ganz vorsichtig zu sein. Sollten, und ich betone, *sollten* wir euch nach der Zahlung des Lösegeldes frei lassen, dann möchte ich in den Zeitungen nichts von uns lesen. Was wir über uns erzählt haben, war nur für euch bestimmt."

„Richtig", fuhr Hanno dazwischen und schob nach: „Warum eigentlich, Papsi?"

Hubert Hansen stellte sich wieder gerade hin. „Weil die beiden, die aussehen, als wären sie aus einem Puppen-Theater geflüchtet, wissen sollen, dass wir gefährlich sind. Das heißt, sollten sie mit den Bullen quatschen, kommen wir zurück und machen kurzen Prozess."

Willi überlegte in diesem Moment, ob es nicht besser gewesen wäre, damals nicht in diese Bar gegangen zu sein, in der er Erich und Torsten kennengelernt hatte. Er fragte sich auch, wie sein Leben dann wohl verlaufen wäre. Als er sich im Gedanken obdachlos unter einer Brücke liegen sah, fand er die jetzige Situation zwar immer noch nicht viel besser, aber zumindest hatten sie noch einen Trumpf im Ärmel. Torsten.

Je länger Willi allerdings über diesen Trumpf nachdachte, desto unwohler fühlte er sich dabei. *Nein, Torsten ist doch kein Trumpf. Ich denke, das wird ganz schwer für uns. Und sollte uns die Polizei tatsächlich finden und befreien, hätten wir immer noch die Klamotten vom Bankraub an und würden dafür ein paar Jahre Knast absitzen müssen.*

Bei diesem Gedanken bekam er Gänsehaut. Er wollte nicht ins Gefängnis, um dort irgendwann die Hansen-Bande zu treffen oder noch schlimmer, vielleicht mit ihnen zusammen in eine Zelle gesperrt zu werden.

Erich durchsuchte zeitgleich gedanklich sämtliche Hollywood-Filme, die er gesehen hatte, um die richtigen Worte zu finden. Er konnte den Entführern schlecht drohen, wie es ein James Bond getan hätte. Er konnte auch nicht so auftreten wie ein Arnold Schwarzenegger, obwohl ihm dieser von der Figur her wohl ziemlich ähnlich war, also zumindest, wenn Erich mit dem Training begann, an dessen Plan er seit gut zwei Jahren herumfeilte. Schließlich sagte er: „Sie werden Ihr Geld bekommen und wir werden kein Wort sagen. Und wissen Sie was, das Geld vom Bankraub legen wir noch oben drauf. Sozusagen als Bonus."

Der alte Hansen sah Erich verwundert an. Hanno hingegen klatschte in die Hände. „Hast du gehört, Papsi? Wir bekommen das Geld, und die Beute vom Bankraub können wir auch behalten."

Hubert Hansen versuchte sich nicht aufzuregen. „Mein Sohn, du kochst uns jetzt etwas zu Essen und ich rufe den Kumpel dieser beiden Clowns an."

„Batman und Robin", verbesserte Erich. „Das sind Superhelden, keine Clowns."

Hubert Hansen verließ kopfschüttelnd den Raum.

„Papi, bekommen die Geiseln auch etwas von unserem Essen ab?" Erich kam der Antwort zuvor. „Das müsst ihr sogar. Wenn wir verhungert sind, gibt es kein Lösegeld!"

Das leuchtete Hanno ein. „Gut, dann koche ich für euch mit."

Erich war zufrieden. „Als Geisel ist mein Energieverbrauch ziemlich hoch. Für mich bitte eine kleine Extraportion."

Von draußen kam ein: „Ja, gebt ihnen was ab."

Hanno öffnete einen der Küchenschränke. Er war voller Konservendosen. „Heute gibt es serbische Bohnensuppe."

Torsten war am Verzweifeln. Immer wieder ging er sämtliche Möglichkeiten durch, wie er seinen Freunden helfen konnte. Am Ende blieben drei Optionen zur Auswahl. Er konnte zur Polizei gehen, Onkel Eddie anrufen oder Oma Huber alles erzählen. Sein Handy lag griffbereit. Onkel Eddie schloss er als erstes aus. Er hatte nicht dessen Telefonnummer.

„Bleiben noch zwei Möglichkeiten", murmelte er vor sich hin.

Plötzlich begann sein Mobiltelefon zu vibrieren und der Klingelton, den er Erich zugewiesen hatte, war zu hören. *Somewhere over the Rainbow*, und zwar die Version des übergewichtigen hawaiianischen Sängers *Israel Kamakawiwo'ole*. Der Interpret erinnerte ihn an Erich und dessen Figur. Torsten summte die Melodie mit und ging anfangs nicht ran, weil ihm das Lied so gut gefiel. Dann drückte er auf den *Gespräch-Annehmen-Button*.

„Erich! Gott sei Dank! Ich habe mir schon Sorgen gemacht!", sprudelte er los.

Stille.

„Erich?", fragte Torsten nach.

„Halt mal die Klappe!", ertönte eine fürchterlich rau klingende Stimme. „Wir haben deine beiden Kumpels in unserer Gewalt und zwar die beiden, die in Faschingskostümen 'ne Bank ausnehmen wollten, kapiert?"

„Ja, habe ich."

„Du weißt, wer wir sind?"

„Natürlich, die Erpresser, die Erich auf dem Parkplatz entführen wollten."

„Gut erkannt, Schlaumeier. Dann hör mal genau zu! Du wirst die von uns geforderten 100.000 Euro besorgen. Und zwar bis übermorgen. Die Summe erhöht sich täglich um 10.000 Euro, wenn du nicht pünktlich zahlst. Kannst du keine Kohle auftreiben, wirst du ab nächster Woche die beiden Faschingsprinzen scheibchenweise zurückbekommen. Danach besuchen wir dich. Hast du das kapiert?"

„Ja, 100.000 Euro!"

„Sehr gut. Wir rufen morgen an und sagen, wann und wie die Geldübergabe stattfinden wird. Und ich möchte dann von dir hören, dass du die Asche hast."

„Asche? Welche Asche?"

„Na die Kohle, du Trottel!"

„Kohle? Asche? Was soll ich denn jetzt besorgen? Kohle oder Asche?"

„Knete natürlich!"

„Ich soll für 100.000 Euro Knete kaufen? Wie soll ich die denn transportieren?"

Schnaufen, gefolgt von einem: „Nein!", war zu hören. Der Anrufer brüllte so laut, dass Torsten das Handy vom Ohr weghalten musste. „Du besorgst Geld. Bargeld! 100.000 Euro! Bis übermorgen. Wir melden uns morgen wieder. War das klar und deutlich?"

„Äh, also doch Geld!"

„Natürlich Geld! Oh Mann, was seid ihr nur für Pfeifen!"

„Wieso ihr? Ich bin allein."

Der Anrufer war am Durchdrehen. „Du besorgst das Geld, ich melde mich morgen wieder. Dann besprechen wir die Übergabe."

„Sagen Sie das doch gleich!"

Stille.

Der Anrufer hatte aufgelegt. Torsten war schockiert. Jetzt wusste er, wer seine beiden Freunde gekidnappt hatte. Die drei Typen vom

Supermarkt. Torsten zitterte. Ihm wurde abwechselnd heiß und kalt. Er hatte Angst um seine Freunde, Angst um deren und auch um sein eigenes Leben. Zum ersten Mal stand er mutterseelenallein vor einer großen Aufgabe und musste eine sehr wichtige Entscheidung treffen.

Torsten atmete tief ein und mahnte sich selbst ruhig zu bleiben. Instinktiv strich er auch seine zweite Lösungsoption, die darin bestanden hatte, die Polizei zu verständigen. Er wusste, was zu tun war. Torsten stand auf und machte sich bereit Oma Huber zu besuchen. Er würde ihr alles erzählen, nichts auslassen und hoffte sehr, dass seine alte Freundin eine Lösung für das Problem hatte.

Kapitel 4
Wenn Oma mal 'ne Tüte raucht

Oma Huber fühlte sich großartig. Seit sie diese Heilkräuter zu sich nahm, verbesserte sich ihr Gesundheitszustand rasant. Die Arztbesuche gingen zurück, ihre Laune hob sich und sie stand wieder mit voller Kraft und Freude mitten im Leben.

Längst wurde ihre Arbeitskraft auf dem modernen Bauernhof nicht mehr benötigt. Neuartige Offenstallhaltung, effiziente Melkmaschinen und ein großer Fuhrpark an Landmaschinen erleichterten ihrem Sohn den Alltag und reduzierten ihre Mithilfe auf ein Minimum. Das wiederum schuf Freiräume.

Auch im Haushalt war es richtig modern geworden. Elektrische Staubsaugroboter fuhren von ganz alleine herum. Moderne Geschirrspülmaschinen, Waschmaschinen und Wäschetrockner ließen die Hausarbeit ebenfalls schrumpfen und plötzlich hatte sie Zeit. Viel Zeit.

Diese wurde unter anderem in den angestaubten und stark vernachlässigten Damenstammtisch investiert. Seither traf sie sich regelmäßig mit ihren alten Schulfreundinnen mindestens einmal in der Woche im Gasthaus.

Zu Beginn waren sie noch lustig und gut drauf, doch mit der Zeit wechselten die Themen und es ging nicht mehr um die neueste Mode oder allgemeinen Klatsch und Tratsch, sondern um Krankheiten aller Art. Plötzlich hatte jede von ihnen leichte Zipperlein bis hin zu schwerwiegend anmutenden Krankheiten. Man hatte mit den Arztbesuchen nicht nur einen neuen Treffpunkt gefunden, sondern auch ein neues Hobby. Das Wartezimmer des Landarztes füllte sich morgens schneller als der Tresen im Dorfkrug, wenn es Freibier gab. Es galt sich mit Krankheiten zu übertrumpfen.

Letztendlich hatte sich Oma Huber eingeredet alt und krank zu sein. Zudem benötigte sie einen Gehstock, da ihr rheumageplagter Körper nicht mehr richtig funktionierte.

Ebenso brauchte sie schon morgens zum Frühstück einen kleinen Tabletten-Cocktail, um in die Gänge zu kommen. Man mied die früher so beliebten Tanzveranstaltungen im Dorfkrug und beschränkte sich auf eine Tasse Kaffee, allerdings koffeinfrei, wenn man sich beim Stammtisch traf.

Kurzum, Oma Huber gestand sich eines Tages ein alt zu sein. Sie fühlte sich verbraucht und gebrechlich und konnte sich ein Leben ohne Medikamente nicht mehr vorstellen. Ihr Alltag war grau, trist und voller Schmerzen in den Gelenken. Mit anderen Worten, das Warten auf das Sterben hatte begonnen.

Eines schönen Tages kam so etwas wie Action in ihr beschauliches Dorf. Ein riesiges Polizeiaufgebot war angerückt und hatte die Mieter des Anwesens gegenüber ihres Bauernhofes verhaftet. Vier Wochen später zogen drei sympathische Burschen in das Haus von Frau Müller-Meier ein. Einer war viel zu übergewichtig, der zweite bastelte ständig an Autos herum und war auch ansonsten extrem fleißig und der dritte war jeden Tag im Garten, legte Beete an und kümmerte sich um dies und das.

Dann kam der Tag, der den Frühling zurück in ihr Leben brachte. Als sie beim Spaziergang mit dem jungen Mann namens Torsten ins Gespräch kam, bot er ihr wie aus dem Nichts ein paar Heilkräuter an, um ihr Rheuma zu lindern. Hoffnungsvoll, aber mit gebotener Skepsis, probierte sie die Naturmedizin aus. Es machte *Boom*. Das Zeug wirkte. Sie konnte es in der Pfeife rauchen, an einer gedrehten Zigarette ziehen oder als Backmischung in Kuchen und Keksen verwenden. Seither nannte Sie Torsten ihren Kräuterjungen.

Es blieb nicht aus, dass ihre Freundinnen Wind davon bekamen.

„Dieser pfiffige junge Kerl", hatte sie zu Anna Schwinghofer und Klara Körner gesagt, „hat den Bogen raus. Natürlich ist da auch etwas Marihuana drin, aber der Hauptteil besteht aus verschiedenen Kräutern."

„Das ist doch verboten", meinte Anna.

„So eine kriminelle Bande!", schimpfte Frau Körner. „Wie konntest du nur ..."

„Naja", grinste Oma Huber hämisch. Es war genau dieses hämische Grinsen, das ihre beiden Freundinnen nur allzu gut kannten. Sie waren schließlich seit den Kindergartentagen befreundet. Und so wussten beide, dass dieser Blick von Oma Huber etwas bedeutete. Etwas

Wichtiges. Etwas, das sie unbedingt wissen mussten. Vor allem, wenn ein Satz mit *naja* begann.

„Du hast ein Geheimnis", riet Klara.

„Raus mit der Sprache", drängte Anna.

Oma Huber holte tief Luft. „Aufgepasst und zugehört", begann sie. „Torsten ist ein guter Junge und er meint es auch gut mit dem, was er anbaut, mischt und mir für einen schlappen Euro überlässt."

„Ein Euro", kam es verwundert.

Oma Huber winkte ab. „Das ist geschenkt. Und außerdem, Ladies, was bedeutet der Begriff *verboten* schon? Das ist völliger Quatsch. Schaut uns doch mal an. Was haben wir schon zu verlieren? Nichts! Wir sind alt und haben sogar unseren Humor verloren. Jede von uns war mindestens schon drei oder viermal auf dem Friedhof und hat sich überlegt, ob eine Urne oder ein Sarg die letzte Ruhestätte sein soll."

Drückende Stille, verwunderte Blicke.

„Also Elisabeth", entfuhr es Anna Schwinghofer. Dass sie hierbei Oma Huber mit deren Vornamen ansprach, war ein deutlicher Hinweis von Protest. Oma Huber wurde nie bei ihrem Vornamen genannt, sondern man sagte immer *Oma Huber* zu ihr. Egal, ob Freund oder Fremder.

Die alte Bäuerin nahm es gelassen und hob mahnend den Zeigefinger. „Ist euch eigentlich schon aufgefallen, dass ich keinen Gehstock mehr benötige?"

Das hatte gesessen. Ihre Freundinnen wussten, dass Oma Huber ohne Stock kaum mehr als zwanzig Schritte machen konnte. Erstaunen wurde von Ratlosigkeit abgelöst, das wiederum zum Tuscheln ermunterte und schließlich die Frage hervorbrachte: „Du hast den ganzen Weg vom Bauernhof bis hierher ohne Gehstock zurückgelegt?"

Nicken und wieder dieses hämische Grinsen. „Nicht nur das. Ich mache jeden Morgen Gymnastik. Und ich surfe."

Ihre Freundinnen starrten Oma Huber mit weit aufgerissenen Augen an. „Du surfst?", fragte die eine. „Jetzt nimmst du uns aber auf den Arm", kommentierte die andere. „Hier kann man gar nicht surfen. Wir haben keinen See. Außerdem habe ich dich noch nie mit einem Surfbrett gesehen."

Oma Huber lachte laut. „Ihr dussligen Weiber", meinte sie scherzhaft. „Ich surfe nicht auf dem Wasser, ich surfe im Internet. Ich bin jetzt eine moderne Frau im besten Alter." Um ihre körperliche Fitness zu beweisen, stand sie auf und machte drei Kniebeugen. Dann bückte sie sich, hob einen Fussel vom Teppichboden auf und legte ihn auf den Tisch. „Mir geht's blendend. Ich bin zwar alt, aber voller Lebensfreude. Und das, seit ich das Zeug von Torsten rauche. Das sind keine Kriminellen, das sind drei richtig sympathische junge Männer und Torsten ist ein erstklassiger Gärtner. Er kennt sich mit Pflanzen bestens aus. Dieser Junge hat ein großes Herz, ist ehrlich und wenn er ein wenig Hanf anbaut und sein Ernteerzeugnis an mich verkauft, finde ich das alles andere als verbrecherisch. Er ist weder ein Drogendealer noch ein Kiffer, Junkie oder wie diese Typen sonst noch heißen. Er ist und bleibt mein kleiner, braver Kräuterjunge, der sich etwas Taschengeld für seine wertvolle Arbeit verdient. Das ist meine Ansicht. Was sagt ihr dazu, Mädels?"

An diesem Tag beschlossen ihre Freundinnen, auch etwas von Torstens Heilkräutern zu probieren. Der Erfolg war gigantisch. Schon zwei Wochen später avancierte Torsten zum beliebtesten Mann im ganzen Dorf. Seine Heilkräuter waren aufgrund einer bestimmten Zutat zwar nicht ganz legal, aber genau diese Beimischung zauberte den alten Damen gute Laune und neue Lebenskraft in den Alltag. Und im Vergleich zu den teuren Medikamenten, kostete so eine *Naturkraut-Heilpackung* lediglich einen Euro.

Oma Huber beschloss, ihr tägliches Pfeifchen zu stopfen und öffnete die Tabaksdose. Als sie ins Leere starrte, fiel ihr schlagartig wieder ein, dass sie gestern die letzte Portion ihrer Freundin Erna Schmachtinger, der Mutter des Polizeichefs, überlassen hatte. Erna war die Letzte der 7-köpfigen Damenrunde, die in das Geheimnis der Heilkräuter eingeweiht wurde.

„Wir mussten sichergehen, dass du auch dicht hältst", hatten die anderen argumentiert.

„Als ob ich euch jemals verraten hätte", schmollte Erna anfangs, aber bereits nach dem zweiten Keks lachte sie herzhaft. Zudem spürte sie ihr lädiertes Knie nicht mehr. „Die Arthritis ist weg."

„Du hast noch gar nicht erzählt, dass du wegen Arthritis beim Arzt warst."

„Dazu brauche ich keinen Arzt. Das habe ich selbst diagnostiziert, aber das ist jetzt egal. Ich spüre nichts mehr. Das Zeug hilft."

Oma Huber schloss die Tabaksdose, nahm ihren Geldbeutel und verließ das Haus. Sie schlenderte über die Straße, sah Gockel Charles, der wie immer voller Stolz seine Hühner beaufsichtigte und entsprechend aufgeplustert herumspazierte, und war froh, dass Alfons nicht im Garten war. Auf ein Gespräch mit ihm, hatte sie überhaupt keine Lust.

Vor dem Gartentürchen der drei Kumpels blieb sie stehen. Für einen Moment bewunderte die lebensfrohe Rentnerin Torstens Arbeit. Der Weg zur Haustür war gekehrt. Kein Unkraut kämpfte sich zwischen den Ritzen der Steinplatten durch oder wucherte über den Randstreifen des schmalen Weges hinaus. Alles nicht erwünschte Grün war fein säuberlich weggezupft.

Bunte Blumenbeete lockten Schmetterlinge, Bienen und Hummeln an. Ein Zitronenfalter flatterte dicht an ihr vorbei und flog in Richtung des Kräuterbeets davon, welches sich links von ihr befand. Dahinter ragten Elefantengras und Bambus weit nach oben. Oma Huber schmunzelte, denn sie wusste, was sich hinter dem dicht hochsprießenden Grün verbarg. Sie atmete tief ein. Sie konnte den feinen Hauch des Cannabis riechen, welches latent den vorhandenen Flair von Misthaufen und Gülle übertünchte. *Herrlich*, dachte sie. Ihr fiel auf, dass der BMW weg war. *Hoffentlich ist Torsten zu Hause.* Ihre Zweifel wurden zerstreut, als sich die Haustür öffnete und Torsten im Türrahmen auftauchte. Oma Huber war sofort aufgefallen, wie schlecht ihr Kräuterjunge aussah. Sein sonst so fröhlicher Gesichtsausdruck war verschwunden. Er wirkte verzweifelt. Oma Huber befürchtete Schlimmstes. *Hier ist etwas Gewaltiges im Anmarsch*, schoss es ihr sofort durch den Kopf.

Bevor sie etwas sagen konnte, schluchzte Torsten los. „Oma Huber", Tränen trieben in seine Augen. Die Stimme klang brüchig. „Es ist etwas ganz Schreckliches passiert."

Die alte Frau schloss das Gartentürchen und ging zum Hauseingang. Dort legte sie ihre rechte Hand auf Torstens Schulter und sagte: „Lass uns reingehen. Ich brühe uns einen Tee, dann reden wir über alles."

Oma Huber war erstaunt, wie sauber und aufgeräumt es im Haus war. Auch in der Küche war alles sehr gepflegt. Sie fand sich schnell zurecht und nur Minuten später schüttete sie aus dem Wasserkocher heißes Wasser in zwei mit Teebeuteln bestückte Tassen. Sie trug sie ins Wohnzimmer, stellte sie auf dem Tisch ab und setzte sich in den Sessel. Torsten saß auf der Couch und zitterte wie Espenlaub. Er hatte Angst. Der gütige Blick von Oma Huber wirkte auf ihn ebenso beruhigend wie ihre Stimme. „So, mein lieber Freund, jetzt erzähle mir mal, wo der Schuh drückt. Was betrübt dich dermaßen, dass es dir nicht gut geht? Hattet ihr Streit?"

Torsten schüttelte den Kopf. „Viel schlimmer!"

„Jetzt lass dir nicht alles aus der Nase rausziehen. Wenn ich dir helfen soll, musst du schon mit mir sprechen."

„Aber das muss geheim bleiben."

„Torsten, wir beide sind so etwas wie Geschäftspartner. Wir hüten doch schon ein großes Geheimnis. Also weißt du, dass du mir vertrauen kannst."

Er holte tief Luft, dann begann er, die ganze Geschichte zu erzählen. Es sprudelte nur so aus Torsten heraus. Er berichtete, wie die drei Männer Erich auf dem Parkplatz aufgelauert hatten, ihn entführen wollten, dies jedoch misslungen war, weil er nicht in ihr Auto passte. Er erzählte, dass Erich drei Grappas hintereinander getrunken hatte, dass eine Pizza mit vier Teilen genauso groß ist wie eine Pizza mit acht Teilen und er berichtete, dass Erichs Onkel Eddie geiziger ist als Dagobert Duck. Dann erzählte er, dass sie ganz fies erpresst werden und zeigte Oma Huber den Erpresserbrief. Als nächstes trudelte über seine Lippen, wie sie sich bemüht hatten, das Geld aufzutreiben und dass sie fast den Jackpot im Lotto geknackt hätten. Aber leider waren die Zahlen auf dem Tippschein zu arg durcheinandergewirbelt und deshalb haben sie gar nichts gewonnen. Und dann kam der Teil mit dem Banküberfall, der genial geplant war und er für das perfekte Alibi verantwortlich war. „Ich konnte den gesamten Überfall live am Handy mitverfolgen. Willi und Erich sind mit der Beute aus der Bank geflüchtet und wurden von den Erpressern entführt, bevor sie das Batmobil erreichten. Man hat sie mit eine Waffe bedroht." Er hatte wieder Tränen in den Augen. „Und später hat mich dieser miese Kerl angerufen. Er behält die Beute vom Banküberfall und möchte, dass ich ihm übermorgen 100.000 Euro übergebe, sonst wird er meine Kumpels scheibchenweise zurücksenden und mich am Schluss auch noch holen. Ich habe zuerst noch überlegt, dass das ganz schön lange dauern wird, weil Erich doch so dick ist, aber ...", jetzt kullerten Tränen über die Wangen und versickerten im Kragen des T-Shirts.

Oma Huber reichte Torsten ein Taschentuch. „Wisch dir die Tränen ab und nimm einen Schluck Tee." Ihr Gesicht wirkte versteinert. „Ihr seid wirklich ein paar dumme Hornochsen. Wieso bist du nicht gleich zu mir gekommen?"

Achselzucken. Die Anwesenheit der Bäuerin tat Torsten gut. Er fühlte sich verloren. Sie spürte, dass der junge Mann ihre Hilfe brauchte. In ihr ratterte es. Oma Huber war wütend und besorgt zugleich. Sie war bereit zu kämpfen, sie war bereit, das Kriegsbeil auszugraben und es den Erpressern zu zeigen. Sie wagten es in ihr Dorf zu kommen und Krawall zu machen, sie sollten besser darauf achten, mit wem man sich anlegt. Es galt, einen klaren Gedanken zu fassen.

„Das ist wirklich ein Schlamassel", sagte sie. „Aber es gibt für alles eine Lösung!"

Torstens Gesicht erhellte sich ein wenig. „Hast du zufällig 100.000 Euro zu Hause herumliegen?", fragte er mit weinerlicher Stimme.

„Nein, aber ich denke gerade über ein paar Lösungsmöglichkeiten nach."

Hoffnung machte sich breit. Torsten tupfte mit dem Taschentuch über seine Augen, schnäuzte sich und fragte: „Heißt das, dass du uns hilfst?"

Oma Huber stand auf, stemmte die Fäuste in die Hüften und sagte mit entschlossener Stimme. „Torsten, du bist unser Kräuterjunge. Wenn dich die Entführer umbringen würden, hätten wir keine Medizin mehr. Ich weiß nicht, was schrecklicher wäre. Dein Tod, oder kein Pfeifchen mehr rauchen zu können."

Er starrte die alte Frau bestürzt an. Sie zwinkerte ihm zu. „Das war ein Scherz."

„Puh", stieß Torsten erleichtert aus.

„Ich brauche meine Medizin, dann funktioniert mein Kopf einwandfrei", grinste die alte Bäuerin. „Merke dir, wenn Oma mal 'ne Tüte raucht, können sich andere warm anziehen! Dann ist Schluss mit lustig."

Torsten sprang unvermittelt auf. Der Hoffnungsschimmer verfestigte sich. Das Gefühl der Hilflosigkeit verschwand. Oma Huber würde ihnen zur Seite stehen und die von ihr benötigte *Medizin* hatte er reichlich produziert. „Ich habe jede Menge Portionen zubereitet und abgepackt. Kleinen Moment, ich hole was rauf. Es liegt unten in der Scheune." Er lief zur Tür, blieb stehen und drehte sich noch einmal um. „Mein anderer Rettungsplan war, mit meiner Kräutermischung groß ins Geschäft einzusteigen, aber meine Kumpels glaubten, die Mafia könnte etwas dagegen haben."

Oma Huber meinte dazu lediglich: „Nun, mit einem Euro pro Portion hättest du auch jede Menge produzieren müssen, um das Lösegeld zusammenkratzen zu können. Da müssen wir eine andere Strategie wählen. Und jetzt lauf und hol mir 'ne Pfeifenfüllung."

Der erste Zug wurde genüsslich ausgepustet. Eine blaugräuliche Dunstwolke wanderte in Richtung Zimmerdecke, fing sich und waberte wie eine Nebelwand über dem Wohnzimmertisch. Oma Huber genoss ihre außergewöhnliche Therapie. „Mmh, das tut gut! Ich merke schon, wie meine grauen Gehirnzellen zu arbeiten beginnen."

„Prima'", klatschte Torsten in die Hände, ging zum Fenster und öffnete es, damit der Rauch abziehen konnte. Die immer noch unter der Zimmerdecke wabernde Nebelwand breitete sich aus, zog in Richtung Fenster und schlich sich ins Freie.

„Ich brauche Block und Papier!"

Torsten brachte beides.

„Jetzt möchte ich, dass du alle Einzelheiten aufzählst, die dir einfallen. Was weißt du über die Entführer?"

Torsten versuchte sich an sämtliche Details zu erinnern. Oma Huber schrieb mit, nahm einen Zug von der Pfeife, spürte die positive Energie und war happy. „Wir werden denen zeigen, wer hier das Sagen hat. So eine Frechheit, in unser Dorf einzudringen, sich ein paar unbescholtene Jungs zu schnappen, sie zu Kriminellen zu machen und uns zu bedrohen!"

„Genau!", stimmte Torsten zu und schlug demonstrativ mit der Faust auf den Tisch. Er war über sich selbst und seinen Kampfgeist erstaunt.

Nachdem sämtliche Daten notiert waren, betrachtete Oma Huber den Zettel. Sie lehnte sich zurück, nahm einen Zug von der Pfeife, ließ die Kräuter einwirken und grübelte über die vorhandenen Fakten. Man konnte ihr direkt ansehen, wie heftig sie nach einer Lösung suchte.

Schließlich setzte sich die alte Dame gerade hin. „Wir schaffen das nicht allein, ich muss meine Ladies aus der Stammtischrunde mit ins Boot nehmen."

„Aber die dürfen auch nichts weitererzählen!"

Die Rentnerin grinste. „Sie gehören alle zu deinen Kundinnen. Auch sie sind vertrauenswürdig und werden schweigen."

Torsten war einverstanden. Außerdem war es ohnehin schon egal. Schlimmer konnte die Situation kaum werden. „Hast du einen Plan?"

„Ich denke schon, aber noch ist er nicht spruchreif. Lass uns mal die Truppe zusammentrommeln, alles besprechen und sämtliche Ideen auf einen Haufen werfen. Wo ist dein Telefon?"

Nacheinander wurden Anna Schwinghofer, Klara Körner, Else Gruber, die bis vor fünf Jahren gemeinsam mit ihrem Mann eine Rechtsanwaltskanzlei betrieben hatte, Uschi Brennauer, Erna Schmachtinger und Rosi Platter, die Witwe des früheren Druckereiinhabers Gustav Platter angerufen. Allesamt stammten die Frauen aus diesem Dorf, waren seit ihrer Kindheit mit Oma Huber eng befreundet, bildeten den zwischenzeitlich legendären Stammtisch und gehörten ausnahmslos zu Torstens Kundinnen. Es waren auch seine einzigen Kundinnen.

Die Telefonate liefen alle gleich ab. Den Wortlaut hätte man kopieren und eins zu eins abspielen können.

Oma Huber: „Ich bin´s! Wir haben ein Problem. Ein richtiges Problem. Kannst du kommen?"

111

Lautes Ausatmen war zu hören, das ungefähr klang wie: „Puh, ausgerechnet jetzt. Im Fernsehen läuft gerade so eine Show und ich habe einen Kuchen im Rohr, außerdem erwarte ich in einer Stunde Besuch." Aber keine einzige dieser Ausreden kam. Es blieb beim lauten und deutlich hörbaren Ausatmen.

Die Angerufene antwortete: „Du löst unseren Damen-Notruf aus?"

Oma Huber: „Ja. Alarmstufe rot!"

Die Angerufene: „Wann und wohin?"

Oma Huber: „Jetzt sofort, ich warte bei Torsten."

Die Angerufene: „Sind wir aufgeflogen?"

Oma Huber: „Schlimmer!"

Die Angerufene: „Ist jemand gestorben?"

Oma Huber: „Noch nicht!"

Die Angerufene: „Wer wird sterben?"

Oma Huber: „Wenn wir das Problem nicht lösen, kann es Torsten erwischen!"

Die Angerufene: „Wir lösen das Problem! Ich bin in fünfzehn Minuten da!"

Oma Huber erreichte alle sechs Damen. Somit waren sie vollzählig. Torstens Nachbarin war zuversichtlich. „Die Kavallerie kommt. Das ist eine Kampfansage an die Entführer. Wir kümmern uns ab sofort um dein Problem. Wir sind schlagkräftiger als *Die glorreichen Sieben!* Hast du noch Äpfel, Mehl, Zucker und Eier im Haus?"

Torsten nicke. „Müsste alles da sein."

„Dann brauche ich natürlich noch etwas von der guten Backmischung, du weißt schon", zwinkerte sie und ging in die Küche. „Ich muss einen ganz schnellen Kuchen backen. Einen mit ordentlich Pfeffer", zwinkerte sie.

Torsten wusste, was sie meinte.

Klara Körner rief ihre Schwägerin an, die sie kurz darauf im EDEKA-Laden ablöste. Sie zog den weißen Kittel aus und hängte ihn an die Garderobe. Bevor die robuste Ladenbesitzerin das Büro verließ, rief sie zwei weitere Mitglieder des Stammtisches an.

„Ihr wisst Bescheid?"

„Ja! Damennotruf! Alarmstufe rot! Unser Lieferant ist in Gefahr!"
„Richtig!"
„Du holst uns ab?"
„Genau! Ich fahre los!"
„Ich bin bereit!"

Dann verließ sie ihren Laden, ging raus zum Parkplatz, stieg in ihr Auto und holte nacheinander Rosi Platter und Else Gruber ab.

Uschi Brennauer fuhr selbst. Anna Schwinghofer und Erna Schmachtinger waren zu Fuß, beziehungsweise mit dem Fahrrad gekommen. Das Wohnzimmer füllte sich und die Geräuschkulisse der alten Damen nahm kontinuierlich zu.

Während sich die Stammtischmitglieder auf den Weg machten, hatte Oma Huber in der Küche alles für einen schnellen Kuchenteig zusammengesucht und war am Backen. Die Zutaten für das besondere *Aroma*, hatte Torsten aus der Scheune geholt.

Als die Damenrunde komplett im Wohnzimmer versammelt, war, duftete es bereits wunderbar nach Kräuter-Apfelkuchen.

„Ladies, der Kuchen dauert mit Abkühlen noch gute 30 Minuten. Das ist ausreichend Zeit, um euch auf den aktuellen Stand zu bringen und über einen Schlachtplan zu diskutieren."

Mit ernster Miene sprach Klara ihre Freundin an. „Du hast den Damen-Notruf mit Alarmstufe rot ausgelöst. Was ist passiert, dass wir alles liegen und stehen lassen mussten?"

„Gleich", entgegnete Oma Huber und verschwand noch einmal in der Küche.

Torsten kam mit einem Tablett herein. „Kaffee?"

Sieben Mal kam ein: „Ja."

Während die Zuckerdose und das Milchkännchen die Runde machte, legte Oma Huber in der Küche die Schürze ab und folgte Torsten ins Wohnzimmer. Sie stemmte die Hände in die Hüften, betrachtete ihre besten Freundinnen und sagte: „Mädels, ich komme sofort zur Sache! Drei üble Gangster haben Willi und Erich entführt! Torsten wird erpresst! Es besteht Lebensgefahr für jeden und somit laufen wir natürlich auch Gefahr, dass wir unsere Medizin verlieren!"

Erstarrte Gesichter. Nur langsam wanderten schockiert die Köpfe der Stammtischgruppe nach links und rechts, um schließlich in einem

Raunen zu enden. Dieses verwandelte sich schnell in ein Getuschel und das wiederrum in heftige Spekulationen, die mit einem lauten: „Ruhe!", beendet wurden.

Wieder starrten alle auf Oma Huber. „Hört mal her. Torsten wird euch jetzt erzählen, was alles passiert ist."

Alle Augen ruhten auf Torsten, der sich im Kreis seiner Kundinnen zwar wohl, aber in seiner Position als Opfer dennoch komisch fühlte. Ihm wurde heiß und kalt. „Al-al-also", stotterte er.

„Bleib ruhig, Junge. Stell dir vor, wir sitzen im Dorfkrug und du erzählst uns einen Film, den du im Kino gesehen hast", schlug Else Gruber vor. Sie wusste, wie man Nervosität bekämpfte. Bei etlichen Gerichtsverhandlungen waren so manche Großmäuler der Straße auf einmal kleinlaut und wortkarg geworden. Und viele ihrer Mandanten trauten sich gar nicht zu sprechen. Sie war geübt darin, ihnen die Angst und Aufregung zu nehmen.

Ihr Tipp war gut. Torsten schloss die Augen und wiederholte die ganze Geschichte, die er zuvor schon Oma Huber erzählt hatte. Er ließ kein Detail aus und als er fertig war, schlug Klara Körner wütend auf ihre Schenkel. „Diese Halunken. Ich wusste gleich, dass mit denen etwas nicht stimmt. Die ganze Bande war bei mir im Laden und hat beinahe meinen ganzen Vorrat an Konservendosen aufgekauft", teilte sie mit und beschrieb die drei Männer.

Der Kuchen war noch vor Klaras ausgeschmückter Beschreibung fertig und wurde in vierzehn Stücke geteilt. Torsten mochte keinen Kuchen. Ihm war nicht zum Essen zumute. Zumindest nicht nach etwas Süßem, woraufhin ihm Oma Huber ein Omelett zubereitete und mit den unmissverständlichen Worten hinstellte: „Iss, sonst kannst du nicht denken und erst recht nicht kämpfen!"

Torsten wagte keinen Widerspruch. Er nahm die Gabel und stocherte auf dem Teller herum. Alle sieben Frauen sahen ihm dabei zu. Ihm kam es vor, als hätte er sieben Großmütter, die alle auf ihn aufpassten.

„Iss, Bub!", kam die nächste, deutliche Aufforderung.

Torsten schob die erste Gabel lustlos in den Mund und kaute. Sein Gesichtsausdruck änderte sich, als die Geschmacksexplosionen einsetzten. „Mhm, das ist klasse", sagte er und schob die nächste Gabel nach.

„Ich habe etwas Käse mit rein, ein paar Würfel Salami dazu und alles mit einem Hauch Chili gewürzt."

„Efft, legga", stieß er mit vollem Mund und kaum verständlich aus.

„Prima!"

„Gott sei Dank!"

„Ich bin erleichtert."

„Das Rezept musst du mir unbedingt aufschreiben!"

Sie starrten gierig auf den Kuchen. Oma Huber erlöste sie mit den Worten. „Ladies, jetzt gibt's Apfelkuchen mit Pfiff."

Die Damenrunde griff zu. Teller klapperten, das Stochern von Gabeln war zu hören und ein Lob übertrumpfte das Nächste. Erst kehrte Ruhe ein, dann tuschelten sie, begannen zu kichern und schlagartig zeigten alle euphorische Kampflust. Sie waren beste Freundinnen, sie waren ein Team und sie wollten jemanden nicht verlieren. Ihren Kräuterjungen!

Else Gruber übernahm als erste das Wort. „Wir müssen den fiesen Burschen das Handwerk legen und Torstens Mitbewohner befreien."

Erna Schmachtinger räusperte sich: „Soll ich meinem Sohn ..."

Fast gleichzeitig kam sechsmal ein: „Nein!"

Erna nickte. „Das dachte ich mir."

Die Gruberin, wie Elses Spitzname lautete, erklärte kurz. „Unser kleines Geschäft mit Torsten und seinem Kräutergarten darf nicht auffliegen. Wenn dein Sohn diesbezüglich auch nur den leisesten Verdacht schöpft, wäre es vorbei mit Kuchen, Plätzchen, Pfeifchen oder den niedlichen kleinen Tüten, die wir vorm Stammtisch rauchen."

Alle stimmten zu. Erna bestätigte: „Mein Sohn wird selbstverständlich nichts erfahren und deshalb auch keinen Fuß auf dieses Grundstück setzen. Darauf könnt ihr euch verlassen!"

Rosi Platter nahm einen Schluck Kaffee. Bilder von gerösteten Bohnen rasten durch ihren Kopf. Der Melitta-Mann aus der Werbung lachte sie an und sie war geneigt ihm zuzuwinken. Sie lächelte, als sie schlagartig in die Realität zurückkehrte. „Wow, Mädels, das zweite Stück Kuchen regt meine Fantasie ganz schön an. Wisst ihr, wen ich gerade im Gedanken vor mir gesehen habe?" Ohne auf eine Reaktion zu warten, schob sie die Antwort gleich nach: „Den Melitta-Mann."

Klara war begeistert. „Ein stattlicher Mann."

Torsten verzog das Gesicht. „Ich kenne den Typen nicht. Wer ist das?"

„Nur so ein Werbe-Fuzzi", erklärte Oma Huber und wendete sich ihren Freundinnen zu. „Wir haben hier ein Problem zu lösen. Konzentriert euch, Mädels!"

Rosi Platter bekam zwar das breite Grinsen, wenn sie an den Melitta-Mann dachte nicht mehr aus ihrem Gesicht, aber ihr Verstand arbeitete wieder normal. „Könnten die Entführer aus dem Drogenmilieu stammen?", fragte sie.

Anna Schwinghofer meldete sich: „Das wäre möglich. Vielleicht dachten sie, dass unser Torsten das Geschäft seiner Vormieter übernommen hat. Die sitzen ja wegen Drogendelikten im Knast."

Else Gruber schüttelte den Kopf. „Glaube ich nicht. Das hätten die Kidnapper erwähnt. Stattdessen beziehen sie sich in ihrer Forderung auf Erichs reichen Onkel. Ich schließe jegliche Verbindung zur Drogen-Mafia aus. Außerdem, woher sollten sie etwas von Torstens kleinem Wunderpflanzenfeld wissen? Von der Straße aus ist es nicht zu erkennen."

Uschi Brennauer brachte es auf den Punkt. „Mädels, wir wissen jetzt, dass es drei Entführer sind und dass sie 100.000 Euro fordern. Wie geht es weiter? Spekulationen helfen uns nicht, wir brauchen Fakten und einen guten Plan!"

Wie zuvor Rosi, nahm auch Klara Körner einen Schluck Kaffee, stellte ihre Tasse ab und blickte in die Runde. „Machen wir es mal buchhalterisch. Lasst uns aufschreiben, was wir wissen. Das ist die Haben-Seite. Dann schreiben wir auf, was diese fiesen Halunken fordern, das ist die Soll-Seite!"

„Ein Banküberfall. Mei o mei", jammerte Erna Schmachtinger. „Ob wir das wieder in den Griff bekommen?"

Else Gruber beruhigte. „Darüber zerbrechen wir uns den Kopf, wenn wir Erich und Willi befreit haben. Wie gesagt, lasst uns zuerst die Fakten betrachten. Aufgemerkt!"

Die Damenrunde und Torsten hörten der Juristin im Ruhestand aufmerksam zu. „Drei Entführer haben Erich und Willi in ihrer Gewalt. Unsere beiden Freunde wurden nach einem Bankraub entführt. Wir müssen diesbezüglich noch weitere vorhandene Fakten auswerten, um mehr Klarheit zu bekommen. Als nächstes haben wir das Erpresserschreiben vorliegen", sie machte eine Pause, sah Oma Huber an und zwinkerte: „Dein Apfelkuchen mit Pfiff ist der blanke Wahnsinn. Ich fühle mich großartig. Ich könnte Bäume ausreißen." Die Gruberin stieß beide Fäuste in die Höhe. Im Gedanken war die wortgewaltige Frau im Gerichtssaal und hielt ein ausschweifendes Plädoyer. Sie schielte auf ihren Teller, schnappte sich das letzte Stück Kuchen und schob es in den Mund. „Mädels", schmatzte sie voller Euphorie, „wir schaffen das!"

Anna Schwinghofer griff etwas umständlich an ihren Lendenwirbel, tastete mit den Fingern etwas herum und strahlte. „Meine Rückenschmerzen sind weg. Wenn diese Gauner meinen Kräuterjungen bedrohen ...", sie sprach den Satz nicht zu Ende. Diese Teilaussage war wegweisend.

So ging es reihum, bis Else Gruber wieder das Wort übernahm. „Zurück zu unserem Fall! Fangen wir mit der internen Abfrage an. Wer von euch ist dabei und wer zieht sich schweigend zurück? Wir haben vorhin zwar Geschlossenheit demonstriert, aber wenn wir tatsächlich loslegen, kann es gefährlich werden! Also, Mädels, wer ist dabei?"

„Kampf!", sagte Oma Huber und streckte die geballte Faust nach oben.

„Meine Gesundheit geht vor! Ohne die Kräutermedizin sitze ich wieder stundenlang beim Arzt. Das möchte ich nicht mehr. Ich bin auch für den Kampf!", stimmte Erna Schmachtinger mit ein und zeitgleich zogen auch alle anderen mit.

Die Gruberin war zufrieden. „Gut, dann sind wir uns einig. Schritt zwei", sie blickte zu Klara Körner. „Klara hat recht. Wir brauchen eine strukturierte Übersicht. Sie nannte es Soll und Haben, ich nenne es Pro und Contra." Ihr Blick wanderte weiter zu Torsten. „Schreib auf!"

Torsten nahm Block und Stift zur Hand. „Ich kann zwar nicht besonders fehlerfrei schreiben, aber ich bin bereit!"

Oma Huber legte ihre Hand auf Torstens Schulter. „Das hättest du mir längst sagen können. Wenn die Sache hier vorbei ist, bekommst du Privatunterricht."

Dieses individuelle Hilfsangebot, eine seiner Schwächen zu beseitigen, war für Torsten ein weiterer Energieschub. Selbstsicher begann er zu notieren, was Else Gruber diktierte. Etwa eine halbe Stunde später überflog die ehemalige Juristin die Fakten, nahm ihre Lesebrille ab, blickte in die Runde und sagte mit entschlossener Stimme: „Lange Rede, kurzer Sinn. Wir brauchen das Lösegeld! Wenn überhaupt, wäre eine Übergabe der einzige Schwachpunkt in diesem gefährlichen Spiel."

Allgemeines Kopfschütteln. „Ich kann auf die Schnelle vielleicht drei- oder viertausend Euro locker machen, der Rest ist angelegt", meinte die erste der Damen.

„Stopp!", fuhr Else Gruber grinsend, aber bestimmt dazwischen und hob zur Unterstreichung der Ernsthaftigkeit ihres Einwandes die Hand mit ausgestrecktem Zeigefinger. „Es ist zwar lobenswert, dass ihr bereit seid, eure Ersparnisse zu opfern, aber ich habe nicht vor, diesem Pack unser hart verdientes Geld zu überlassen."

„Sondern?", kam es leicht verwundert von Uschi Brennauer.

Jede der Damen kannte diesen überlegen wirkenden Gesichtsausdruck ihrer Freundin. Die Gruberin hatte einen Gedankenblitz, eine Idee oder anders ausgedrückt, einen Joker in der Hinterhand. Den gleichen Gesichtsausdruck legte sie stets an den Tag, wenn sie beim Canasta-Spiel mindestens drei Joker oder fünf Assen auf der Hand hatte. Und so sehr dieser Blick ihre Gegnerinnen beim Kartenspielen nervte, so sehr begrüßten ihn die Rentnerinnen in diesem Moment. Das war es, das sie brauchen konnten: Joker und Asse. Besser ausgedrückt: einen erfolgversprechenden Plan und den schien die Gruberin zu haben. Ihre Augen ruhten auf Rosi Platter. Wobei ruhen wohl sehr zurückhaltend ausgedrückt war. Sie starrte Rosi so durchdringend an, dass diese begann, nervös hin und her zu rutschen. „Sag mal Rosi, wie lange steht eure alte Druckerei schon still?"

Die Frage kam erlösend. Rosi hatte schon befürchtet, dass sie den Apfelkuchen mit Pfiff nicht vertragen hatte und ihr Gesicht mit einem Ausschlag übersät war. Das war ihrer Allergie auf Kernobst geschuldet.

Doch bisher war das bei gekochtem oder gebackenem Obst kein Problem gewesen. Es ging also um die Fabrik. Rosi musste nicht lange nachdenken und hatte die Antwort sofort parat. „Das sind bald drei Jahre. Nach dem Tod meines Mannes wollte ich die Firma zwar verkaufen, aber ich habe es noch nicht fertig gebracht. Das war schließlich unser Leben."

„Und die Maschinen?"

„Ist alles noch komplett vorhanden. Warum? Soll ich die Firma als Sicherheit bei der Bank hinterlegen und wir leihen uns das Lösegeld? Viel wird es nicht wert sein. Um heutzutage nochmal ins Geschäft einzusteigen, müsste man ordentlich investieren. Unsere Technik funktioniert zwar, ist aber überholt."

Else Grubers Gesichtsausdruck veränderte sich leicht. Es war der Blick einer Siegerin. Er war vergleichbar mit dem Finale eines großen Hollywood-Gerichts-Dramas, bei dem am Ende die vermeintlich schwachen Guten gewinnen und die bösen Großen verlieren. „Nein, keine Bankgeschäfte. Ich habe eine viel bessere Idee. Wir kopieren ein paar Hunderter, sodass wir verschiedene Seriennummern haben und drucken das Lösegeld in deiner alten Fabrik selbst!"

Erna Schmachtiger warnte erschrocken: „Das ist Geldfälschung. Ich weiß von meinem Sohn, dass man dafür lange ins Gefängnis kommt. Das ist ein Verbrechen!"

Die Gruberin schüttelte den Kopf. „Ja und nein! Dieses Geld wird von uns nicht in den Umlauf gebracht! Also nicht direkt", fügte sie ein. „Erna, denk doch mal nach. Was machen wir mit dem Falschgeld? Wir geben es nicht aus, sondern benutzen es, um Torstens Freunde freizukaufen. Das Problem mit dem Falschgeld haben nicht wir, sondern die Erpresser."

„Drogendelikte, Bankraub, Geldfälschung. Wenn uns einer auf die Schliche kommt, verbringen wir den Rest unseres Lebens im Gefängnis", warf Klara ein.

Die Juristin winkte ab. „Pillepalle! Wer soll dahinterkommen? Die Entführer? Sollten sie geschnappt werden, werden sie wohl kaum sagen, dass das Geld aus einer Entführung stammt."

Rosi Platter beendete die Diskussion, indem sie in ihre Handtasche griff, ihre Geldbörse herausholte und einen Hunderteuroschein auf den Tisch knallte. „Bingo! Ich habe einen Hunderter. Meine alten Maschinen sind startbereit und soweit ich mich erinnern kann, befindet sich in meinen alten Lagerbeständen auch richtig gutes Papier", grinste sie ebenso verschmitzt, wie zuvor Else Gruber.

Oma Huber war auch einverstanden. „Hat jemand eine andere Idee, wie wir in dieser kurzen Zeit 100.000 Euro auftreiben können?"

Keine der zugedröhnten Damen konnte einen besseren Vorschlag machen. Somit war es beschlossene Sache. Sie würden das Lösegeld in Höhe von 100.000 Euro selbst herstellen.

Oma Huber fühlte sich voller Tatenkraft. Die anfangs gerauchte Tütenfüllung in der Pfeife sowie die beiden Kuchenstücke entfalteten vollends ihre Wirkung. Voller Enthusiasmus sprang die Rentnerin auf. „Lasst uns gleich mit der Arbeit beginnen."

Rosi Platter stand ebenfalls auf. „Unsere Freundin hat recht. Es dauert eine Zeitlang, bis ich die Maschinen angeworfen habe. Sobald wir mit der Qualität der Kopien zufrieden sind, müssen wir sie auf Papier drucken, wieder die Qualität prüfen und danach zurechtschneiden."

Uschi Brennauer erhob sich ebenfalls. „Die Scheine werden nagelneu und damit glatt aussehen. Wir müssen sie irgendwie behandeln und alt aussehen lassen. Vielleicht zerknittern wir sie. Ladies, das gibt Handarbeit."

„Alter! Wie seid ihr denn drauf?", kam es erstaunt von Torsten, der die ganze Zeit schweigend und gebannt zugehört hatte.

„Wenn du schon solche Worte benutzt, heißt es: Alte!", wollte ihn Anna Schwinghofer belehren.

„Nee, das heißt Alter! Das sagt man heutzutage, wenn man erstaunt ist!", klärte Klara Körner auf.

„Ahh, verstehe", bestätigte Anna und schüttelte ihren Kopf: „Alter, das hätte ich nicht gedacht."

Torsten und die kampflustige Frauenclique betraten durch einen Seiteneingang die alte Druckerei. Die Luft war trocken und staubig. Auch nach drei Jahren des Stillstands roch es immer noch nach diversen Chemikalien. Die großen Oberlichtfenster waren so stark verschmutzt, dass die Druck- und Schneidemaschinen in schummriges

Licht gehüllt waren. Rosi betätigte einen Lichtschalter. Neonröhren flackerten, bevor sich deren kaltes künstliches Licht über alles stülpte.

„Die könnten auch wieder mal geputzt werden", fiel Anna Schwinghofer auf, als sie die Oberlichter betrachtete.

Die Gruberin fragte: „Wo kann ich die Fenster öffnen? Es ist ein wenig stickig hier drinnen."

Rosi überging beide Bemerkungen. Stattdessen rutschte sie wieder in die Rolle der Chefin. Sie blühte auf. „Oma Huber, du deckst die zweite Maschine von rechts ab. Torsten, in dem Nebenraum am Ende der Halle findest du den Putzwagen. Da ist alles drauf, was wir brauchen. Hol ihn bitte her. Anna, Klara, Erna und Uschi, könnt ihr Torsten helfen und klar Schiff machen? Else und ich gehen ins Lager und holen ein paar Chemikalien sowie das richtige Papier."

„Die Fenster!", wiederholte Else Gruber.

Rosi deutete nach rechts. „Gleich hinten an der Wand. Du musst die Hebel mit den roten Griffen nach unten ziehen, dann klappen die Oberlichter auf."

Die Gruberin sah die Hebel und ging hin. Jeder von ihnen war mit einem langen Gestänge verbunden, welches nach oben führte und nichts anderes war, als der verlängerte Arm eines Fenster-Kipp-Griffs. Sie klappte den ersten Hebel nach unten und war erstaunt, wie leichtläufig sich das Gestänge verschieben ließ. Die Anwaltswitwe hatte mit mehr Widerstand gerechnet. Nach und nach öffnete sie der Reihe nach die Oberlichtfenster. Frische Luft strömte in die Halle. Als alle Hebel nach unten geklappt waren, folgte sie Rosi Platter ins Lager.

„Scharfes Kommando", grinste Torsten und marschierte los, um den erhaltenen Auftrag auszuführen. „Die Erpresser werden ihr blaues Wunder erleben."

Eine andere der bekifften Omas hatte in der Halle Lautsprecherboxen entdeckt und war den Kabeln gefolgt. Im Büro fand sie die dazugehörige alte Stereoanlage und schaltete sie an. Der Empfang war klar und deutlich, der Sender perfekt. Aus der Halle war die Stimme eines Moderators zu hören. „... und ich begrüße meine Zuhörerinnen und Zuhörer herzlichst zu einer neuen Ausgabe der Schlager-Oldie-Parade. In der nächsten Stunde spielen wir alle Hits aus den 50er, 60er und 70er Jahren. Wir fangen gleich mal mit einem Dreier an. Sie hören jetzt

Freddy Quinn mit *Heimweh*, gefolgt von Jürgen Marcus Hit *Eine neue Liebe ist wie ein neues Leben* und den Abschluss unseres Auftakt-Dreiers macht Connie Francis mit *Schöner fremder Mann*."

Beim ersten Lied summten die Damen mit, beim zweiten begannen sie rhythmisch besen- und staubtuchschwingend zu tanzen, wobei alle beim Refrain lautstark mitsangen. Und als Connie Francis Schlager ertönte, tat sich Oma Huber als Solo-Sängerin hervor. Sie schmetterte den Song in den Besenstiel, der ihr als Mikrofon diente.

Das Lager war in etwa genauso groß wie die Halle. Zwanzig Meter lang und zehn Meter breit. In den vier Regalreihen lagerten Restbestände von Chemikalien, Ölen und verschiedenen Farben. Ebenso fand man Ersatzteile für die Maschinen und diverse Papiersorten. Rosi schnappte sich einen der drei herumstehenden Transportwägen, schob ihn in den ersten Regalgang und suchte nach einer bestimmten Chemikalie. Sie blieb stehen, setzte ihre Brille auf und sagte: „Die hier! Zweimal!"

Am Ende des Ganges blickte Rosi auf den gefüllten Wagen und war zufrieden. „Das ist alles, was wir brauchen. Ich hatte schon befürchtet, nicht die richtigen Farben gelagert zu haben. Dann hätte ich mischen müssen. Aber so ist alles perfekt."

„Und das Papier?", erkundigte sich Else, legte den Kopf zur Seite und lauschte. „Echt gute Musik."

Rosi hörte ebenfalls den Sound, der die Halle rockte und tippte mit dem rechten Fuß im Takt mit. „Stimmt, wirklich gute Musik. Diese Weiber sind doch verrückt", lachte sie. „Sie sollen putzen und nicht Party machen."

Die Druckereiinhaberin schob den Transportwagen zur Tür und stellte ihn dort ab. Ein Blick in die Halle folgte. Anna Schwinghofer wirbelte mit dem Besen umher, während Uschi Brennauer im Takt die große Druckmaschine abstaubte. Am liebsten wäre Rosi in die Halle gestürmt, hätte eine Flasche Sekt geöffnet und gefeiert, aber sie hatten einen Job zu erledigen. Sie mussten Geld fälschen. Also verzichtete sie auf Sekt und Tanz und schnappte sich stattdessen einen zweiten Wagen. Sie schob ihn in einen anderen Regalgang und ging dort ungefähr bis zur Mitte. Sie blieb stehen, warf einen prüfenden Blick auf das gelagerte Papier und griff zu. „Mit dem hier müsste es funktionieren. Ich nehme mal drei verschiedene Blattstärken mit."

Die Gruberin begann die Aufschriften zu lesen, gab es aber schnell wieder auf, da sämtliche Bezeichnungen aus Kombinationen diverser Zahlen und Buchstaben bestanden. „Wie schwer ist es denn, Geldscheine zu kopieren?", fragte sie ihre Freundin. Bisher war sie, wie alle anderen Damen auch, nie straffällig geworden. Und mit einem Mal war sie laut Gesetz eine Drogenkonsumentin, eine Geldfälscherin und ein Mitglied einer kriminellen Vereinigung, im Allgemeinen auch Bande genannt. Gedanklich sah sie sich wie in den amerikanischen Gefängnisfernsehserien in einem orangefarbenen Anzug in einer Schlange bei der Essensausgabe stehen. Eine von oben bis unten tätowierte und äußerst maskulin wirkende Frau klatschte ihr mit einer Schöpfkelle einen undefinierbaren Brei auf den Teller und zwinkerte ihr zu. Else bekam Gänsehaut. Rosis Lachen katapultierte sie in die Realität zurück. Sie war erleichtert.

„Kopiert sind sie schnell. Es geht um das richtige Papier und die Sicherheitsmerkmale. Es ist fast ein Ding der Unmöglichkeit, die Qualität eines echten Scheines zu erreichen."

„Merken die Erpresser, dass wir sie betrügen?"

Rosi runzelte überlegend die Stirn. Man sah ihr direkt das Denken an. „Aufgrund dessen, dass wir hier nur begrenzte Geldscheinqualität herstellen können", antwortete sie, „werden sie es früher oder später merken. Wir müssen es schaffen, eine Qualität zu erreichen, die auf den ersten Anschein echt wirkt. Also beim Vorzeigen zum Auslösen der Geiseln nicht auffällt."

„Das ist eine enorme Stresssituation. Wenn wir zusätzlich künstlichen Stress erzeugen, erhöhen wir den Druck und sie merken es vielleicht nicht. Das kann wirklich funktionieren. Lass uns mit der Arbeit beginnen!"

Beide trauten ihren Augen nicht, als sie die beladenen Wägen in die Halle schoben. Im Radio lief *Das Lied der Schlümpfe* von *Vader Abraham*. Torsten mimte die Rolle des Sängers. Anna, Oma Huber, Uschi und Klara sangen den Part der Schlümpfe.

„Sagt mal, von wo kommt ihr denn her ...“
„Aus Schlumpfhausen bitte sehr ...“
„Sehen da alle so aus wie ihr ...“
„Ja, wir sehen so aus wie wir ...“
„Soll ich euch ein Lied beibringen ...“
„Ja, wir wollen mir dir singen ...“
„Ich kenn ein Lied mit nem schönen Chor ...“
„Spiel es uns bitte einmal vor ...“
„Der Flöttenschlumpf fängt an ... so singt mal mit ...“
„La la lalalalalalala la la lalalalalalala ...“

„Stooooopp“, donnerte Rosis Stimme durch die Halle.
Schlagartig verstummte der Chor, nur Torsten sang weiter.
„Und nun die zweite Stimme ...“

Dann kam er sich komisch vor und schwieg ebenfalls, während aus den Musikboxen die nächste Strophe dröhnte. Torsten klatschte in die Hände und applaudierte. „Mädels, das mit dem Singen müssen wir professionell machen. Wir werden berühmt!“

Rosis Blick war ernst. „Leute, entweder versuchen wir jetzt 100.000 Euro Falschgeld herzustellen oder wir gründen eine Girl-Group. Was schlagt ihr vor?“

Uschi Brennauer räusperte sich. „Man wird ja wohl noch singen dürfen.“

„Sie hat recht! An die Arbeit. Wir sind nicht zum Vergnügen hier“, fing sich Oma Huber, immer noch leicht im Takt mitwippend. „Aber die Idee von Torsten ist gar nicht mal so schlecht“, murmelte sie und zwinkerte ihm zu.

Endlich war es soweit. Die Spannung war enorm, als der erste von fünf verschiedenen Einhunderteuroscheinen auf das Kopierfeld gelegt wurde. Die ganze Clique stand um die gewaltige Kopiermaschine herum. Rosi legte ein Blatt Papier ein und schloss das Fach. „Das war damals ein Fehlkauf. Unser Produktionsleiter hatte sich in der Zeile vertippt. Die Lieferung war zum Glück nicht allzu groß, denn das Zeug hier war ewig teuer". Sie zeigte auf den Transportwagen mit den Papieren. „Ich dachte nicht, dass ich es eines Tages nochmal brauchen werde."

Ihr Finger wanderte auf einen Knopf. „Achtung ... fertig ... los!" Die Taste wurde betätigt. Ein leises Summen war zu hören. An den Kanten unter dem Einlegefach wanderte ein Lichtschein hin und her. Dann ratterte es und ein Blatt Papier wurde ausgeworfen, um sogleich wieder zurück in die Maschine zu wandern.

„Da ist ein Fehler drin!", rief Torsten aufgeregt und wollte das Blatt Papier festhalten.

Rosi klopfte ihm auf die Hand und schimpfte: „Finger weg! Wir kopieren Vorder- und Rückseite!"

Torsten zog erschrocken die Hände zurück. „Entschuldigung!"

Das Blatt wurde ausgespuckt. Rosi nahm es, hielt es gegen das grelle Neonlicht und musterte die Kopie. Staunende Blicke folgten ihr.

„Krass, Alter! Es funktioniert!", stieß der Kräuterjunge aus.

Rosi nahm eine Schere und schnitt einen Schein aus, dann nahm sie einen echten Hunderter, schloss die Augen und ließ beide zwischen ihren Fingern hin und her wandern. Schließlich zerknüllte sie die Kopie.

„Nein, was machst du da?", hakte Anna Schwinghofer ein.

„Zu schlecht. Wir brauchen das andere Papier. Dieses hier fällt sofort auf."

Klara Körner riss eine andere Packung Kopierpapier auf, reichte Rosi ein Blatt und das ganze Prozedere wurde wiederholt. Wieder starrten alle erst auf den Ausgabeschacht, dann auf Rosis Hände, danach auf die Kopie des Geldscheins. Diesmal rubbelte sie etwas länger und gab beide Scheine an Klara weiter. „Fühl mal du. Du hast in deinem Laden immer viel Geld in den Händen."

Die Geschäftsfrau schloss die Augen. „Nun, wenn ich genau prüfe, fällt es auf. Wenn die Hölle los ist und der Schein etwas abgegriffener wäre, könnte er durchgehen."

„Finde ich auch", bestätigte Rosi.

„Gebt mal her", sagte Oma Huber und schnappte sich den echten und den falschen Hunderter. Sie setzte ihre Brille auf und hielt beide

Scheine gegen das Licht. „Gute Kopien, aber wenn ich sie prüfe, weiß ich, welcher falsch ist."

„Und wenn du es nicht prüfst?", fragte Torsten.

Oma Huber zog die Lippen zusammen und stieß ein, „Hm?", aus.

Else Gruber übernahm das Wort. „Ihr müsst bedenken, dass bei einem Austausch von Geiseln gegen Geld eine Ausnahmesituation gegeben ist. Es herrscht unheimlicher Stress. Wenn das Geld echt aussieht, klappt auch die Übergabe, da bin ich mir sicher."

„Und wenn nicht?", fragte Erna Schmachtinger.

Oma Huber ballte die rechte Hand zur Faust und streckte sie nach oben. „Dann müssen wir handgreiflich werden."

Alle Köpfe flogen herum und starrten sie an.

„Was glotzt ihr so? Wir sind alt, aber nicht krank und erst recht noch nicht tot. Wir können kämpfen!"

Immer noch wurde die Bäuerin schweigend angestarrt.

„D-d-die sind bewaffnet", stammelte Torsten.

„Oma Huber denkt nur laut über eine Notfalllösung nach. Und das ist gut. Wir müssen auf alles vorbereitet sein", warf die Gruberin ein.

„Bewaffnen werden wir uns auf jeden Fall!", schob die kampflustige Bäuerin nach.

Zustimmung. Sie durften den Verbrechern auf keinen Fall vertrauen und an eine reibungslose Übergabe denken, und sie durften auch nicht zu leichtsinnig an die Sache herangehen. Ein kleines Aufrüsten würde demnach sicher nicht schaden.

Rosi Platter brachte die Sache auf den Punkt. „Mädels, Wie ziehen das Ding jetzt komplett durch. Sagt zu Hause Bescheid, dass ihr in nächster Zeit wenig daheim sein werdet. Wir holen uns Pizza von Antonio und arbeiten bis spät in die Nacht. Wir müssen 100.000 Euro mit verschiedenen Scheinen kopieren, sie zurechtschneiden, alt aussehen lassen und mit einer Art Banderole versehen. Dann müssen wir das Falschgeld verpacken."

„Ich habe genügend alte Aktenkoffer zu Hause", sagte Else Gruber.

„Wo ist das Telefon? Ich rufe zu Hause an", meinte Anna Schwinghofer.

„Ich nehme die Pizza-Bestellungen entgegen", grinste Torsten, der sich im Kreis der alten Ladies absolut sicher und geborgen fühlte. „Und wenn mich nachher jemand zum Abholen der Pizzen fährt, mache ich einen kleinen Abstecher nach Hause und hole noch ein paar Kräutermischungen für euch."

„Jaaaaa!", wurde gejubelt.

„Meine Lieben, bevor wir hier an die Arbeit gehen, lasst uns auch die andere Sache bedenken", unterbrach Erna Schmachtinger die fröhliche, siegessichere Gelassenheit.

„Welche andere Sache?", kam es fragend.

„Den Banküberfall!"

Die Gruberin klopfte mit der flachen Hand gegen ihre Stirn. „Herrjeh, du bist genial, Erna. Das müssen wir unbedingt glattbügeln."

Torsten schluckte nervös. Sein Adamsapfel wanderte mehrfach gut sichtbar hoch und runter. Er bekam ein schlechtes Gewissen. „Was gibt es denn da zum Glattbügeln?", fragte er ziemlich kleinlaut.

Erna stemmte ihre Hände in die Hüften und warf dem Kräuterjungen einen unmissverständlichen Blick zu. „Das war kein Lausbubenstreich! Wenn man euch den Überfall nachweisen kann, werdet ihr dafür einsitzen müssen! Es ist egal, wie viel Beute ihr gemacht oder aus welchen Beweggründen ihr die Sache durchgezogen habt. Überfall bleibt Überfall! Um das zu wissen, muss man nicht studiert haben!"

Das war deutlich. Die Gruberin schlug in die gleiche Kerbe. „Für einen bewaffneten Raubüberfall bekommt ihr, also wenn das Gericht mild gestimmt ist, so zwischen vier und acht Jahren Gefängnis."

Torsten wurde kreidebleich.

Erna änderte ihren bitterbösen Gesichtsausdruck. „Aber als Fan fast aller Detektivserien und als Mutter eines Polizisten, habe ich da schon eine Idee."

Augenblicklich stand sie im Mittelpunkt. Die Damenriege und insbesondere Torsten waren neugierig. „Was hast du vor? Kannst du uns helfen?", fragte er voller Hoffnung. Er fühlte sich im Moment wieder ziemlich mies. Der junge Mann durchlebte Wechselbäder der Gefühle.

Erna fragte Torsten: „Deine Kumpels sind ja nicht zu Fuß dorthin gegangen."

Das Batmobil, fiel ihm ein. „Nein, natürlich nicht. Sie haben Willis BMW genommen. Das ist das Fluchtfahrzeug.“

„Das ist eine äußerst wichtige Information.“ Sie machte eine winzige Pause und schob dann betont nach: „Und du hast gesagt, sie wurden direkt nach dem Überfall gekidnappt.“

„Ja richtig“, nickte Torsten zustimmend. „Das konnte ich am Handy mithören.“

„Also parkt euer BMW noch in der Nähe der Bank. Das ist eine Spur“, erklärte sie und hob mahnend den Zeigefinger. „Wir müssen das Auto finden und von dort wegschaffen.“

Torsten verstand nicht, was an einem geparkten Fahrzeug so gefährlich war. „Warum müssen wir das tun?“

„Das ist ein kleiner Ort. Wenn ein fremder Pkw längere Zeit parkt, werden die Leute misstrauisch und rufen die Polizei. Ich kenne genügend solcher Geschichten von meinem Sohn.“

Else begriff sofort, wie brisant das Problem war und wusste, dass sie schnell etwas unternehmen mussten.

Auch Klara war das bewusst. „Wir fahren gleich dort vorbei! Noch bevor wir die Pizza holen, parken wir den BMW um.“

Else unterstützte das Vorhaben ihrer Freundin. „Ein guter Plan. Torsten, habt ihr zu Hause einen Zweitschlüssel?“

Der Kräuterjunge musste nicht lange nachdenken. Erich hatte einen ausgeprägten Ordnungsfimmel. Alles musste immer an seinem Platz liegen, hängen oder stehen. Wie aus der Pistole geschossen kam die Antwort: „Der Schlüssel hängt im Schlüsselkasten!“

Else war erleichtert. „Bingo! Wenn der BMW wieder bei euch zu Hause steht, gibt's eine Spur weniger.“

„Ihr seid die Besten!“ Torsten fiel ein Stein von Herzen. Keine einzige seiner Freundinnen war zu ersetzen. Er hatte sie alle gern.

Die Gruberin hob abermals die Hand und sagte mit monotoner Stimme: „Übrigens, und nur, dass ihr das nicht vergesst! Geldfälschung ist ebenso ein Verbrechen, wie ein Raubüberfall. Auch dafür gibt's ein paar Jahre Knast.“

Oma Huber antwortete spontan. „Aber nur, wenn man sich erwischen lässt.“

Rosi fügte hinzu: „Unser Plan ist gut und wir werden am Ende gewinnen. Wir müssen einfach, sowohl unseren Gegnern als auch der Polizei, immer einen Schritt voraus sein und am Ende alle Beweise vernichten!"

Else Gruber war zufrieden. „Genau das wollte ich hören. Auf geht's. Wir holen den BMW, ein paar Kräuter und Pizza!"

Noch einmal wurde Einigkeit demonstriert. Alle sieben Frauen und Torsten bildeten einen Kreis. Jeder legte seinen Arm auf die Schultern des Nachbarn. Oma Huber übernahm das Wort.

„Wer sind wir?"

„Die Stammtisch-Weiber!", kam es im Chor.

Torsten brüllte mit, kam sich aber etwas doof vor, weil er ja ein Mann war. Also fügte er hinzu. „Ich bin der Stammtisch-Mann."

Oma Huber: „Unser Motto!"

„Alle für eine, eine für alle!"

Und Torsten fügte hinzu. „... und einen."

Mit dem Ruf: „Auf geht´s Mädels!", ließen alle los und klatschten in die Hände. Sie waren ein Team, sie waren eine Gruppe und sie halfen zusammen.

Drei der Rentnerinnen und Torsten fuhren los, während die anderen sich weiter um die Angelegenheit mit dem Falschgeld kümmerten.

Vor ihnen lag eine harte, lange Nacht.

Kapitel 5
Leg dich nicht mit Omas an

Während Torsten und die coolen Omas fleißig am Geldfälschen waren, mussten Erich und Willi ganz andere Probleme bewältigen. Die Nacht war hereingebrochen und ihnen tat vom Herumsitzen auf den Stühlen der Hintern weh.

„Können wir uns mal ein wenig bewegen?", fragte Willi. „Ich bekomme schon Schwielen am Hinterteil. Es ist sehr unbequem, wenn man stundenlang an einen Stuhl gefesselt ist."

Hanno Hansen, der in ein Comicheft vertieft war, reagierte nicht.

Erich räusperte sich. „Hm ... hm ..."

Jetzt hob der jüngste Kidnapper seinen Kopf etwas an und schielte zu den beiden Entführungsopfern. „Ist was?"

Erich nickte kurz und wie immer schwabbelten die Wangen leicht nach. „Mein Freund fragte, ob wir uns etwas bewegen dürfen."

Hanno runzelte die Stirn. Der Kopf von Batman stand still, aber seine Wangen bewegten sich. *Irre*, dachte er. „Ey, wieso wollt ihr euch bewegen?"

„Weil es unbequem ist. Hörst du uns nicht zu?"

Hanno betrachtete die Gefangenen und meinte: „Na klar, wenn es euch gut tut, warum nicht. Ihr könnt die Köpfe hin und her schwenken. Das ist eine gute Übung. Hat ja bei Batman gerade eben auch geklappt." Kaum ausgesprochen, starrte er wieder in sein Comic.

Erich schnaufte hörbar laut aus. „Mein Kumpel meinte, herumlatschen oder so."

Hanno war sichtlich genervt. „Alter, du nervst. Jetzt fange ich schon zum vierten Mal bei der gleichen Sprechblase an. Weißt du, wie anstrengend das ist? Bis ich das gelesen habe, weiß ich nicht mehr, was vorher passiert ist. Das Buch ist spannend ohne Ende. Donald ist gerade in eine Grube gefallen und kommt ums Verrecken nicht raus! Also nervt mich nicht!" Er formte mit der Hand eine Pistole, indem er den Daumen nach oben hielt und den Zeigefinger ausstreckte und so abwechselnd auf die beiden Geiseln zielte. „Sonst ... Peng!"

„Schon okay", kam es von Willi. „Kein Problem."

Hanno versuchte weiterzulesen. Erich begann zu pfeifen.

„Ey Alter! Das nervt total! Hör auf so blöd herum zu trällern!"

Erich verstummte. „Mir ist langweilig. Kannst du nicht vorlesen?"

„Alter! Jetzt willst du mich wohl echt reizen!"

Die Tür ging auf. Hubert Hansen und dessen älterer Sohn Heimo betraten den Raum. Der Alte raunzte: „Gibt's Stress?"

Hanno spielte den coolen Macker. „Ich habe alles im Griff Paps. Die beiden Trottel wollten sich bewegen und danach wollten sie, dass ich ihnen etwas vorlese. Aber nicht mit mir. Ich war knallhart", sprudelte er stolz hervor.

„Nicht ganz", hakte Erich ein. „Du hast uns erlaubt, die Köpfe zu bewegen!"

Hanno wurde wütend. „Ey Alter! Das ist meine letzte Warnung!", stieß er aus, erhob sich und baute sich bedrohlich vor den Entführungsopfern auf.

Heimo schob seinen Bruder zur Seite und zückte ein Messer. Erich und Willi bekamen Angst. Erich wollte beruhigend auf den Verbrecher einwirken und kramte in seinem Film-Zitat-Wissen. *Leer! Verdammt, was soll ich sagen? Mir fällt nichts ein.*

Willi kam ihm zuvor. „Schon gut. Wir müssen uns nicht bewegen. Wir haben uns schon so richtig an diese Sitzposition gewöhnt."

Der Kidnapper bückte sich. Erich schloss die Augen und erwartete einen Stich mit dem Messer, doch stattdessen durchschnitt Heimo die Kabelbinder an Füßen und Händen. „Hoch mit euch!"

Beide standen auf, rieben ihre Handgelenke und sagten: „Danke!"

Erich warf Hanno einen hämischen Blick zu. „Siehst du, wir dürfen uns doch bewegen."

Willi sprach indessen Heimo an. „Sind wir jetzt frei?"

Im Hintergrund begann der alte Hansen daraufhin laut zu lachen. „Ha ... ha ... frei! Ihr seid richtige Komiker. Euer Kumpel muss noch die Kohle ranschaffen. Morgen machen wir die Übergabe! 100.000 Flocken gegen euch! Sonst werdet ihr scheibchenweise zurückgegeben!"

„Ich denke, dass ...", begann Erich mit schnippischen Unterton, erhielt von Willi einen nachdenklich stimmenden Stoß in die Seite und brach deshalb den Satz ab. Stattdessen würgte er ein: „Schon gut", hervor.

Heimo zeigte mit dem Messer zur Tür. „Geht meinem Papa nach. Wir haben euer Nachtlager hergerichtet! Und keine Dummheiten!"

Sie wurden durch den Flur geführt und standen schließlich vor einer metallenen Feuerschutztür. Vater Hansen öffnete sie. „Rein hier!"

Der Lagerraum war nicht groß. Vielleich 10 oder 12 Quadratmeter. Eine nackte 100 Watt Glühbirne hing einsam von der Decke und spendete kaltes, grelles Licht. Das Fenster war gerade einmal so groß wie ein Fußball und erwürgte jeglichen Fluchtgedanken, bevor er überhaupt aufkam.

Der Raum war bis auf einen Einrichtungsgegenstand komplett leer. Das war ein aufblasbares Doppelbett, welches mitten in der Kammer stand.

„Hier könnt ihr pennen! Einer von uns hält vor der Tür immer Wache. Falls ihr auf die absurde Idee kommen solltet türmen zu wollen", brummte der alte Hansen, grinste hämisch und zeigte auf das Fenster, „dort passt ihr nicht durch."

„Hier riecht es aber streng", rümpfte Erich die Nase. „Was war denn hier gelagert? Romadur oder ein anderer Stinkekäse?"

„Maul halten und reingehen!"

„Genau", rief Hanno Hansen, der ebenfalls mitgegangen war, zückte den Revolver und hob ihn drohend nach oben. „Maul halten, sonst knallt es! Und eines könnte ihr euch merken! Ich werde euch nichts vorlesen!"

Widerwillig betrat Erich den Raum. „Und wenn ich nachts mal muss? Ich meine, es gab Bohnen und ..."

„Dort reinmachen!", kam es trocken. Hubert Hansen deutete auf einen Eimer, der neben dem Bett stand.

Erich fühlte sich gar nicht wohl, Willi sah ihn an. „Wenn du nochmal musst, geh gleich!"

Das Schwergewicht versuchte ziemlich mitleiderregend zu schauen und rieb sich den Bauch. „Das müsst ihr mir erlauben. Ich brauche auch nicht lange!"

Alle drei Hansens sahen sich fragend an.

133

Erich legte nach: „Das habe ich übrigens mal gelesen. Wenn ihr mir den Gang zum Klo nicht erlaubt, gibt's gnadenlos Höchststrafe wegen Folter!"

Hanno runzelte wieder die Stirn. „Stimmt das Papa?"

Heimo meinte: „Könnte sein! Ich habe mal so einen Bericht über ein amerikanisches Gefängnis gesehen, da wurde eine Aufseherin wegen Folter verknackt."

Der Alte zischte: „Wir sind Gangster und keine Unmenschen! Du kannst nochmal aufs Klo gehen, aber schnell!" Dann sah er Hanno an. „Du gehst mit dem Dicken und Heimo passt auf den anderen auf!"

Hanno wurde kreidebleich. „Warum ich?"

Erich meinte: „Ich bin nicht dick. Die Bohnen blähen meinen Bauch gewaltig auf. Das ist optische Täuschung!"

Der Alte verdrehte die Augen und holte entnervt mit der flachen Hand aus. Hanno wich instinktiv zurück und beschwichtigte. „Schon gut, Papi! Ich gehe mit."

Erich wurde zur Toilette gebracht. Als der ordnungsliebende junge Mann sah, in welchem Zustand sich das Klo befand, würgte er. „Das ist enorm schmutzig."

„Du kannst auch auf den Eimer ..."

Erich hob die Hand und unterbrach. „Schon gut! So schlimm ist es auch wieder nicht."

„Dann fang an!"

Erich rupfte etwas Toilettenpapier ab und legte es als Schutzpolster über den Toilettensitz. Dann wendete er sich Hanno zu. „Du bist ja immer noch da. Ich kann nicht, wenn jemand zusieht."

Der Entführer verzog sein Gesicht. „Glaubst du, mir macht das Spaß?"

„Ich kann echt nicht. Ich lasse mir doch beim Geschäft verrichten nicht zusehen!"

„Dann musst du auch nicht richtig!"

„Doch!"

„Dann mach!"

„Dreh dich um!"

„Ey, Alter!"

Jeder kennt den berüchtigten Spruch: *Jedes Böhnchen macht ein Tönchen!* Bei dem einen wirkt es stärker, bei dem anderen schwächer. Erich gehört zu den Menschen, die den in Bohnen enthaltenen Mehrfachzucker nicht besonders gut verdauen können, sodass dieser sich, verkürzt gesagt, im Endstadium des Verdauungsprozesses in Schwefelwasserstoff verwandelt, welcher für Blähungen mitverantwortlich ist und den Körper in Form von Flatulenzen verlässt. Kurzum, Erich hatte enorm mit sich und dem Lauf der Natur zu kämpfen und musste sich durch Pupsen Erleichterung verschaffen. Insgeheim hoffte er dabei auf Geräuscharmut, doch das klappte nicht. „Entschuldigung", sagte er leise und lief rot an, als ihm deutlich hör- und vor allem auch riechbar, ein gewaltiger Pups entwich.

Hanno rümpfte die Nase, als sich die übel riechende Chemikalienmischung im Raum verteilte. Er reagierte prompt. „Okay, ich geh vor die Tür. Aber keinen Blödsinn machen!"

Erich war erleichtert. „Nein! Versprochen!"

Willi saß auf dem aufblasbaren Gästebett, als Erich etwas später und mit sichtlich entspanntem Gesicht zurück in den Raum kam. Die Tür wurde von außen zugezogen und versperrt.

„Junge, ich fühle mich wie neugeboren", strahlte Erich.

Willi zuckte lediglich mit den Schultern.

„Was ist los?", fragte das im Batman-Kostüm steckende Schwergewicht und blickte sich um. „Sag bloß nicht, die sperren uns ohne Proviant ein. Na warte, ich werde mich sofort beschweren."

Ehe sich Erich umdrehen und mit der zur Faust geballten Hand gegen die Tür hämmern konnte, hörte er die resignierend klingende Stimme seines Kumpels.

„An Flucht ist wirklich nicht zu denken! Wir sitzen absolut in der Falle."

Erich ging zum Bett und setzte sich neben Willi. Das aufblasbare Doppelbett gab nach und Erich sackte tief ein, während Willi regelrecht hochkatapultiert wurde. In dieser extremen Schräglage sitzend, schüttelte das Schwergewicht abwertend den Kopf. „Schlechte Qualität oder zu wenig Luft? Was meinst du?"

Willi war erst geneigt zu antworten, dass das weder an einem zu geringen Luftinhalt noch an der Qualität des Gästebetts lag, sondern die geschätzten 160 Kilogramm Lebendgewicht von Erich die Ursache hierfür war. Um keinen unnötigen Stress zu fabrizieren, ließ er es sein und presste stattdessen ein lethargisches: „Ist doch egal", über die Lippen, gefolgt von: „Es war ein langer, harter und wenig erfolgreicher Tag. Lass uns schlafen. Vielleicht fällt uns morgen eine Lösung für unser Problem ein."

Erich gähnte und stand auf. Willi machte mitsamt dem entlasteten Bett einen kleinen Sprung nach oben. Erich streckte sich, legte den Batman-Umhang ab und sagte: „Gute Idee. Ich bin schlagartig müde geworden. Ein wenig Schlaf wird mir jetzt guttun."

Willi legte sich auf seine Seite des Bettes. Als Erich sich ebenfalls hinlegte, sackte er abermals tief ein. Diesmal jedoch der gesamten Länge nach. Entsprechend wurde Willis Bettseite nach oben gedrückt und er kullerte auf Erich. „Mist!", stieß er völlig überrascht und zugleich verärgert aus.

Erich erschrak, als Willi gegen ihn plumpste. „Aua! Sag mal, kannst du nicht auf deiner Seite bleiben?"

Willi atmete hörbar tief ein und wieder aus. Er unterdrückte den Drang laut loszuschreien und versuchte, innerlich ruhig zu bleiben und eine Balance zwischen Verständnis, Fakten und Wut zu finden. *Nicht aufregen,* durchströmte es ihn. *Ohmmmmm, finde deine innere Mitte.*

Erich drehte sich demonstrativ vom Rücken in die Seitenlage, wodurch das Bett an seine Belastungsgrenze geriet. Die aufgrund des Gewichts verdrängte Luft übertrug sich mit jeder Bewegung Erichs wellenartig auf Willis Seite. Dieser kam sich vor, als säße er in einem kleinen Ruderboot mitten im Meer, welches dort in einen orkanartigen Sturm mit hohem Wellengang geraten ist.

Ohmmmm, finde deine innere Mitte.

Die innere Mitte finden. Wo hatte er diesen Schwachsinn gelesen? Oder war es ein Bericht im Fernsehen? Egal, bei ihm wirkte es nicht. Es gab keine innere Mitte. Neben ihm lag ein Fleischberg und vor ihm die unüberwindbar hohe Latex-Steilwand des Luftbetts. Willi wusste in diesem Moment, dass es unmöglich war gemeinsam mit seinem Kumpel auf diesem Bett zu übernachten.

Erich hob ein Bein an, änderte seine Position abermals und lag jetzt in der Embryo-Stellung.

Willi schaukelte mit jeder Bewegung seines Nachbarn hin und her, klatschte abwechselnd gegen die Latexwand und Erichs Rücken und blieb dort liegen, als dieser sich nicht mehr bewegte. Erich murmelte ein: „Bleib auf deiner Seite, Willi", und begann leicht zu schnarchen.

„Sag mal, schnarchst du?", fragte Willi entsetzt.

Keine Antwort. Stattdessen glaubte Willi, jemand hatte den stotternden Motor eines uralten Traktors angeworfen. Mit offenen Augen starrte er an die Zimmerdecke. Er war hundemüde, doch an Schlaf war nicht zu denken. Irgendwann gab er auf. Willi kämpfte sich die Latexwand empor, um aufzustehen. Dann schnappte er sich den Umhang des Kostüms, breitete diesen auf dem Fußboden aus und legte sich darauf.

„Das wird eine harte Nacht!"

Oma Huber schloss den braunen Aktenkoffer. „Geschafft! Hier drin liegen 100.000 Euro Falschgeld. Gedruckt, geknittert und verpackt. Ladies und Torsten, wir waren großartig!"

Sie hatten lange gearbeitet. Rosi Platter war in ihrem Element, als die Druck- und Schneidemaschinen liefen. Sie überwachte alle Aufgaben. Jede von ihnen, und natürlich auch Torsten, erledigten präzise den jeweils zugewiesenen Job.

Oma Huber und ihr Schützling legten einzeln die Papierbögen nach. „Man kann sie nicht im Packen reinschieben. Sie sind so dünn, dass die Maschine zwei oder drei Blätter auf einmal einziehen würde", hatte Rosi erklärt.

Klara und Anna Schwinghofer schnitten die Scheine aus den Papierbögen, Erna und Uschi sorgten für das Zerknittern und hauchten dem Falschgeld damit eine gewisse Echtheit ein. Else Gruber prüfte die Qualität, zählte und bündelte die Scheine.

„Eigentlich dachte ich, dass wir nach der Arbeit ein Pfeifchen dampfen und ein Gläschen Sekt trinken, aber ich bin müde ohne Ende. Lasst uns nach Hause gehen, Mädels. Wir müssen morgen fit sein", schlug Rosi vor und gähnte.

Oma Huber stimmte sofort zu. „Ab in die Betten! Morgen werden wir den Kidnappern zeigen, wer hier im Dorf das Sagen hat und ihnen ordentlich den Hintern versohlen!"

Sie hatten es geschafft und das Unmögliche möglich gemacht. Sie hatten einen Aktenkoffer voller Geldscheinbündel. Zwar war es Falschgeld, aber das war im Moment nur zweitrangig. Zufrieden und immer noch voller Enthusiasmus verabschiedeten sich die Freundinnen und Torsten für die restliche Nacht, um sich in ein paar Stunden wieder zu treffen.

Der Frühstückstisch war gedeckt. Toastbrot, roher Schinken, ein dampfender Topf voller weißer Bohnen in Tomatensauce. Willi sah vier leere Dosen neben dem Herd stehen. *Heinz Original Beans in Tomato Sauce*, las er. Dazu gab es Instantkaffee.

„Was glotzt du so blöd?", fragte Hanno, der wieder mit dem Revolverknauf spielte und dabei ab und zu mit dem Daumen über den Hahn der Waffe strich.

Willi hoffte insgeheim, der Kidnapper würde sich selbst die Eier wegschießen. „Schon wieder Bohnen?", presste er über die Lippen. Er war unausgeschlafen und sein Rücken schmerzte. Die Nacht auf dem steinharten Fußboden verbringen zu müssen war die eine Sache, zusätzlich Erichs Schnarchen ausgesetzt gewesen zu sein, die andere. Willi war todmüde, fühlte sich wie gerädert und war deshalb extrem gereizt. Noch so eine Nacht würde er definitiv nicht überleben. Es gab nur zwei Möglichkeiten dieser Folter zu entkommen. Entweder Flucht oder Torsten würde das Lösegeld zahlen. Variante drei, eine Rettung durch die Polizei, schloss Willi kategorisch aus, da dies gleichzusetzen war mit Gefängnis. Und die Vorstellung, er würde ein paar Jahre mit Erich oder einem aus der Hansen-Familie gemeinsam in einer engen Zelle verbringen müssen, wäre gleichzusetzen mit lebenslanger Folter.

„Alter! Bohnen sind gesund. Außerdem gibt's auch noch Toastbrot dazu", fuhr ihm Hanno Hansen entgegen. „Ihr bekommt hier eine First Class-Behandlung. Ey, und jetzt motz bloß nicht weiter, sonst ballere ich dir ´n Loch ins Ohrläppchen!"

Erich trällerte in Erwartung des ausgiebigen Frühstücks gemütlich vor sich hin. „Wochenend und Sonnenschein und dann mit dir im Wald allein ...“

Hanno geriet in Fahrt. Er wendete sich seiner enorm beleibten Geisel zu. „Fettkloß, hör auf, diesen Schrott zu singen. Davon bekommt man ja Ohrenkrebs.“

Entsetzt verstummte Erich. Das war ein gewaltiger Affront! In ihm brodelte es fürchterlich. Das konnte er unmöglich auf sich sitzen lassen. Nicht so früh am Morgen! „Erstens, wer ist hier fett? Zweites, es gibt keinen Ohrenkrebs. Das ist glatter Blödsinn! Also beides ist glatter Blödsinn! Und drittens ist das ein Schlager aus den 1930er Jahren und damit Kulturgut. Max Raabe hat ihn ja deshalb nochmal neu inszeniert.“

Die Stimmung wurde gereizter.

„Hast du gerade gesagt, dass ich blöd bin, Alter?“

Erich stand auf. „Hast du gesagt, dass ich fett bin, du Lauch?“

Hanno zückte den Revolver. „Das reicht! Dafür bekommst du nichts zu essen.“

Erich lief hochrot an. Jetzt war er vollends wütend. Nichts zum Essen und obendrein beleidigt werden. So ein kleiner, unterbelichteter Entführer wollte ihm das leckere Frühstück vorenthalten. Abwechselnd blickte er auf die Waffe und in die Augen des Kidnappers.

Willi versuchte zu schlichten. „Niemand hat hier irgendetwas Schlimmes zu jemanden gesagt. Beruhigt euch doch mal.“

Der Lauf des Revolvers wanderte herüber zu Willi, der sofort verstummte. „Schnauze! Ich glaube, ihr beide wollt mich kirre machen, um mich zu überwältigen, aber ich bin nicht blöd!“

Erich setzte sich wieder hin. „Kein Essen, kein Lösegeld. Ende der Ansage! Das kannst du dann deinem Vater erklären!“

Hanno stutzte. „So ein Quatsch!“

Willi bemerkte die Unsicherheit des jungen Hansen. „Wo er recht hat, hat er recht. Kein Essen, kein Lösegeld. Die Voraussetzung zur Zahlung des Lösegeldes ist, dass wir gut behandelt werden und ausreichend zu essen bekommen.“

„Ihr zwei Clown-Typen verarscht mich“, kam es ziemlich verunsichert.

Erich witterte seine Chance, doch noch zu einem opulenten Frühstück zu kommen. „Nein. Das ist Teil des Deals. Wir werden hier wie echte Geiseln behandelt. Und zwar wie ...", er überlegte, um etwas Kluges zu sagen. „Also, nach den Genfer Konventionen stehen uns drei Mahlzeiten ...", er überlegte und verbesserte sich, „äh ... fünf Mahlzeiten am Tag zu. Wenn das nicht eingehalten wird, gibt's kein Geschäft. Zudem müssen wir bedient werden. Ungefähr so wie in einem Restaurant. Sonst wäre das nämlich noch zusätzlich Sklaverei. Dafür gibt's ein paar Jahre extra obendrauf!"

Willi hakte ein. „Und für das Fesseln gibt es natürlich einen Lösegeld-Abzug. Das heißt, wenn ihr uns wieder fesselt, bekommt ihr weniger Geld."

Hanno blickte nacheinander Willi und Erich an. Der Lauf der Waffe schwenkte jeweils mit. „Das glaube ich nicht!"

„Dann bleibt uns nichts anderes übrig, als deinem Vater alles zu erzählen, und natürlich werden wir unserem Kumpel auch alles erzählen und schwupp", Erich machte mit beiden Armen eine wirbelnde Bewegung, „ist das Lösegeld weg. Dann war für euch alles umsonst und rate mal, wem dein Vater die Schuld geben wird? Uns bestimmt nicht. Wir sind nur zwei Geiseln, die auf ihr Frühstück warten."

Als die beiden anderen Hansens in die Küche kamen, tunkte Erich das letzte Stück Toastbrot in die restliche Sauce auf seinem Teller, wischte alles auf und schob es in seinen Mund. „Mhm, daf war ein köfftliffes Frühftück", sagte er kaum verständlich.

Es roch nach Bohnen in Tomatensauce und Kaffee. Die beiden Entführungsopfer frühstückten in offensichtlich bester Laune, während Hanno Hansen daneben stand und ihnen zusah. Willi schob die leere Kaffeetasse in Richtung des Entführers. „Eine Tasse nehme ich noch."

Hanno nickte. „Wieder mit Milch und zwei Stück Zucker?"

„Ja, gerne."

Vater Hansen starrte gebannt auf die Szene, die sich vor ihm abspielte und konnte nicht glauben, was er sah. Sein Sohn bediente die Gefangenen. Im Bauch des Alten brodelte es. Er hatte Hunger und wollte frühstücken. Doch statt einen reichlich für ihn gedeckten Tisch vorzufinden, grinsten ihn Batman und Robin an, während sein Sohn den Oberkellner spielte. Fassungslos und schier überkochend vor Wut brüllte er: „Was zur Hölle ist hier los?"

Hanno stellte sich mit geschwellter Brust vor seinen Vater. „Du kannst stolz auf mich sein. Ich habe nach den Genfer Konversionen ...“

„Konventionen", verbesserte Willi.

Hanno drehte sich kurz zu dem Gefangenen und zischte: „Alter, ich bin hier nicht in der Schule. Wenn ich Konservsionen oder so was Ähnliches sage, dann weiß jeder, was ich damit meine, kapiert?"

Willi lehnte sich zurück, schmunzelte und antwortete: „Schon gut. Du bist der Boss!"

Das wirkte. Hanno wendete sich wieder seinem Vater zu. „Also, ich habe dafür gesorgt, dass das Lösegeld nicht gekürzt wird. Wir werden die volle Summe kassieren! Und wenn uns die Bullen tatsächlich schnappen, was ich natürlich nicht glaube, sind wir nicht wegen Sklaverei dran!"

Heimo Hansen schob sich an seinem Vater vorbei, ging zum Tisch und warf einen Blick in den Topf. „Leer!"

Sein Bruder grinste. „Der Dicke, äh ... Batman, hatte Hunger. Der andere hat nicht so viel gegessen."

Heimo zog die Mundwinkel nach unten. „Das war mein Frühstück!"

Hubert Hansen entdeckte die leere Toastbrotverpackung. „Wo ist das ganze Brot?"

„Der eine hier hatte nur zwei Scheiben", deutete er auf Willi, „Aber der andere ...“

„D-d-das war noch fast voll", stotterte der alte Hansen entgeistert. „Du hast das ganze Toastbrot und die Bohnen gefuttert?", warf er Erich entgegen.

Dieser nickte. „Das Brot war sehr lecker in Verbindung mit Heinz-Tomaten-Bohnen. Die liebe ich. Wenn ich noch ein bis drei Spiegeleier dazu gehabt hätte, wäre es natürlich die Krönung gewesen." Erich runzelte die Stirn, blickte nachdenklich zum Herd und meinte abschließend: „Und wenn man das Brot getoastet hätte, aber so ...“

„Schnauuuuuzeeeee!", brüllte Hubert Hansen zornig. Sein Kopf färbte sich derart rot, dass man Angst hatte, er würde gleich platzen.

„Bring sie wieder in das Zimmer, schließ die Tür ab und setz dich davor! Sofoooort!"

Widerspruchslos wurde der Befehl umgehend ausgeführt. Hanno war sich zwar keiner Schuld bewusst, aber er wusste, dass jedes weitere Wort eine Ohrfeige nach sich ziehen würde.

Heimo betrachtete den Tisch. Leere Teller, leere Verpackungen, in den Tassen befand sich jeweils noch ein Restschluck Kaffee. Der Magen des Gangsters knurrte. Auch er war äußerst wütend. „Alles weg. Unser schönes Frühstück. Papa, die haben uns alles weggefressen!"

Der Alte ging zum Küchenschrank, öffnete die Tür und starrte hinein. „Ravioli, grüner Bohnentopf oder Linsen? Was frühstücken wir?"

„Ravioli zum Frühstück", knurrte Heimo. „Das werden die beiden Clowns bitter büßen!"

Hubert Hansen nahm eine Dose aus dem Schrank und stellte sie ab. Dann griff er nach dem herumliegenden Dosenöffner, setzte ihn an und drehte. Den Inhalt der geöffneten Dose schüttete er in den leeren Bohnentopf, ohne diesen vorher ausgespült zu haben. „Tomatensauce ist Tomatensauce. Das passt", kommentierte er.

„Papa, ich bin echt sauer!"

Der Blick des Alten war stechend fies. Er grinste dreckig. „Dafür werden wir sie ordentlich abkassieren, mein Sohn."

Die Gesichtszüge von Heimo Hansen erhellten sich wieder. „Hast du schon einen Plan?"

Hubert Hansen rührte die Mahlzeit im Topf um. „Den habe ich!"

Neugierde schoss in Heimo hoch. „Ach Papa, jetzt sei doch nicht so geheimnistuerisch. Sag mir, wie wir es machen."

Der Chef der Familienbande legte den Kochlöffel zur Seite. „Ich setzte den Kumpel dieser beiden Trottel unter Druck."

„Wie denn?"

Die Tomatensauce begann zu blubbern. Hubert musste nochmal umrühren, um ein Anbrennen zu vermeiden. „Ich werde ihm jetzt eine SMS senden und sagen, dass wir in zwei Stunden das Geld wollen. Übergabeort folgt noch!"

Heimo strahlte. „Glaubst du, er hat die Kohle?"

„Gute Idee", überlegte Hubert. „Besser, ich frage ihn nach dem Geld. Er soll mir antworten. Danach mache ich das mit der Übergabe. Ich hetze ihn von einem Ort zum anderen. Sollten Bullen mit im Spiel sein, werden wir das merken."

Heimo deutete zur Tür. „Und die beiden Pflaumen? Nehmen wir sie zur Übergabe mit?"

„Nein. Wir lassen sie hier. Wenn das mit dem Geld klappt, schnappen wir uns die Moneten, holen Hanno und lassen sie frei. Oder besser noch. Wir holen Hanno, dann hauen wir ab und eine Stunde später schreiben wir ihm, wo wir die beiden gefangen halten."

Heimo klatschte in die Hände. „Perfekt. Dann haben wir Vorsprung." Plötzlich verfinsterte sich sein Gesicht. „Papa, und was machen wir, wenn er das Geld nicht hat?"

Der Alte verzog keine Miene, als er antwortete: „Dann senden wir ihm eine äußerst effektive Warnung zu."

Heimo lief es eiskalt den Rücken hinunter. Er wusste, was sein Vater meinte, ohne es auszusprechen. Er war wirklich ein genialer und knallharter Gangsterboss.

Hubert warf einen letzten Blick in den Topf. „Das Frühstück ist fertig. Lass uns in Ruhe essen, danach schreibe ich die Nachrichten."

Die ganze Crew hatte sich nach kurzer Schlafpause und einer schnellen Dusche wieder komplett in Torstens Wohnzimmer versammelt. Der Tisch war üppig gedeckt und es roch nach Kaffee, Eiern mit Speck sowie einem Spezialkuchen, der aussah wie ein gewöhnlicher Gugelhupf, aber durch die Beimischung von Torstens Kräutern wieder diesen besonderen *Pfiff* hatte. Er duftete aromatisch süßlich, gepaart mit einem mediterranen Touch.

Es gab harte und weichgekochte Eier, Vollkornbrötchen, Weizenbrötchen, Kartoffelbrötchen, zwei verschiedene Sorten Brot, einen flüssigen und einen cremig-streichfesten Honig sowie fünf verschiedene Marmeladensorten. Jede der alten Damen hatte etwas mitgebracht. Sogar eine aktuelle Tageszeitung lag auf dem Tisch. Die Gruberin hatte sie unterm Arm, als sie gekommen war. „Die bekomme ich geliefert und ich bin heute noch nicht zum Lesen gekommen."

Tassen und Geschirr klapperten. Die Freundinnen unterhielten sich über dies und das, nur nicht über das Kernthema, weshalb sie sich eigentlich zusammengefunden hatten. Der Befreiung der entführten Freunde von Torsten. Dieser war etwas irritiert. Er war nach der gestrigen Geldfälschungsaktion trotz der Entführung seiner Mitbewohner sorglos eingeschlafen und auch lächelnd mit dem Kikeriki von Charles aufgewacht. Jetzt war er höllisch gespannt, wie die nächsten Schritte der Selfmade-Task-Force aussahen.

„Die Eier sind lustig bunt. Ostern ist doch schon lange vorbei", grinste Oma Huber, die sich bereits auf dem Weg hierher zum Fitwerden eine halbe Pfeife reingezogen hatte.

„Die Eier bekomme ich von Alfons. Er züchtet verschiedene Hühnerrassen."

„Ja, ja, der gute Alfons", schmunzelte Oma Huber. „Er ist sehr redselig, aber ein herzensguter Kerl."

„Ist der Dotter auch bunt?", fragte Erna Schmachtinger und lachte. „Uups, ich glaube, ich spüre noch die Kräuterchen von gestern."

„Torsten, du musst fleißig anbauen und einlagern, damit wir über den Winter kommen", mahnte Klara. „Falls du ein Gewächshaus brauchst, kannst du meines verwenden. Ich benötige es nicht mehr."

„Mein Sohn ermittelt zusammen mit der Kripo wegen dem Bankraub. Ich habe heute Morgen mitbekommen, wie er mit der Kriminalpolizei telefoniert hat. Ein Nachbar der Bank hat sich nochmal gemeldet. Er wollte noch etwas nachmelden. Mein Sohn meinte zwar am Telefon, dass das eine blinde Spur sei und sich der Nachbar nur wichtigmachen möchte, aber man wird ihn dennoch befragen und anhören, was er zu sagen hat."

„Da musst du unbedingt dran bleiben", meinte Klara. „Wir brauchen jede Information."

Erna zwinkerte. „Kein Problem. Ich kümmere mich darum."

Else Gruber klopfte mit dem Löffel gegen ihre Tasse.

pling-pling-pling

Das Gerede wurde eingestellt. Als Ruhe eingekehrt war, begann sie zu sprechen: „Ladies und Gentleman, ich habe die ganze Zeit überlegt, wie wir bei der Geldübergabe vorgehen sollen und hatte gestern

144

vorm Einschlafen eine zündende Idee. Es könnte funktionieren. Hört mal zu."

Torsten war aufgeregt. Er hatte immer noch die Worte des Entführers im Ohr, der angedroht hatte, seine Freunde scheibchenweise zurückzusenden. Entsprechend schwankte seine Stimmung zwischen Angst um Erich und Willi und Euphorie aufgrund des Rettungsplans.

Die Juristin war scharfsinnig und zeigte dies auch. Sie versetzte sich in die Lage der Erpresser und versuchte deren Denkweise zu kopieren. „Die Gangster werden uns an einen Ort dirigieren, an dem sie sich im Vorteil sehen. Das verhindern wir natürlich und nehmen das Heft selbst in die Hand."

„Ist das nicht ein wenig arg optimistisch?", hakte Erna ein. „Solche Leute diskutieren in der Regel nicht. Sie geben klare Anweisungen!"

Else verneinte. „Nicht, wenn wir es klug anstellen. Wir müssen eben gut pokern und dürfen es nicht wie ..."

Klara fiel ihrer Freundin ins Wort und vollendete euphorisch den Satz. „... wie kommandieren aussehen lassen!"

„Unterbrich die Gruberin nicht", meinte Oma Huber, die genauso gespannt auf Else Grubers Plan war, wie alle anderen auch.

Klara hielt sich ein wenig erschrocken die Hand vor den Mund. „Entschuldigung! Ist mir so rausgerutscht. Ich bin ja schon leise."

Else fuhr fort. „Also Torsten und Mädels, passt gut auf! Sobald diese Gauner anrufen, werden wir still und heimlich die Kontrolle übernehmen. Sie werden es nicht merken, dass wir das Heft in die Hand nehmen."

Uschi glühte vor Begeisterung. „Endlich mal was los in diesem Kaff. Wie stellen wir es an? Was ist der erste Schritt?"

Else kostete ihren Monolog aus. Sie fühlte sich fantastisch. „Als erstes fordern wir ein Lebenszeichen unserer Freunde!"

Torsten strahlte. Zum ersten Mal hat jemand anderes als er selbst, Erich und Willi bewusst als Freunde bezeichnet. Trotz der schrecklichen Situation, überkam ihn für ein paar Sekunden ein unbeschreibliches Glücksgefühl. Sie, die drei jungen Männer, die in ihrem Leben immer nur Pech hatten und von einem ins nächste Fettnäpfchen getreten waren, hatten Freunde gefunden. Freunde, die bereit waren, für sie zu kämpfen. Torsten glitt in seine Gedankenwelt ab. Er hörte zwar Elses

Stimme, doch ihre Worte kamen nicht an. Der Mund bewegte sich, Worte sprudelten, die anderen Frauen schienen hellauf begeistert zu sein, doch Torsten bekam nichts vom Plan mit. Das war auch schon damals so, als er zur Schule ging. Die Lehrer quatschten und quatschten, und er beobachte draußen auf dem Baum einen Vogel. Ebenso, wie ihn damals die Lehrer in die Realität zurückgeholt hatten, unterbrach Oma Huber seine Abschweifungen. Er war wieder da und kehrte in die Realität zurück. Natürlich war es auch hier so wie damals. Alle glotzten ihn an. Er räusperte sich. „Hm ... hm."

„Sag schon, Junge! Was meinst du dazu? Könnte es funktionieren?"

Torsten fühlte sich ertappt. „Ich ... äh, tja, was soll ich sagen? Ich denke ... also ... hm ...", stammelte er und als sein Handy einmal kurz vibrierte, war er für die Ablenkung froh. „Moment", sagte er und zog das Mobiltelefon aus der Hosentasche. Er warf einen Blick darauf und wurde kreidebleich. „Das ist eine SMS von den Erpressern!"

Schlagartig herrschte Stille. Oma Huber klopfte locker auf Torstens Schulter. „Du siehst blass aus. Ist alles in Ordnung?"

Er griff zur Kaffeetasse, nahm einen Schluck und stellte sie zurück. Oma Huber reichte Torsten ein Stück Gugelhupf. „Iss etwas davon, das wird dir guttun!"

Der Kräuterjunge brach ein Stück Kuchen ab, schob es in den Mund und kaute lustlos darauf herum. Im Gaumen entfalteten sich die Geschmacksvarianten. Süß und herb vermischten sich. Der mediterrane Hauch kam zum Vorschein. Es schmeckte ihm. Sehr sogar. Er schluckte den entstandenen Speisebrei hinunter, schob das nächste Stück Kuchen nach und spürte, wie seine Kraft zurückkehrte. „Schmeckt echt gut". Er war äußerst erstaunt. „Das Zeug wirkt tatsächlich", grinste er.

„Natürlich wirkt es. Ich kann ja nicht ohne Grund wieder ohne Stock gehen. Aber nun zur SMS. Du wolltest sie vorlesen."

Torsten hob das Mobiltelefon leicht an und las vor. „Pass mal auf, du Lauch. Heute ist Zahltag. Ich hoffe, du hast die Kohle. Ich erwarte in zehn Minuten eine Antwort, sonst ...!" Torsten blickte in die Runde. „Da hört die Nachricht auf. Er schreibt nicht, was sonst ist. Meint ihr, sein Akku ist leer oder hat er versehentlich auf den Absende-Button gedrückt?"

Else Gruber verneinte und schmunzelte über Torstens beinahe liebenswürdige Einfältigkeit. Dennoch war sie auch wütend. „Was bildet sich dieser Erpresser-Furz ein? Er fordert Geld, setzt dich zeitlich unter Druck, beleidigt dich und droht gleichzeitig mit einem unausgesprochenen Übel, indem er den Satz nicht beendet. Na warte, wir werden mit gleicher Münze zurückschlagen! Er möchte ein geistiges Duell? Er kann es haben. Normalerweise trete ich nicht gegen Unbewaffnete an, aber in diesem Fall mache ich eine Ausnahme!"

Alle lachten, nur Torsten war verblüfft. „Du willst ihn zum Duell herausfordern? Meinst du, er macht sowas?"

Oma Huber, die immer noch neben Torsten saß, klopfte ihm abermals auf die Schulter. „Junge, du bist ein wenig verwirrt. Die Gruberin meint damit, dass wir mit Schmackes auf seine SMS antworten, den Spieß umdrehen und die Bande nach unserer Pfeife tanzen lassen. Und wie ich meine Freundin kenne, hat sie schon einen Text parat!"

Else schnappte sich Torstens Handy und tippte bereits die ersten Worte. „Und ob ich das habe", sagte sie. „Ab jetzt spielen wir nach unseren Regeln!"

Der Geräuschpegel im Wohnzimmer des kleinen Hauses sank gegen Null. Man hörte das Tippen jedes einzelnen Buchstaben. Else Gruber war in ihrem Element. Sie hatte im Lauf ihrer Karriere viele Begründungen geschrieben und ihr kam es vor, als zöge sie sämtliche Register ihres Wissens. Sie musste jede Menge Power in wenige Worte und noch weniger Zeilen pressen und dann noch darauf achten, dass jemand mit niedrigem IQ alles klar und deutlich verstand. Das war eine Kunst.

Oma Huber drückte ihre Hand vor Aufregung fest gegen Torstens Schulter. Klara Körner wagte es nicht, die Kaffeetasse auf den Unterteller zurückzustellen und hielt sie in der Hand. Uschi Brennauer musste dringend zur Toilette, verkniff es sich jedoch und besann sich auf die Aussage ihrer alten Grundschullehrerin, wenn sich ein Kind meldete, um aufs Klo zu gehen: „Arbeite erst mal weiter, in ein paar Minuten ist ohnehin Pause!"

Als Else Gruber noch im Rahmen der gesetzten Frist von zehn Minuten die Senden-Taste gedrückt hatte und sich mit dem allseits bekannten, überlegenen Blick zurücklehnte, war es geschafft. Der Kontakt war aufgenommen, die Kampfansage getätigt. Es gab kein Zurück mehr.

Die Gruberin holte tief Luft, um mit siegessicherer Stimme vorzulesen, was sie geantwortet hatte. „Wenn ich ein Lauch bin, seid ihr dann eine komplette Gemüsesuppe? Ich habe das Geld. Ohne ein Lebenszeichen meiner Freunde, bekommt ihr allerdings keinen Cent! Ich erwarte innerhalb der nächsten zehn Minuten eine Antwort! Sonst ist der Deal geplatzt."

Stille.

Oma Huber fing sich als erste. „Das war ganz schön frech. Meinst du, das war klug? Wir sollten die Entführer nicht zu sehr reizen."

Else machte eine abfällige Handbewegung. „Ich kenne diese Typen zur Genüge. Sie kommen sich unheimlich cool vor. In einer Gelbwurst findest du mehr Hirn als im Kopf solcher Möchtegernmafiosi."

Pling, klang es aus Torstens Handy, gefolgt vom Vibrieren – *brrrt*

„Seht ihr, schon ist eine Antwort da", grinste die Gruberin und las vor. „Nicht frech werden, du Weichbirne, sonst bekommst du ein Ohr von dem Dicken zurück."

Else tippte die Antwort ein: „Ich habe hier 100.000 Euro. Mit jeder weiteren Beleidigung verringere ich das Lösegeld um 10.000 Euro. Ich diskutiere nicht. Entweder haben wir einen Deal oder nicht!"

Senden. Gespannte Blicke.

Pling - brrrrrt

„Zeig mir das Geld, dann bekommst du das Lebenszeichen!"

Else klatschte in die Hände. „Jetzt haben wir sie. Es steht 1:0 für uns!"

Torsten war ratlos. „Wie machen wir das mit dem Geldzeigen?"

Else gab ein paar schnelle Anweisungen. Eine Minute später stand der geöffnete Geldkoffer auf dem Tisch. Daneben lag die aktuelle Tageszeitung. Sie machte mit dem Handy ein Foto und versendete es per MMS. Sofort tippte sie einen Text ein. „Hier ist das Geld. Jetzt möchte ich mit meinen Freunden telefonieren, sonst bin ich mit dem Geld weg!"

Senden.

„Ich bin gespannt, wie er reagiert", flüsterte Oma Huber.

Else zog einen Stift und ein Notizbuch aus ihrer Handtasche. Sie notierte etwas, riss den Zettel heraus und gab ihn Torsten. „Wenn er anruft und dich tatsächlich mit ihnen telefonieren lässt, dann sag *das* zu deinen Freunden. Sie werden dann wissen, dass wir etwas planen, um sie zu befreien."

Torsten nahm den Zettel und las. „Aber das stimmt doch gar nicht. Onkel Eddie hat doch das Geld gar nicht bezahlt und außerdem ist er nicht mit Klara verheiratet und eine Tante Else und eine Oma Huber haben wir auch nicht."

„Tooorsten!", kam es im Frauenchor.

Der Kräuterjunge kniff die Lippen zusammen. „Gecheckt. Das ist ein Trick."

Hubert Hansen hämmerte wütend die Faust auf den Tisch. Das schmutzige Frühstücksgeschirr sprang hoch und schepperte. „Was bildet sich dieser Dorftrottel ein? Er nennt uns Gemüsesuppe!"

Heimo zückte sein Messer und fuchtelte wild herum. „Papa, den mache ich platt! Niemand nennt uns Gemüsesuppe!"

„Und er möchte ein Lebenszeichen von diesen beiden Clowns."

Heimo zuckte mit den Schultern. „Und wenn schon. Das juckt uns nicht! Er kann fordern, was er will. Wir sind der Boss!"

„Dieser Weichbirne werde ich es zeigen", raunte der Alte und sendete seine Antwort ab, um kurz darauf noch wütender zu werden. Am Ende des kurzen Chats war Hubert Hansen vor Wut hochrot angelaufen. „Jetzt droht der kleine Hosenscheißer damit, die Kohle zu kürzen. Dem traue ich es zu, dass er mit den Moneten abhaut."

„Das wäre voll fies, ey. Das kann er doch nicht bringen." Panik kam auf. Heimo schob das Messer wieder ein. „Woher wissen wir, dass er die Kohle überhaupt hat, Papa? Vielleicht blufft er."

Der Alte grinste überlegen. „Er hat die Kohle. Ich habe einen Beweis gefordert. Schau her." Er zeigte seinem Sohn das Foto mit dem Koffer voller Banknoten und der aktuellen Tageszeitung. „Bevor dieser Vollhonk mit meiner Asche abhaut, bekommt er sein blödes Telefonat. Aber nur mit einem der beiden Clowns. Hol mir den Dicken!"

Fünf Minuten später drückte Hubert Hansen auf dem Display seines Smartphones das Anruf-Symbol unter Torstens gespeicherter Mobilfunknummer, schaltete den Lautsprecher auf *mithören* und hielt Erich das Telefon ans Ohr. „Ein falsches Wort und Heimo verpasst dir mit seinem Messer eine neue Frisur!", hauchte er der Geisel unmissverständlich zu.

Erich versuchte locker zu wirken, obwohl er äußerst aufgeregt war und quatschte einfach darauf los. Das Reden half ihm die Anspannung zu reduzieren. „Ich war erst beim Haareschneiden. Ohren frei, hinten zwei Zentimeter über dem Hemdkragen. Früher dachte ich, ich trage meine Haare schulterlang, aber ich brauche einen Kurzhaarschnitt, wissen Sie, ich werde Po ...", er hätte sich fast verplappert und gerade noch rechtzeitig gestoppt. Natürlich konnte er seinen Entführern nicht sagen, dass er schon so gut wie bei der Polizei war. Lediglich noch ein paar Formalitäten, eine kleine Diät und sie würden ihn einstellen. Blitzschnell änderte er das letzte Wort in: „Po-Postbote. Da braucht man eine gute Kurzhaarfrisur!"

Hansen tippte mit dem Zeigefinger gegen seine Stirn. „Die haben alle hier zu viel Gülle geschnieft."

Das Gespräch wurde angenommen. „Hier ist Torsten!"

Der Alte warnte noch einmal: „Jetzt kannst du mit einem der Clowns quatschen. Ihr habt 30 Sekunden! Wie beim Telefonjoker von *Wer wird Millionär*! Und kein falsches Wort!"

Erich sprudelte los. „Hallo Torsten. Er meint natürlich Batman und Robin, wir tragen keine Clownskostüme."

„Geht's euch gut?"

„Das Frühstück war ganz okay. Ich bin gespannt, was es mittags gibt."

Torsten las Elses Worte vor. „Macht euch wegen des Lösegeldes keine Sorgen. Onkel Eddie und Tante Klara haben mir das Geld gegeben. Auch unsere Oma Huber hat etwas dazugelegt. Sie wird uns demnächst gemeinsam mit ihren Schwestern besuchen ..."

Hubert Hansen nahm das Mobiltelefon weg und unterbrach Torsten. „Das war das Lebenszeichen. Wegen der Übergabe des Geldes sende ich eine SMS. Keinen Blödsinn machen! Du weißt, was sonst passiert!", dann beendete er das Gespräch. Erich wurde wieder in den Lagerraum gebracht. Er war leicht irritiert. Die Worte seines Freundes hallten wieder und wieder durch seinen Kopf. *Was geht da vor?*

Torsten war erleichtert. „Sie leben!"

Else triumphierte. „Die Entführer haben den Köder geschluckt. Der Anblick des Geldkoffers hat sie wohl überzeugt. Ihre Gier nach Geld macht sie blind. Jetzt müssen wir die Übergabe vorbereiten! Ich möchte sie zu einem ganz bestimmten Platz locken!"

„Wohin denn?"

„Wisst ihr noch, wo wir die Jungs damals in die Falle gelockt haben?"

„Mein Gott, das ist ja schon ewig her. Wann war das doch gleich wieder?", überlegte Oma Huber.

Else half nach. „Vor mehr als 60 Jahren!"

In den Frauen schossen Erinnerungen an einen grandiosen Sieg über die Jungs aus dem Dorf hoch, doch das war eine andere Geschichte.

„Ein genialer Platz", stimmte Oma Huber sofort zu.

Zu der besagten Örtlichkeit führte eine halbwegs befestigte Straße. Ostwärts von ihr befanden sich die Kuhweiden, westlich ein Waldstück, zu dem auch ein Trampelpfad abzweigte. Was man von der Straße nicht erkennen konnte, war dass sich unweit hinter den ersten Baumreihen eine kleine Schlucht befand, durch die sich ein Bach schlängelte. Das natürliche Hindernis war nicht sonderlich breit, dennoch musste man über eine Brücke gehen, um die Schlucht zu überwinden. Diese Brücke war hölzern und morsch und aufgrund dessen auch gesperrt. Der Gemeinderat stritt seit Wochen darüber, ob man sie durch eine Stahlkonstruktion oder wieder durch eine Holzbrücke ersetzen sollte.

Else erklärte: „Wenn wir diesen Platz als Übergabeort vorschlagen, wird er den Entführern möglicherweise ideal vorkommen. Sie werden über Google Maps oder etwas ähnlichem das Luftbild betrachten und der Meinung sein, dass sie drei Fluchtrichtungen zur Auswahl haben."

Torsten hörte aufmerksam zu, verstand aber nicht, worauf die Gruberin hinaus wollte.

„Oma Huber und Anna, ihr schnappt euch Traktoren von euren Höfen, postiert euch unauffällig bei den Weiden und macht die Strecke dicht, sobald die Gangster auf die Straße in Richtung Wald gefahren sind."

Oma Huber war begeistert. „Die dortige Kuhweide gehört uns. Dort stehen gerade unsere jungen Zuchtbullen. Die mögen keine Fremden", lachte sie, streckte ihre Zeigefinger aus, legte sie Hörner mimend an die Stirn und muhte. „Die Stiere spießen alles auf, was sich auf ihrem Terrain befindet! Ich hoffe, diese Gangster versuchen über die Weide zu fliehen."

„Und ich hole aus dem Laden zwei Flechtkörbe. Wir tarnen uns als Pilzsammlerinnen", schlug Klara vor.

Uschi war begeistert. „Aber zuvor hole ich etwas Werkzeug aus der Tankstelle. Wir entfernen die Sperre an der Holzbrücke", zwinkerte sie. „Sollen sie doch ruhig über die Brücke flüchten", schob sie nach und ahmte mit den Händen einen Absturz nach. Dabei pfiff sie.

Torsten wurde der Plan immer klarer. Die Entführer sollten in eine Falle gelockt werden.

Es folgten noch weitere abschließende Einzelheiten des Plans der Juristin. Jede der Anwesenden bekam eine Aufgabe zugeteilt. Am Ende lehnte sich Else zurück. „Jetzt warten wir auf die nächste SMS und lassen uns derweil den Gugelhupf schmecken."

Alle griffen zu. Es dauerte auch nicht lange, bis die erwartete Nachricht eintraf.

Pling

„Übergabe um 15 Uhr auf dem Parkplatz neben der Autobahnauffahrt nach München. Du kommst allein und übergibst mir das Geld. Anschließend lasse ich deine Freunde frei. Keine Bullen!"

„Na warte, Bürschlein", sagte Else und tippte die Antwort. „Ich habe keinen Führerschein! Wie soll ich dorthin kommen? Wenn mich jemand fährt, gibt's Mitwisser."

Pause. Die Spannung wuchs.

Pling

„Nimm ein Fahrrad!"

Else tippte die Antwort. „Ich kann nicht Radfahren. Hatte nie eines!"

152

Sie lachte herzhaft, als sie die SMS absendete. „Ich kann richtig spüren, wie er vor Wut kocht! Und jetzt kommt mein Vorschlag."

„Ich kann zu Fuß zum EDEKA-Parkplatz kommen. Damit mich keiner sieht, gehe ich am Wald entlang, dort, wo die Weggabelung ist, die kaum einer kennt. Das schaffe ich bis 15 Uhr. Alternativ können wir die Übergabe auf später verschieben, dann gehe ich zu dieser Autobahnauffahrt. Das wird aber abends werden. Ist weit!"

Hubert Hansen war außer sich vor Wut. „Ausgerechnet den Typen ohne Führerschein müssen wir als Verhandlungspartner erwischen!"

„Wenn er keinen Führerschein hat, soll er ein Taxi nehmen, Papa!"

„Idiot! Wir brauchen keine weiteren Mitwisser!"

Hansen dachte nach und schon kam die zweite Nachricht an. Hubert las sie und grinste hämisch. Er hatte einen Gedankenblitz. Zeitgleich öffnete er Google Maps. Kurz darauf antwortete er. „In Ordnung. Aber um 13 Uhr!"

Heimo konnte seine Neugier nicht zurückhalten. „Alles klar Papa? Hat er angebissen?"

Hubert Hansen war stolz auf sich und seine Genialität. „Klar hat er das."

Der Übergabeplatz schien gut gelegen zu sein. In der weiten Prärie Bayerns war man sicher mutterseelenallein und man konnte Bullen auf einen Kilometer Entfernung riechen. Der Platz war gut gewählt. Dennoch war Vorsicht geboten. „Wir fahren natürlich sofort los und klären die Örtlichkeit auf. Das Zeitfenster ist klein, die Vorteile liegen bei uns.

„Und die Geiseln?"

„Was soll mit ihnen sein?"

„Nehmen wir sie nicht mit?"

Der Alte lachte schallend. „Bist du bescheuert? Natürlich nicht. Sie sind unsere Lebensversicherung. Wir lassen sie selbstverständlich hier. Wenn mit dem Geld alles klar läuft, türmen wir und senden eine SMS in der wir verraten, wo sich die Blödmänner befinden."

Heimo strahlte. „Papa, du bist ein Genie!" Dann grübelte er, kratzte sich am Hinterkopf und schob nach: „Und Hanno? Der ist doch bei den Geiseln und bewacht sie."

„Den holen wir natürlich vorher ab."

Jetzt lachte Heimo. „Na klar. Da hätte ich auch von allein drauf kommen können."

„Mädels, beeilt euch. Wir müssen unbedingt auf Position sein, bevor die Gangster kommen. Sie werden frühzeitig dort sein, um die Örtlichkeit auszukundschaften", machte Else Druck. Die alten Damen verließen ihre Einsatzbasis, das Wohnzimmer der Männer-WG, um aufzurüsten. Torsten hielt als einziger die Stellung. Er wartete mit dem Aktenkoffer voller Falschgeld auf weitere Anweisungen.

Oma Huber hatte sich schon lange nicht mehr so unternehmungslustig und kräftig gefühlt. Sie war in die karierte Bluse geschlüpft, hatte sich die Jeans-Latzhose angezogen, die sie in ihrem Leben bisher nur zweimal getragen hatte und war erstaunt, wie gut sie noch passte. „Darin habe ich ja ’ne richtig tolle Figur. Die muss ich öfter mal anziehen", meinte sie, als sie sich im großen Spiegel des Wandschranks betrachtete. Sie entschied sich, ihre braunen Schnürstiefel dazu zu tragen und setzte schließlich noch einen Sonnenhut aus Stroh auf. *Country Look* pur! Zufrieden öffnete sie die rechte Schranktür, schob ein paar Jacken zur Seite und griff nach der alten Schrotflinte ihres Vaters. Dann öffnete sie eine der unteren Schubladen und holte eine Packung Munition heraus. Nach einem Griff in die Schachtel schob sie eine Handvoll Patronen in die Tasche der Jeans.

Das müsste reichen.

Die Munitionsschachtel wanderte anschließend zurück in die Schublade. Ein paar Minuten später stand das tiefgefrorene Mittagessen für ihren Sohn zum Auftauen in der Spüle. Auf einen Zettel schrieb sie:

Bin mit dem Fendt unterwegs. Du kannst dir den Sauerbraten von Sonntag in der Mikrowelle aufwärmen. Bis später, Mama.

Sie fragte sich, ob ihr Ältester jemals eine Frau finden würde. Ihre Tochter lebte mit ihrem Ehemann und den drei Enkeln in der Kreisstadt, ihr jüngster Sohn studierte in München. *Naja, wenigstens ist mein Großer mit Leib und Seele Landwirt!* Sie grübelte, ob *Bauer sucht Frau* etwas für ihn wäre, verwarf den Gedanken aber wieder. Jetzt hatte sie eine andere Aufgabe zu lösen und ging nach draußen. Der Traktor stand bereit, der Hänger war angekuppelt.

Oma Huber stieg auf und verstaute die Schrotflinte. Voller Tatendrang steckte sich die Bäuerin ihre Pfeife in den Mund, zündete sie an, startete den Motor des uralten Traktors, der mehr Jahre auf dem Buckel hatte wie sie selbst, und tuckerte los. Aus der Pfeife und aus dem Auspuffrohr quollen dicke Dampfwolken nach oben. Die alte Dame im modischen *Country-Look* war glücklich und kampfbereit.

„Schnipp", sagte Uschi und schnitt das Absperrband durch.

Zeitgleich hatte Klara die letzten beiden intakten Bretter des Laufstegs der Brücke angesägt. „Hier kommt keiner mehr rüber", sagte sie und legte die handliche Säge in einen der beiden Körbe. „Jetzt können wir uns im Gebüsch verstecken, und sollte uns jemand sehen, tun wir so, als ob wir Pilze sammeln."

Uschi grabschte nach den Resten des Absperrbandes und verstaute sie ebenfalls im Korb. Darüber breitete sie ein Geschirrtuch aus. „Das Band müssen wir nach der Aktion unbedingt wieder anbringen, nicht dass noch etwas passiert."

„Aber natürlich machen wir das", antwortete ihre Freundin.

„Wo fährst du denn mit dem Traktor hin?", wollte Anna Schwinghofers Mann wissen.

„Rüber zur Weide von den Hubers. Oma Huber und ich haben was vor", kam als Antwort. Sie legte den alten Dreschflegel und eine Mistgabel auf den kleinen Hänger und stieg auf.

„Und das Mittagessen?"

„Ist noch was von gestern da. Kannst du dir aufwärmen."

Als Anna vom Hof fuhr, schüttelte ihr Mann nur den Kopf. „Seit diese Weiber ihre neue Kräutermedizin nehmen, drehen sie total durch", murmelte er und ging in die Küche.

Rosi und Else waren ebenfalls bewaffnet. Else hatte ihren Schreckschussrevolver in die Handtasche geschoben, während Rosi stolz ein Jagdgewehr mit Zielfernrohr präsentierte. Ihr Mann war jahrzehntelang begeisterter Jäger gewesen und die Witwe konnte aus seinem hinterlassenen Waffenarsenal frei wählen.

„Vielleicht müssen wir gut zielen", erklärte sie der Juristin, die mehr als erstaunt war. „Nicht auf die Leute, aber um Reifen platt zu schießen oder so etwas in der Art. "

„Eine sehr gute Idee", meinte Else und folgte Rosi in die große Garage. Drei Fahrzeuge parkten nebeneinander. Ein sportlicher Mercedes, ein praktischer Kombi und ein älterer Land Rover. „Welches Auto nehmen wir?"

„Den alten Geländewagen, mit dem wir immer zur Jagd gefahren sind. Damit kommen wir überall durch."

Else stieg auf der Beifahrerseite ein und legte den Sicherheitsgurt an. „Hier liegt noch ein Fernglas. Das können wir auch gut gebrauchen."

Rosi ließ den Motor an. Das Garagentor öffnete sich per Fernbedienung automatisch. Die Mobiltelefone vibrierten, als die ersten Meldungen in ihrem Stammtisch-Chat eingingen.

„Sie sind auf Posten", kommentierte Else.

„Sehr gut! Was ist eigentlich unser Auftrag?", fragte Rosi.

Else schob ihr Handy wieder zurück in die Tasche. „Wir observieren und beschützen Torsten und damit natürlich auch den Aktenkoffer mit dem Falschgeld. Nachdem wir die Geiseln befreit haben, müssen wir den Koffer mit den falschen Scheinchen wieder zurückholen, um sie zu vernichten. Wenn es kein Falschgeld mehr gibt, hat nie eine Geldfälschung stattgefunden", zwinkerte sie.

„Ich verstehe", kam es schmunzelnd.

Rosi war den Geländewagen nicht gewohnt. Entsprechend unsicher wuchtete sie den ersten Gang ein und drückte etwas zu viel aufs Gaspedal. Das monströse Fahrzeug preschte zügig aus der Garage und mit enormen Schwung, begleitet von quietschenden Reifen, von der Einfahrt auf die Straße. Ein Radfahrer wich laut schimpfend und auf ein Rasengrundstück aus, bremste und stürzte.

Else klammerte sich am Sitz fest. Ihr Gesicht war kreidebleich. „Uff, das war knapp. Kannst du etwas vorsichtiger fahren?"

Rosi lachte. „Das macht Spaß." Ein Blick in den Rückspiegel folgte. Der Radfahrer war aufgestanden und brüllte ihnen mit geballter

Faust die übelsten Schimpfwörter nach. Rosis einziger Kommentar hierzu: „Ist nichts passiert. Außerdem ist der Typ nicht von hier."

Die Farbe kehrte langsam in Elses Gesicht zurück. „Das waren keine freundlichen Worte, die uns der Kerl hinterhergerufen hat."

Beide sahen sich kurz an, kicherten und lachten schließlich laut los. Das Fahrzeug schlingerte etwas.

„Konzentriere dich jetzt mal auf den Verkehr", sagte Else.

Rosi schaltete das Radio ein. Es lief ein passender Klassiker. *Highway to Hell* von *AC/DC* dröhnte in bester Klangqualität aus den Bose-Lautsprechern. Beide Frauen stimmten sofort mit ein und grölten beim Refrain mit. Wobei ihre Englischaussprache eine derbe bayrische Note hatte.

Aus den billigen Radioboxen des Fiat Panda hingegen waren Nachrichten zu hören. Die monotone und blechern klingende Stimme eines gelangweilten Moderators wirkte auf Heimo einschläfernd. „Papa, kann ich umschalten? Ich will Musik hören."

„Nein!"

„Warum eigentlich nicht?"

„Erstens läuft nur lauter Mist im Radio und zweitens musst du als Profi immer informiert sein."

Heimo wollte gerade ein paar Argumente gegen den nervenden und tödlich langweiligen Nachrichtensender aufzählen, als sein Vater lauter drehte.

„... wiederholen wir eine Fahndungsmeldung der Polizei. Gesucht werden zwei maskierte Bankräuber. Sie trugen Kostüme der Comic-Helden Batman und Robin ..."

„Siehst du, Junge. Immer informiert sein!" Hubert fühlte sich prächtig. Er stand kurz vor dem größten Coup seiner kriminellen Karriere.

Beide lauschten dem Bericht.

„... möglicherweise sind die Täter in einem weißen Lieferwagen der Firma ..."

Heimo knallte wütend mit der flachen Hand gegen das Lenkrad. „Verdammt, woher wissen die das? Die Typen sind doch mit ihrer eigenen Karre zur Bank gefahren."

Hubert warf seinem Sohn einen vorwurfsvollen Blick zu. „Hast du den Kastenwagen wenigstens gut versteckt?"

Die Gesichtszüge des Fahrers hellten sich etwas auf. „Klar!"

„Ich meine wirklich gut! Sie werden möglicherweise mit Hubschraubern danach suchen. Wenn sie den Wagen in dem alten Steinbruch entdecken, sind wir am Arsch!"

Heimo strahlte richtig. „Kannst dich doch auf mich verlassen, Paps. Niemand wird den Lieferwagen sehen. Er steht in der großen Halle. Ich bin doch nicht blöd."

Der Alte war erleichtert. „Wenigstens das hast du richtig gemacht." Er tippte auf dem Display seines Smartphones herum. „Das Netz hier ist echt Kacke", schimpfte er und hob das Handy in verschiedene Richtungen. „Ah, jetzt geht's", grummelte er nach einer geraumen Zeit und suchte mittels GPS ihre Position auf Google Maps. „Stopp!"

Heimo trat erschrocken auf das Bremspedal. Der Kleinwagen geriet ins Schlingern. Hubert schlug mit dem Kopf gegen die Fensterscheibe. Das Handy flutschte aus seinen Händen, krachte gegen das Armaturenbrett und fiel in den Fußraum.

Mit quietschenden Reifen kam der Panda zum Stillstand.

„Du Trottel!", schimpfte der alte Hansen, gurtete sich ab und bückte sich, um im Fußraum umständlich nach dem Handy zu fummeln.

„Was ist los, Paps? Habe ich etwas übersehen?"

Mit hochrotem Kopf keuchte Hubert Hansen stinkesauer: „Nein! Hast du nicht!"

„Warum sollte ich ..."

Hubert unterbrach seinen Sohn und zischte: „Ich hatte erst Empfang, dann keinen mehr!"

Der alte Hansen erwischte das Handy und setzte sich wieder normal hin. Sein Kopf war immer noch knallrot angelaufen. „Los, fahr zurück. Aber langsam! Und wenn ich sage, dass du anhalten sollst, dann halte langsam an! Verstanden?"

Heimo hatte verstanden. Er legte den Rückwärtsgang ein und fuhr an. Kaum rollte der Panda, begann sein Vater derartig laut und derb zu fluchen, dass Heimo wieder spontan auf die Bremse stieg. Hubert, der immer noch nicht angeschnallt war, knallte nach vorn und stieß sich den Kopf am Armaturenbrett an.

„Aua!"

Heimo wusste, was folgen würde. Instinktiv hob er seine Hände zum Schutz an. Hubert war wütend. „Das gibt einen Satz heiße Ohren! Das Telefon ist kaputt. Der Bildschirm ist kohlrabenschwarz. Wie sollen wir jetzt diesen blöden Übergabeplatz finden? Ich hau dir ..."

Tüt ... tüüüüt

Lautes Hupen, das sich anhörte wie ein rostiges Nebelhorn. Neben ihm tuckerte der laute Motor eines Traktors. Eine Bäuerin mit Pfeife im Mundwinkel saß am Steuer und glotzte sie an. „Gibt's a Problem?", fragte Oma Huber und bemühte sich um einen extremen bayrischen Dialekt. Sie ahnte, wer die beiden Typen im Auto waren. Torsten hatte von dem Kleinwagen berichtet, in dem Erich beim ersten Entführungsversuch nicht hineingepasst hatte. Zudem stimmte die Beschreibung. Hässlich mit Pferdegesicht.

Heimo kurbelte die Seitenscheibe herunter. „Äh, nein danke."

Die Bäuerin hakte nach. „Zwoa zugroaste Preißnschädel. Hob´s eich valaffa?"

Die beiden Männer verstanden kein Wort. Beide starrten Oma Huber einen Moment lang hilflos an. Heimo schüttelte den Kopf und antwortete: „Ja, heute haben wir wunderbares Wetter", da er dachte, diese Antwort macht wohl am meisten Sinn.

Hubert stieg aus, legte ein schleimig freundliches Grinsen an den Tag und fragte: „Wo geht's denn hier zu dem kleinen Waldstück? Ich habe gehört, man kann dort schön spazieren gehen."

„Haa? Wos? Wohi´ woits?", stieß Oma Huber aus, nahm einen Zug aus ihrer Pfeife und amüsierte sich köstlich. Das würde sie später ihren Freundinnen erzählen.

Hubert räusperte sich. „Hier muss es einen Wald geben."

Oma Huber zuckte mit den Achseln. „Zum Woid woit´s?"

Der alte Hansen war am Verzweifeln. „Was in aller Welt ist das für eine Sprache? Ich könnte aus der Haut fahren. Nur Trottel um mich herum", flüsterte er, um dann wieder sein schmieriges Lächeln aufzusetzen. „Entschuldigung. Ich habe sie nicht genau verstanden. Wir suchen den Wald. Hier in der Nähe muss es ein schönes kleines Wald-stück geben, durch das man ins nächste idyllische Dörflein wandern kann."

„Ah", sagte Oma Huber darauf, hob entsprechend ihren Kopf hoch, nickte und lächelte. Ein allgemeines Zeichen, dass sie die Frage verstanden hatte. „Nächste rechts und nur geradeaus. Zwei Kilometer. Ihr könnt mir nachfahren. Ich muss dort Kühe melken", antwortete sie, allerdings nur noch minimal dialektbehaftet und somit in gut verständ-lichem Deutsch. Ohne auf eine Reaktion zu warten, nickte Oma Huber zum Gruß, lachte und tuckerte mit ihrem Gefährt davon.

Hubert Hansen stieg ein. „Die haben hier alle einen riesigen Knall."

Heimo hingegen hob stolz den Kopf. „Papa, ich glaube, ich habe den Bogen raus. Anfangs habe ich die Alte kaum verstanden, aber jetzt am Ende konnte ich alles perfekt verstehen. Ich glaube, ich habe gerade Bayrisch gelernt!"

Hubert schloss für einen Moment die Augen und fragte sich, wa-rum die Intelligenz um seine beiden Söhne einen großen Bogen ge-macht hatte. „Fahr ihr einfach nach!"

Oma Huber zückte ihr Handy und rief Else an.

Ihre Freundin war hörbar bester Laune, als sie das Gespräch an-nahm. „Was ist los?", kicherte Else. Oma Huber konnte im Hinter-grund Rosi singen hören. Die Töne schrill und laut. Dennoch erkannte sie das Lied. *Highway to Hell*. Das war die Melodie ihres Faschingsdiens-tagsmorgen-Heimgeh-Songs. Nach dem jährlichen Rosenmontags-Kap-penabend im Dorfkrug grölten sie nach feuchtfröhlicher Nacht: *Mir ist der Heimweg zu hell ...*

Oma Huber schmunzelte. „Alles klar bei euch?", fragte sie.

Else klang normal. „Ja! Wir hören nur gute Mucke!"

Ohne Umschweife kam Oma Huber sofort auf den Grund des Te-lefonats. „Sie sind hinter mir!"

„Wer?", kam es leicht verunsichert.

„Die Entführer! Im Auto!"

„Sicher?"

„Ziemlich!"

Kurzes Schweigen. Else hakte nach: „Sind Erich und Willi dabei?"

„Nein. Es sind nur zwei ziemlich unsympathische Kerle in dem Wagen."

Oma Huber hörte, wie Else zu Rosi sagte, dass sie aufhören sollte zu singen. Anschließend fragte sie mit ernster Stimme: „Was für ein Auto?"

„Fiat Panda!"

„Wo seid ihr?"

„Zwei Kilometer vor dem Ziel. Sie kennen sich scheinbar nicht aus und haben mich nach dem Weg gefragt. Ich fahre ihnen jetzt voraus. Ich habe ihnen gesagt, dass ich auf der Weide beim Wald Kühe melken muss", Oma Huber bekam einen Lachanfall. „Jedenfalls fahre ich nur in Schrittgeschwindigkeit. Sie atmen den extremen Abgasduft meines alten Fendt ein und trauen sich nicht zu überholen."

„Alles klar. Wir sind auch gleich auf Position. Ich verständige die anderen."

„Was ist mit Erich und Willi?", erkundigte sich Oma Huber. „Wir hatten doch eine Übergabe geplant. Was sollen wir machen?"

Else war hochkonzentriert. „Wenn du sagst, dass sie nicht bei den Entführern sind, müssen sie immer noch bei dem dritten Kerl sein."

„Hoffen wir mal, dass ihnen nichts passiert ist. Wir müssen jedenfalls Obacht geben, dass sie uns nicht linken!"

Elses Antwort kam zügig. „Nein! Ohne die Geiseln würden sie kein Geld bekommen. Ich denke, sie wollen äußerst clever sein, aber sie wissen nicht, mit wem sie es zu tun haben."

„Was soll ich tun?"

„Lass dir Zeit! Fahr so langsam wie möglich. Ich warne die anderen!"

„Alles klar! Ende!"

„Ende!"

Oma Huber schaltete einen Gang zurück und schlich nun in Schrittgeschwindigkeit vor den beiden Entführern her. „Legt euch nicht mit Omas an", murmelte sie leise, grinste und gab bei jedem Schalten kräftig Zwischengas, sodass dicke Abgaswolken ausgestoßen wurden, die den Fiat Panda dicht einnebelten.

Die Hansens fuhren durch etliche Abgaswolken und husteten permanent. Beim Einatmen stach der Qualm in der Lunge. Heimo war wütend. „Die Alte will uns vergiften!"

„Pfui Teufel", keuchte sein Vater und kurbelte das Seitenfenster ein Stück herunter, wodurch noch mehr Abgasgestank ins Auto zog.

„Ich überhole die alte Schachtel jetzt!"

Der Alte legte Veto ein. „Lass mal, sonst verfahren wir uns noch."

Heimo hielt an. „Dann folgen wir wenigstens mit größerem Abstand. Das hält ja kein Schwein aus!"

Hubert Hansen hatte das Fenster nun ganz nach unten gekurbelt und streckte, da sich die Abgaswolken verzogen hatten, seinen Kopf aus dem Wagen. Er saugte die Lungen voll frischer Luft. „Verliere sie nicht aus den Augen!"

Torsten wiederholte zum dritten Mal seine neuen Anweisungen. Er war unterwegs zum Übergabeort und nicht nur äußerst nervös, sondern auch ein richtiges Angstbündel. Er zitterte am ganzen Körper, als ihm Else am Telefon sagte, dass Erich und Willi nicht bei den Entführern waren. „Ich sage denen, dass sie das Geld nicht bekommen", haspelte er.

„Nein! Du sagst, dass du das Geld hast und öffnest den Koffer. Sie sollen die Scheine sehen. Aber mit Abstand."

„Okay, ich öffne den Koffer mit Abstand und gebe ihnen das Geld, wenn ich meine Freunde sehe."

Die Juristin hörte die Furcht in Torstens Stimme mitschwingen. „Beruhige dich und höre mir ganz aufmerksam zu."

Der Kräuterjunge hätte am liebsten das Smartphone weggeworfen, den Koffer hinterher geschleudert und wäre davongelaufen. Aber das ging nicht. Er musste sich konzentrieren. „Ich glaube, ich schaffe es nicht. Tut mir leid, aber ich kann das nicht machen."

Else wurde immer ruhiger. Ihre Stimme klang fürsorglich. „Du brauchst überhaupt keine Sorgen zu haben. Es kann nichts passieren. Wir sind alle vor Ort und haben die Sache absolut im Griff. Wir kontrollieren die komplette Übergabe. Verstehst du? Du bist nicht allein!"

Das kleine Wunder geschah, der Funke sprang über. „Ich bin echt nicht allein?"

„Nein! Du siehst uns nur nicht. Wir sind getarnt.“

„Aber ihr seid da“, kam noch einmal verunsichert.

Die Gruberin bestätigte. „Ich beobachte dich gerade. Du gehst den Weg entlang und erreichst gleich die Weide mit den Jungbullen von Oma Hubers Hof.“

Torsten war verblüfft. Er sah sich um und entdeckte die jungen Stiere. „Stimmt.“

„Du siehst rechts von dir einen Traktor mit Hänger stehen.“

Torsten wendete sich nach rechts. „Ja, den sehe ich.“

„Das ist Anna Schwinghofer. Sie wird mit dem Traktor nachher den Weg blockieren! Wir anderen sind auch alle um dich herum verteilt. Du musst keine Angst haben.“

Torsten fühlte sich jetzt besser, viel besser. Die Gewissheit nicht allein zu sein, stärkte sein Selbstbewusstsein. Jetzt war er bereit, Elses Anweisungen zu befolgen. Er hatte den Aktenkoffer mit dem Falschgeld in der Hand. Seine besten Freunde brauchten ihn und der ganze Stammtisch von Oma Huber war hier. Sie gaben ihm Rückendeckung. Es konnte nichts schiefgehen.

„Was soll ich tun?“

Else war beruhigt. Sie hatte es geschafft, Torsten wieder auf Spur zu bringen. „Du kennst den Pfad in den Wald?“

„Klar.“

„Gut. Das ist der Übergabeort. Wenn du den Erpresser siehst, halte Abstand. Er wird das Geld sehen wollen. Du kannst den Koffer öffnen und es ihm zeigen. Danach verschließt du ihn wieder und verstellst den Zahlencode am Schloss.“

„Okay.“

„Als nächstes erkundigst du dich nach Erich und Willi.“

„Aber sie sind doch nicht dabei.“

„Eben! Wir müssen wissen, wo sie sind.“

„Ah, verstehe!“

„Halte den Kerl immer auf Abstand.“

„Was soll ich tun, wenn er das Geld möchte?“

Else überlegte. „Im Notfall kannst du ihm den Koffer geben. Man kann das nicht bis ins kleinste Detail planen. Außerdem beobachte ich dich und werde entsprechend reagieren.“

„Ich muss also sonst nichts machen?"

„Nein. Den Rest erledigen wir. Schaffst du das?"

Torsten war zufrieden. Er hatte verstanden was zu tun war. Und er hatte keine Angst mehr. Zumindest nicht mehr so viel wie zuvor. „Keine Sorge! Ich bekomme das hin!", sagte er am Ende des Gesprächs und ging mit stolz geschwellter Brust weiter.

Kapitel 6
Wenn Bullen jagen und Bekannte eines Bekannten Bekannte treffen

Willi und Erich verzweifelten. Die Situation, in der sie sich befanden, war äußerst heikel. Sie waren eingesperrt, vor der Tür saß ein bewaffneter Mann und ihr Kumpel Torsten sollte 100.000 Euro Lösegeld für sie zahlen, welches angeblich Onkel Eddie bereitgestellt hatte. Dazu der komische Hinweis auf irgendeine unbekannte Tante. Das machte alles keinen Sinn. Klar war nur, dass dort draußen etwas am Laufen war und sie hier eingesperrt und hilflos untätig herumsaßen.

„Ob die Geldübergabe schon stattgefunden hat?", fragte Willi.

„Niemals!", schoss es förmlich aus Erich. Nervös ging er in dem zwölf Quadratmeter großen Raum auf und ab. „An der Sache ist etwas faul! Oberfaul sogar! Onkel Eddie würde nicht einmal 5 Cent für unsere Freilassung springen lassen. Also kann das nur bedeuten, dass Torsten einen Plan hat."

„Torsten? Niemals!", bemerkte Willi.

„Er nicht, aber Oma Huber", hielt Erich dagegen, brachte aber auch sofort seine Bedenken zum Ausdruck. „Wenn die Entführer etwas merken, kracht es gewaltig und ich habe Angst, dass entweder Torsten oder wir beide in die Schusslinie geraten."

Willi saß auf dem aufblasbaren Bett und wurde immer unruhiger. Ihm war klar, dass Torsten ein guter Gärtner war. Ende. Aus. Mehr ging nicht. Ihr Kumpel war ansonsten komplett talentfrei. Und zwar ausnahmslos. Torsten konnte sogar Wasser anbrennen lassen. Was immer ihr Freund auch versuchte, war zum Scheitern verurteilt. Außer natürlich das Gärtnern. Hier besaß er eine goldene Hand. „Ich mache mir ernsthafte Sorgen."

Erich blieb stehen. Er sah, wie traurig Willi war und setzte sich neben seinen Kumpel auf das Bett. Erich sank ein, Willi wurde hochgehoben und überragte Erich jetzt um zwei Köpfe. Er wartete wieder auf das Platzen des Bettes, doch wie durch ein Wunder hielten die Ventile immer noch dem enormen Druck stand. Gestern hatte er sich noch darüber aufgeregt, heute war es ihm egal.

Ebenso hatte er sich an diese lächerlichen Kostüme gewöhnt. Batman und Robin. Ihm war vollkommen klar, dass sie zur größten Lachnummer Deutschlands oder sogar der Welt werden würden, wenn das alles hier herauskam. Willi sah im Gedanken schon die Schlagzeile vor sich, die in der einschlägigen Boulevardpresse zu lesen sein würde. *Batman und Robin – zwei Supertrottel rauben eine Bank aus – Beute 200 Euro* oder *Batman und Robin – nach Bankraub als Geiseln genommen.*

Er spürte Erichs Hand auf seiner Schulter. „Du musst dir wegen uns beiden keine Sorgen machen. Ich beschütze dich."

Willi starrte seinen Kumpel an. Erich war ein herzensguter Kerl. „Ich mache mir nicht um uns Sorgen, sondern um Torsten. Wenn ich es richtig mitbekommen habe, sind zwei von den Hansens weggefahren. Vor der Tür müsste der junge Typ, der uns das Frühstück gemacht hat und ständig mit dem Revolver spielt, sitzen."

Erich runzelte nachdenklich die Stirn, stand umständlich auf und Willi sackte nach unten. „Du hast recht. Torsten und seine Freundinnen laufen ins Unglück. Wir müssen ihnen helfen."

Willi schlug die Hände über dem Kopf zusammen. „Wie denn? Wir sind hier eingesperrt! Hast du das vergessen? Du ... du ... du Möchtegern-Batman!"

Erich, der wieder mit dem Auf- und Abgehen begonnen hatte, blieb augenblicklich stehen. „Genial! Du bist einfach brillant."

Willi verstand die Welt nicht mehr. Er hatte Erich soeben halbwegs beleidigt. Warum fand er das genial? Willi begann, an Erichs Verstand zu zweifeln und fragte sich, ob das so eine Art Lagerkoller war.

Erich wirkte absolut selbstsicher. „Wir tragen die Kostüme von Superhelden und handeln wie Superhelden!"

Willi glaubte nicht, was er hörte. Vorsichtig hakte er nach. „Was willst du tun?"

Erich begann zu flüstern. „Wir brechen aus!"

Willi hatte ihn aufgrund des Flüsterns nicht verstanden, flüsterte aber ebenfalls. „Was hast du gesagt? Ich verstehe dich nicht, weil du zu leise flüsterst."

Erich ging ganz nah an Willi heran und beugte sich vor. Seine Lippen befanden sich dicht an Willis Ohr. „Wir brechen aus!"

166

Willi war überrascht. Er sah sich in dem Raum um. Das Fenster war viel zu klein und vor der Tür saß ein bewaffneter Kerl. „Gerne, aber wie willst du das anstellen?", kam es ungläubig.

Erich hob seinen Batman-Umhang auf, der immer noch auf dem Fußboden lag und deutete zur Tür. „Wir bringen ihn dazu, die Tür zu öffnen und hereinzukommen, dann stülpe ich ihm den Umhang über und wir überwältigen ihn."

Willi starrte Erich an. „Du hast nur eine Kleinigkeit bei deinem Plan übersehen."

„Was denn?"

„Er ist bewaffnet."

Lächelnd winkte Erich ab. „Wir handeln einfach blitzschnell!"

Bevor Willi weitere Argumente gegen Erichs Plan hervorbringen konnte, klopfte dieser bereits an die Tür und rief: „Wache! Ich muss dringend aufs Klo!"

Die Antwort klang dumpf. „Nein!"

Erich gab nicht auf. „Doch! Ich muss ganz dringend!"

Wieder die dumpf klingende Stimme des Entführers. „Nimm den Eimer!"

„Junge, du willst doch nicht gegen die Genfer Konventionen verstoßen!"

Stille.

Erich legte nach. „Du weißt, dass ich das melden muss, wenn du mich nicht auf die Toilette gehen lässt. Wir hatten diese Diskussion schon einmal."

Dumpfe Antwort. „Nimm den Eimer und melde mich!"

Erich klatschte verärgert die rechte Faust in die linke Handfläche. „Mist!"

Willi mischte sich ein. Wenn sein Kumpel schon für ihn und Torsten kämpfte, konnte er nicht untätig daneben sitzen. Er rief laut: „Alles klar, dann wünsche ich dir später viel Spaß beim Putzen!"

Stille.

„Wieso?", klang es immer noch dumpf, doch schon etwas lauter als zuvor.

Willi ging zu Erich, der mit dem Umhang neben dem Eingang stand und flüsterte ihm zu. „Er ist aufgestanden und steht vor der Tür."

Hanno war aufgebracht. „Alter! Ich habe gefragt, wieso?"

Willi grinste. Seine Idee funktionierte. „Weil *wir* den Eimer garantiert nicht ausleeren und putzen, sondern *du*. Das sind Spuren von uns und natürlich belastende Beweismittel für das Gerichtsverfahren."

Stille.

Nach einer guten Minute hörten sie wieder die dumpfe Stimme von Hanno Hansen: „Den leert ihr schön selbst aus!"

Erich: „Nein!"

Willi: „Niemals!"

Erneut Erich: „Im Leben nicht! Wie willst du das denn kontrollieren?"

Willi: „Dein Papa wird sich gar nicht freuen. Was glaubst du, wem er die Schuld dafür geben wird?"

Stille.

Hanno: „Ihr wollt mich nur dazu bringen, aufzusperren."

Erich: „Ich muss bloß aufs Klo!"

Willi: „Ich sage es deinem Papa!"

Hanno: „Ihr nervt!"

Erich: „Dann lass mich doch endlich aufs Klo!"

Hanno: „Ey, Alter! Wenn das 'ne Falle ist, werde ich sauer!"

Willi: „Hör mal zu, du Lauch, wer von uns hat denn die Knarre und scheißt sich trotzdem ein?"

Hanno wurde wütend. Zudem war er ziemlich verunsichert. Sollten die beiden Gefangenen tatsächlich recht haben und der Eimer als Beweismittel gelten, wäre sein Papa sauer. Außerdem hatte der Gefangene recht. Er war derjenige mit der Waffe und die beiden unbewaffneten Clowns konnten ihm nichts anhaben. Was konnte schon schief gehen? In seinem Hosenbund steckte der Revolver. Seine rechte Hand wanderte über den Knauf der Waffe.

Erich: „Also gut, dann nehme ich jetzt doch den Eimer. Selbst schuld!"

Hanno drehte durch. „Moment! Ich habe vor euch keine Angst! Ich bin der Boss hier, nicht ihr!", brüllte er. Er war allerdings noch nicht ganz fertig mit dem Überlegen. „Ich brauch nur noch etwas Zeit um nachzudenken."

Erich hielt den Druck aufrecht. „Sorry. Ich habe keine Zeit mehr."

„Ey, Alter! Moment. Ich lass dich ja aufs Klo gehen."

„Jetzt!"

„In ein paar Minuten!"

„Jetzt oder es ist zu spät!"

„Okay, aber ich warne euch. Eine dumme Bewegung und es knallt!"

Erich: „Ich will nur aufs Klo, sonst nichts. Ich bin ja nicht lebensmüde. Du hast schließlich `ne Knarre!"

Hanno war sich sicher, dass sie es kapiert hatten. Sie wussten, dass er gefährlich war. Sie wussten, dass er eine Knarre hatte und sie hatten Respekt davor.

Willi: „Ich gehe ganz hinter an die Wand. Wenn du die Tür aufsperrst, kannst du sehen, dass ich überhaupt nichts mache. Ich bleibe dort stehen, bis du die Tür wieder zugesperrt hast."

Das hörte sich gut an. „So etwas in der Art wollte ich auch gerade sagen", rief Hanno durch die verschlossene Tür. Er musste nur aufschließen und natürlich den Revolver ziehen. „An die Wand mit dir!", forderte er und bückte sich, um durch das Schlüsselloch zu sehen. Er erkannte Willi an der Wand. „Okay. Ich schließe auf. Du bleibst an der Wand, der andere kann rauskommen." Hanno kramte den Schlüssel aus der Hosentasche, schob ihn ins Schlüsselloch und drehte ihn herum. Dann drückte er den Türgriff nach unten und schob sie behutsam auf. Sie öffnete sich nach innen. Der Revolver lag schussbereit in seiner rechten Hand. „Schön stehen bleiben!", warnte er Willi.

Erich stand hinter der Tür. Sein Herz pochte wild, sein Puls trommelte. Schweiß rann von der Stirn, das Batman-Shirt färbte sich am Rücken und unter den Achseln dunkel. Er war aufgeregt und versuchte flach zu atmen. Adrenalin raste durch seine Blutbahn. Mit beiden Händen hielt Batman seinen Umhang fest. Er war fest entschlossen, ihn über den Geiselnehmer zu stülpen, sobald dieser im Raum stand. Doch er kam nicht herein. Millisekunden fühlten sich wie Minuten an, Sekunden wie Stunden. *Verflucht, wie soll ich jetzt den Umhang über ihn werfen?*

„Wo ist der Dicke?"

Er ist einfach an der Tür stehen geblieben. Das kann doch nicht wahr sein.

169

Willi rollte mit den Augen, um Erich ein Zeichen zu geben, doch sein Kumpel reagierte nicht.

Außerdem bin ich nicht dick! Ich bin kräftig, aber nicht dick! Was bildet sich dieser Spargel nur ein? Erich wurde wütend. Noch mehr Adrenalin wurde ausgestoßen. Sein ganzer Körper stellte sich auf Angriff ein. Er versuchte, einen klaren Gedanken zu fassen. Erich wusste, dass er blitzschnell handeln musste. Dies war die einzige Chance zur Flucht.

Er wuchtete den Umhang über die Tür, hörte ein: „Was soll das?", und befürchtete, dass der Geiselnehmer auf Willi feuern würde. Wütend und voller Verzweiflung, warf er seine geschätzten 160 Kilo Kampfgewicht gegen die Feuerschutztür. Diese knallte mit voller Wucht gegen den Geiselnehmer, der wie durch einen K.O.-Schlag beim Boxen niedergestreckt wurde. Im Fallen hatte Hanno beide Arme reflexartig nach oben gerissen. Ein Schuss löste sich, die Waffe flutschte aus seiner Hand, fiel zu Boden und schlitterte in den Flur.

„Williiiiiii!", plärrte Erich, der nach der Schussabgabe Schlimmstes vermutete.

Sein Freund stand unverletzt, aber leichenblass an der Wand. „E-e-er hat tatsächlich geschossen", stottere Willi und deutete auf Hanno Hansen.

Kalk rieselte von der Zimmerdecke. Beide entdeckten das Einschussloch. Ihr Bewacher lag regungslos auf dem Boden.

„Ist er tot?", fragte Willi.

„Meinst du?"

„Wie konnte das passieren?"

Erich grübelte. „Möglich, dass ihn vielleicht ein Abpraller des Schusses ... hm ...", überlegte er, dann stöhnte Hanno. „Nein, er ist nicht tot. Und ich sehe auch kein Blut. Ich habe ihn sozusagen mit der Tür außer Gefecht gesetzt." Erich nutzte die Situation für sich. „Das war übrigens auch mein Plan. Ich musste schnell umdenken", schob er nach, um cooler zu wirken.

Die Hansens hatten das Gelände erkundet und nichts Außergewöhnliches entdeckt. Rings umher nur umzäunte Weiden und hohes Gras, das sich im lauen Sommerwind wiegte, Grillen zirpten, Bienen flogen von Blüte zu Blüte, ein Rotmilan zog auf der Suche nach Mäusen seine Flugbahnen. Irgendwo zwitscherten ein paar Singvögel um die Wette.

Zurück im Fiat begann das Warten. Das Land um sie herum war üppig grün, friedlich und menschenleer. Zumindest fast.

„Die Alte von vorhin steht bei ihren Viechern auf der Weide. Ganz hinten, wenn man diesen Weg weitergeht, steht auch ein Traktor herum. Weit und breit ist aber kein Bauer zu sehen", sagte Heimo.

Hubert Hansen lachte. „Ich habe extra diese Uhrzeit gewählt. Da sitzen sie alle zusammen am Mittagstisch. Typisch Landeier!"

„Nur die blöde Alte nicht, die uns mit ihrem Mistscherbel vergiften wollte. Die müsste man direkt anzeigen."

Hubert stieß der unverständliche Dialekt wieder unangenehm auf. „So wie die geredet hat, gehört sie auch zu den Menschen, die bereits um elf Uhr zu Mittag essen."

Heimo zog leicht angewidert eine Grimasse. „Mittagessen zur Frühstückszeit! Ekelhaft. Kein Wunder, dass die hier alle blöd im Kopf sind."

Der alte Hansen ließ den letzten Satz unkommentiert und sah auf seine Armbanduhr. „In fünf Minuten kommt der dritte Trottel und bringt hoffentlich unsere Moneten mit."

„Wie läuft das eigentlich mit der Übergabe ab, Paps?"

Hubert stieg aus. „Ich gehe ihm entgegen, du wartest im Auto. Wenn ich mit dem Geld zurückkomme, hauen wir ab!"

Wuchtig wurde die Autotür zugeknallt. Heimo saß hinter dem Steuer und beobachtete seinen Vater. Dieser stolzierte wie ein harmloser Spaziergänger den Weg entlang.

Else und Rosi lagen im hohen Gras und beobachteten mit dem Fernglas sowohl Torsten als auch die beiden Entführer. Klara und Uschi hatten den Fluchtweg der Brücke unter Beobachtung, Anna und Oma Huber kontrollierten jeweils die Zufahrts- und Fluchtwege. Bei Bedarf konnten sie diese mit ihren Traktoren schlagartig blockieren.

Torsten hatte sich die von Else erhaltenen Anweisungen nach etlichen Wiederholungen gut eingeprägt. Entsprechend blieb er im Abstand von etwa zehn Meter vor dem Verbrecher stehen. Der übelste Kerl, der Torsten jemals über den Weg gelaufen war, stand vor ihm und grinste ihn fies an. Der Hobbygärtner hatte Angst vor diesem Mann.

Furchtbare Angst. Er sah genauso aus, als ob er die ganzen Drohungen auch wahr machen würde. Als Hubert näher kommen wollte, machte Torsten einen Schritt zurück. „Halt! Stehen bleiben!", forderte er mit einer etwas brüchiger Stimme. Die Unsicherheit war ihm anzumerken.

„Was ist los, du Komiker?", verhöhnte ihn Hansen.

„Abstand halten, sonst bin ich mit dem Geld weg!"

Hubert ahnte, dass Torsten schnell laufen konnte. *Ich bin zwar sehr flink, aber der Typ sieht aus, als könnte er mir davonlaufen!* Um die Aktion nicht zu gefährden und den Geldüberbringer nicht zu verschrecken, beschloss Hubert, den gewünschten Mindestabstand einzuhalten. „Hast du das Geld?" Der Blick des Alten wanderte sofort zum Aktenkoffer, den Torsten in der rechten Hand trug.

Torsten ging seine Anweisungen durch. *Erstens Abstand halten und mich nicht überrumpeln lassen. Das habe ich getan. Zweitens, nach meinen Freunden Erich und Willi fragen.* Er starrte Hansen an. Am liebsten hätte Torsten ihm gesagt, dass er ein ganz böser Mensch ist, aber er hielt sich an Elses Worte. „Wo sind meine Freunde?"

„An einem sicheren Ort. Und jetzt gib mir das verdammte Geld!"

Torsten machte abermals einen Schritt zurück. Sofort hob Hubert Hansen beschwichtigend die Hände. „Langsam, langsam. Nicht weglaufen."

„Geld gegen meine Freunde. Das war der Deal!"

Hansen ließ seinen Blick über das Gelände schweifen. Er fühlte sich etwas unwohl, konnte aber nichts Auffälliges entdecken. „Sie sind natürlich gesund und warten auf ihre Freilassung. Das werde ich sofort arrangieren, sobald ich das Geld habe", kam es mit einer schleimig, freundlichen Stimmlage. „Schließlich brauche ich ja noch eine kleine Versicherung, damit ich mit der Kohle abhauen kann."

„Keine Freunde, kein Geld!"

„Ich möchte nur nicht abgezogen werden, Kleiner! Deshalb wirst du mir jetzt zeigen, ob das Geld überhaupt in diesem Koffer ist!"

Torsten war verunsichert. Zwar durfte er das Geld herzeigen, aber eben nicht aushändigen. „Okay", sagte er. „Sie bleiben genau dort stehen."

Hansen startete erneut einen Rundumblick über das gesamte Gelände. Sein Instinkt warnte ihn, doch er konnte absolut nichts Verdächtiges feststellen. Er hatte die Gabe, Bullen auf 1.000 Meter Entfernung riechen zu können. Bullen waren keine da, dessen war er sich sicher. *Vielleicht ist es, weil diese Alte bei ihren Viechern auf der Weide herumspringt,* redete er sich ein. „Mach auf!"

„Und meine Freunde?"

„Also gut, ich sage dir jetzt, wie der Deal abläuft. Du gibst mir das Geld, dann fahre ich zu deinen Kumpels und lasse sie frei."

„Nein!"

Hubert wurde langsam wütend. Diese Dumpfbacke mit dem Aktenkoffer begann zu nerven. „Du hast es hier mit ehrenhaften Profis zu tun."

„Ich möchte mit ihnen telefonieren."

Hubert setzte alles auf eine Karte. „Na gut, dann eben nicht. Ich sage deinen Freunden, dass du das Geld hattest, sie aber nicht freikaufen wolltest. Was dann mit ihnen geschieht, hast allein du zu verantworten." Er drehte sich um und ging langsam weg.

Torsten zuckte mit den Schultern und hoffte, dass Else das sehen konnte, um einzuschreiten. Diese Situation war nicht eingeplant. Nichts geschah. *Denke nach! Was hat sie noch gesagt? Im Zweifelfall soll ich ihm das Geld geben. Wir schnappen sie dann und holen es uns zurück. Das muss ich jetzt tun!*

Das leise Klicken vom Öffnen des Aktenkoffers war Musik in Hansens Ohren. Als er dann noch ein: „Schauen Sie her", vernahm, grinste er hämisch, blieb stehen und drehte sich um. Hubert Hansen glaubte nicht, was er sah. Dieser Dorftrottel hatte tatsächlich einen Aktenkoffer voller Geldscheine in der Hand. Die Hunderter strahlten nur so heraus. Dem äußeren Anschein nach sah alles perfekt aus. „Nimm ein Päckchen heraus und hebe es hoch!"

Torsten führte die Anweisung aus. Als der Entführer auch darunter Geldbündel sah, war er zufrieden. Er ging auf den Geldüberbringer zu. Torsten schloss den Koffer und verdrehte die Zahlenkombination. Dann stellte er den Aktenkoffer auf den Boden und ging zurück. Else hatte ihm das gesagt. So sollte verhindert werden, dass Torsten bei der Geldübergabe überwältigt und ebenfalls als Geisel genommen wurde.

„Wo sind meine Freunde?", fragte er im Rückwärtsgehen.

Der Entführer erreichte den Koffer. Gierig kniete er sich hin und wollte ihn öffnen, um die Scheine zu überprüfen. Als Hansen bemerkte, dass der Aktenkoffer versperrt war, kam sein wahres Ich zum Vorschein. Die schleimige Freundlichkeit war verschwunden. „Sag mir sofort die Kombination, oder dir blüht etwas!"

Torsten wiederholte gedanklich Elses weitere Notfallanweisungen. *Bei Drohung cool bleiben und das mit der Bombe sagen!*

„Übrigens", stieß Torsten aus, „ist Erichs Onkel nicht nur reich, sondern auch ein Fiesling. Er hat eine Bombe eingebaut. Wenn man den Koffer gewaltsam öffnet, explodiert er."

Hubert erschrak. „Du bluffst!"

„Lassen Sie meine Freunde frei und ich sage ihnen die Kombination!"

Hubert lachte hämisch. „Ich weiß etwas Besseres! Deine Freunde werden den Koffer öffnen, danach lasse ich sie gehen." Schallendes Gelächter folgte. Hansen marschierte mitsamt dem Aktenkoffer zurück zum Fiat Panda.

Else hatte die Übergabe mit dem Fernglas beobachtet, Rosi durch das Zielfernrohr des Jagdgewehres ihres verstorbenen Mannes. „Diese linke Bazille! Wir rufen die Mädels an. Zugriff!"

Beide tippten auf die Kurzwahlen ihrer Smartphones. Nur Augenblicke später röhrten die Traktormotoren. Anna und Oma Huber steuerten zielstrebig die Zufahrtsstraße an.

Uschi und Klara lauerten an der Brücke und Rosi visierte durch das Zielfernrohr die Reifen des Fiat Panda an.

„Kannst du das?", fragte Else.

„Mein Mann hat darauf bestanden, dass ich schießen lerne. Ich wusste nie warum, aber jetzt bin ich ihm dankbar."

Else war beruhigt. „Dann lass sie nicht entkommen!"

„Das habe ich nicht vor!" Rosi blieb im Anschlag und atmete ein und wieder aus. *Ruhig bleiben, zielen, schießen.*

Oma Huber hielt an. Sie schnappte die Schrotflinte und sprang verhältnismäßig flott vom Fendt. Sie fühlte sich wie in einem Western.

174

Der Planwagen-Treck wurde angegriffen und alle mussten zu den Waffen greifen. Die kampfbereite Frau kippte den Lauf nach vorn, griff in die Tasche ihrer Jeans und schob zwei Patronen in die doppelläufige Flinte. Sie klappte den Lauf nach oben, spannte beide Hähne und legte an. „Kommt nur her, ihr Ganoven!"

Hubert Hansen blieb stehen. Erneut blickte er sich um. Er fühlte sich unwohl, und auf dieses Gefühl konnte er sich fast blind verlassen. *Keine Bullen, aber die Sache stinkt. Nichts wie weg hier*, schoss es ihm durch den Kopf.

Als er erkannte, dass beide Traktoren gleichzeitig auf den Feldweg fuhren und dieser sozusagen dicht gemacht wurde, begann er zu laufen. „Verflucht, ich wusste gleich, dass etwas nicht stimmt!"

Ein Schuss krachte. Hansen warf sich zu Boden. Er rechnete damit, dass ein Sonderkommando der Polizei anstürmen und ihn festnehmen würde. Sekunden vergingen. Es blieb ruhig. Zu ruhig. Er hob den Kopf. Keine Action, keine hineilenden Uniformstiefel, kein lautes Gebrüll, keine einzige Uniform war zu sehen, geschweige denn Einsatzfahrzeuge oder ein Hubschrauber. Also war auch keine Polizei hier. Der Erpresser schöpfte wieder Hoffnung. Ob ihm diesmal der Zufall einen Streich gespielt hatte und der Schuss aus der Flinte eines Jägers stammte, der hier in der Nähe gerade ein Wild erlegt hatte?

Blödsinn! Lauf!

Hansen schnellte erstaunlich gewandt nach oben und hetzte weiter. Heimo sah seinen Vater auf sich zulaufen und wollte den Motor starten. Dieser stotterte, sprang jedoch nicht an. Hubert erreichte den Kleinwagen, riss die Beifahrertür auf, schwang sich auf den Sitz und plärrte panisch: „Fahr los!"

Der Motor jodelte schlimmer als ein Volksmusikant. Die Hansens begannen Bayern zu hassen. Hubert war extrem aufgebracht. Er schwitzte und bekam gleichzeitig Gänsehaut. Heimo schlug wiederholt gegen das Lenkrad. „Mist! Mist! Mistkarre!"

Wieder knallte ein Schuss. Hubert duckte sich instinktiv ab. „Bist du zu blöd die Karre zu starten?"

„Papa, das ist ein Fiat!", wehrte sich Heimo.

Der Alte fluchte und trommelte nervös mit den Fingern auf dem Aktenkoffer herum, der auf seinem Schoß lag. „Fehler in allen Teilen. Genau das heißt Fiat!", brüllte er und klatschte schließlich mit der flachen Hand auf den Geldkoffer. „Hier drin sind 100 Mille! Ich habe es mit eigenen Augen gesehen! Wirf die Karre endlich an und gib Gas!"

Die Panik des Vaters übertrug sich auf den Sohn. Heimo benötigte zwei Anläufe, um den Zündschlüssel in die richtige Position zu bringen. Wieder begann der Motor zu husten, jaulen und jodeln, dann zündete er.

Wrommmmm

Heimo hatte es geschafft. „Jaaa", jubelte er, als der Motor stabil surrte. Sie konnten flüchten. „Ferrari in anonymer Tarnung! Genau das heißt Fiat!", konterte er und fuhr an, um nach genau zehn Metern wieder stehen zu bleiben. Er starrte geradeaus und krallte sich verzweifelt am Lenkrad fest. „Ich glaube das jetzt nicht!"

Vor ihnen stand quer über dem Feldweg der Traktor von Oma Huber. Die alte Bäuerin, die ihnen in einer kaum verständlichen Sprache den Weg hierher erklärt hatte, blockierte den Fluchtweg. Sie stand zwischen Traktor und Anhänger und zielte mit einer Schrotflinte auf sie.

Heimo starrte fassungslos nach vorn. „Und jetzt?"

„Rückwärtsgang!", zischte sein Vater.

Rosi hatte den rechten Reifen des Fiats im Visier. Sie atmete ein, blies ungefähr die Hälfte wieder aus und hielt die Luft an. Dann krümmte die Schützin den rechten Zeigefinger.

Wumm

Der Schuss löste sich und wuchtete dabei den Kolben gegen ihre Schulter, das Projektil surrte dem Ziel entgegen, verfehlte es und grub sich abseits des Autoreifens in die Erde. Kleine Steinchen flogen umher.

„Vorbei!", kommentierte Else, die mit dem Fernglas den Fluchtwagen der Entführer beobachtete.

„Sehe ich auch. Da stimmt etwas mit der Visierung nicht."

„Laber nicht, schieß nochmal! Der Kerl mit dem Koffer ist gleich beim Auto!"

Rosi repetierte. Begleitetet von einem metallischen Klicken, wurde eine Patronenhülse ausgeworfen, eine in die Kammer geführt. Wieder legte sie an, zielte diesmal etwas weiter nach links und wiederholte das Prozedere.

„Jetzt sitzt er im Wagen!"

Rosi war genervt. „Das sehe ich auch. Ich bin doch nicht blind. Was glaubst du, was das ist?" Sie klopfte mit dem Finger gegen das Zielfernrohr der Repetierbüchse.

Else ging nicht auf den Kommentar ein, sagte stattdessen: „Die hauen ab!"

Rosi zielte, blieb ruhig, atmete flach und schoss.

Wumm

Das Projektil verfehlte den Reifen diesmal nur knapp. Wieder wirbelten etwas Erde und kleine Steinchen an der Einschussstelle nach allen Seiten weg.

„Schon besser. Ein klein wenig korrigieren, dann hast du ihn!"

Rosi blieb weiterhin gelassen. Ihre rechte Hand wuchtete den Kammerstängel nach hinten und wieder nach vorn. Die ausgeworfene Patronenhülse landete unweit der ersten im Gras.

„Der nächste Schuss sitzt!"

Else ließ die Entführer keinen Moment aus den Augen. „Das sollte er auch. Sie rollen bereits!"

Rosi bereute es, dass sie damals zwar das Laden und Schießen gelernt hatte, aber von Visierung und Einstellung der Entfernung keine Ahnung hatte. *Egal*, dachte sie, *ich gleiche das durch Korrigieren des Zielens aus!*

Der Fiat war zwar losgerollt, blieb aber kurz darauf wieder stehen. Die Bremslichter leuchteten auf, der Rückfahrscheinwerfer ebenfalls.

„Sie haben Oma Hubers Sperre entdeckt und wollen umdrehen", kommentierte Else.

„Ach, leck mich doch am Hintern", murmelte Rosi, zielte genau zwischen die beiden Hinterräder des Fiat Panda und drückte ab.

Else konnte erkennen, dass ein Stück schwarzer Gummi vom rechten Hinterrad förmlich weggefetzt wurde. Der Wagen bekam leichte Schräglage und hatte sich aufgrund des zeitgleich durchgeführten Wendevorgangs festgefahren.

„Treffer, versenkt!", lachte die Juristin.

Rosi hob die Hand. „Gib mir fünf!"

Beide Frauen klatschten ein.

„Kommt nur her, ihr Nullen! Ich verpasse euch 'ne Ladung Schrot!", hörten die Hansens.

Vor ihnen stand ein Traktor mit Anhänger quer auf der Fahrbahn. Zwischen Zugfahrzeug und Hänger stand diese Bäuerin und zielte mit einer Schrotflinte auf sie.

Heimo grinste, da er immer noch der Meinung war, bayrisch gelernt zu haben. „Ich hab dir ja gesagt, Papa, ich kann jetzt diesen bayrischen Dialekt. Ich habe alles verstanden, was die Alte gerufen hat. Soll ich es dir übersetzen?"

Hubert war schier am Verzweifeln. „Du Rindvieh, du dummes! Sie spricht nicht mehr im Dialekt! Sie kann sich auch normal artikulieren! Weg hier! Sie ballert gleich."

Wumm – krach – zisch

Das Echo des Schusses war noch nicht verhallt, als sich ein hinterer Reifen verabschiedete. Heimo versuchte zwar noch zu wenden und weiter zu fahren, aber die Felge mit dem platten Reifen fraß sich ins Erdreich.

„Festgefahren! Verflucht, Papa! Wir sitzen fest!"

Huberts Gesichtsfarbe wechselte beinahe im Sekundentakt von Hochrot vor Wut zu kreidebleich vor Angst. Heimo starrte seinen Vater gebannt an. „Cool, wie machst du das? Das ist ja wie bei einem Chamäleon."

Hubert ging nicht darauf ein. Er hatte ihre Lage, in der sie sich befanden, binnen Sekundenbruchteilen analysiert. „Sie haben uns eine Falle gestellt. Wir müssen uns aufteilen und türmen. Du in den Wald, ich über die Wiese! Wir treffen uns im Steinbruch! Looooos!"

Heimo war noch dabei, die schnell herausgesprudelten Worte seines Vaters zu verarbeiten, als dieser schon losspurtete. „Abhauen!", sagte er sich, stieg ebenfalls aus und lief in die Richtung von Oma Huber. Diese gab einen Warnschuss in die Luft ab.

Wumm

Heimo bremste, zog ein Gesicht, als hätte er in eine Zitrone gebissen, änderte die Fluchtrichtung und lief auf den Wald zu.

Hubert hörte den Schuss und warf sich wieder zu Boden. Schnell flog sein Kopf herum, um nachzusehen, wer auf wen geschossen hatte. *Das war ein Warnschuss! Glück gehabt.*

Er umklammerte mit der linken Hand den Griff des Aktenkoffers, sprang hoch und erreichte den Weidezaun. Als er ihn mit der rechten Hand herunterdrücken wollte, um darüber hinweg zu steigen, bitzelte es durch seinen ganzen Körper. Strom! „Autsch!", entfuhr ihm. Er bückte sich, um hindurch zu schlüpfen und streifte mit einem Ohr den unter Strom stehenden Weidezaun. Wieder spürte er den elektrischen Impuls durch seinen Körper fließen und zuckte zurück.

„Autsch! Verfluchte Kacke!"

Dann legte er den Aktenkoffer über den stromführenden Draht, drückte ihn nach unten und stieg über den Zaun. Er drehte sich zu Oma Huber um, hob drohend die geballte Faust und rief: „Ihr Landeier könnt mich nicht aufhalten! Wir sprechen uns noch!"

Oma Huber hörte die Worte, stieg auf den Fendt, setzte sich auf den Sitz, holte ihre Pfeife aus der Brusttasche ihrer Latzhose und steckte sie in den Mund. Sie fühlte sich großartig.

Schöner als im Kino, lachte sie und wartete. Gleich würde der spannende Teil beginnen. *Herrlich, dieser Tag.* Oma Huber überkam ein wahres Glücksgefühl, als sie auf das Schauspiel wartete.

Hubert Hansen lief über die Weide. Aus der Ferne sah es aus, als wäre es ein Hindernislauf. Er hopste von links nach rechts, blieb hin und wieder stehen und machte größere und kleinere Schritte. Oma Huber wusste, dass er fluchte, konnte es aber aufgrund der Entfernung nicht hören.

Hubert versuchte permanent den Tretminen in Form von Kuhfladen auszuweichen. „Nicht meine neuen italienischen Schuhe", jammerte er. „Ich muss höllisch aufpassen!"

Das *Muhhh* hinter ihm hörte sich gar nicht gut an. Es war nicht dieses gemütliche Muhen, das man hin und wieder am Wegesrand vernahm, wenn man über bayrische Wiesen und Felder spazierte. Es war vielmehr mit dem Muhen und wilden Schnauben aus einer spanischen

Stierkampfarena vergleichbar. Der Anführer des kriminellen Familienclans ahnte Schlimmstes. Er wagte es kaum sich umzudrehen, als er das Getrampel von schweren Hufen hörte, das ihn an eine Stampede erinnerte.

„Neiiiin!" Ab sofort war es ihm egal, ob seine nagelneuen italienischen Lederschuhe sauber blieben oder nicht. Getrieben von Todesangst hetzte Hubert Hansen über die Weide. Er achtete nicht mehr auf die massenhaft herumliegenden Hinterlassenschaften der Rinder. Die Sohlen seiner Markenschuhe landeten in zig Kuhfladen. Die teils frischen Fladen der Jungbullen spritzten bisweilen kniehoch herum und besudelten die Kleidung des Flüchtenden.

Muhhhh

Bedrohlich erhöhten die Rinder das Tempo und folgten ihm. Hansen holte alles aus seinem Körper heraus. Die Lungenflügel pumpten wie verrückt. Der Brustkorb hob und senkte sich mit jedem Atemzug. Der linke Arm wirbelte wie der Rotor eines Hubschraubers wild herum, während der rechte mit dem Aktenkoffer nur schiffschaukelartig vor und zurück schwenkte. Er bekam Seitenstechen. Hansen presste vor Schmerzen die Zähne zusammen. Er hatte es fast geschafft. Der Zaun am anderen Ende dieser verfluchten, verseuchten Weide war zu sehen. Er war bereit, die Stromschläge in Kauf zu nehmen. Gleich hatte er es geschafft. Wieder drehte er sich um. Seine Augen wurden groß wie Suppenteller. Ein lebender Fleischberg warf seinen riesigen Schatten über ihn. Der Bulle schnaubte wild. Sein gewaltiger Schädel war leicht abgesenkt und nur noch wenige Zentimeter vom Gesäß des Flüchtenden entfernt. Plötzlich rammte das Tier Hubert Hansen seinen Schädel ins Hinterteil. Ein lauter Aufschrei ging einem Salto durch die Luft voraus. Der flüchtende Erpresser landete unsanft in einem mit Schmeißfliegen besetzten Kuhfladen, rollte durch weiterer Kuhdung in Richtung Weidezaun und blieb schließlich liegen. Sein erster Blick galt dem Aktenkoffer. Diesen hielt er immer noch fest umklammert in der rechten Faust, er war unbeschädigt. Hansen atmete auf. Sein zweiter Blick war weniger erfreulich. Die Rinder standen ihm gegenüber. Der Jungbulle, der ihn gerammt hatte, visierte ihn an, schabte mit dem Vorderhuf, senkte den Schädel und lief los. Getrieben von Panik schnellte Hubert hoch, überwand mit zwei Schritten die Entfernung zum Weidezaun, nahm zuckend die Stromimpulse in Kauf und kletterte schreiend vor Schmerz über den Draht. Auf der anderen Seite setzte er sich kraftlos auf die Erde, keuchte und wusste nicht, welche Stelle seines Körpers am meisten schmerzte.

Die Bullen hatten sich am Weidezaun versammelt, glotzten ihn an und muhten. Ihm kam es vor, als lachten sie ihn aus. Ganz hinten, auf der gegenüberliegenden Seite der Weide saß Oma Huber auf dem Anhänger und hielt sich vor Lachen den Bauch. Der Wind trug das Gelächter zu ihm herüber.

Hubert Hansen stand auf, ballte die linke Hand zur Faust, stemmte sie nach oben und brüllte: „Ich habe gewonnen!" Er wendete sich den Bullen zu. „Und ihr endet als Gulasch, Roastbeef und Steaks!"

Muhhh

Hubert trat erschrocken zurück. Er überlegte, ob der dünne Stromdraht die mächtigen Tiere wirklich abschreckte und entschloss sich dazu, seine Flucht fortzusetzen.

Heimo erreichte den Wald. Hier fühlte er sich sicherer. Während die Straße mit Fahrzeugen blockiert war, schien im Wald alles frei zu sein. „Ich bin ein Glückspilz", hauchte er aus und rannte auf die Schlucht zu.

Ratsch – krach

Das Geräusch vom Bersten eines Brettes ist besonders dann sehr unangenehm, wenn man sich auf einer Brücke befindet und die Bretter unter den Füßen die einzige Trennung zwischen dem Körper und einer tiefen Schlucht sind. Bersten sie langsam, kann man sich vielleicht noch auf die eine oder andere Brückenseite oder eine intakte Bohle retten. Bersten jedoch alle Trittbretter gemeinsam, weil sie, wie hier bei dieser Brücke, nicht nur alt und morsch, sondern auch noch angesägt sind, hat man keine Chance.

Heimo sackte durch ein Loch. Er breitete instinktiv die Arme aus, konnte sich links und rechts an den Geländern festkrallen und hing wie ein Fähnchen im Wind über der Schlucht. Er drohte in die Tiefe zu stürzen. „H-H-Hilfeeee!", hörte er sich schreien.

Zwei alte Damen tauchten aus den Büschen auf. Heimo ahnte nichts Gutes. Er zappelte mit ausgebreiteten Armen in dem Loch. Seine Kräfte ließen nach und er drohte in die Tiefe zu stürzen. „Hilfe", wiederholte er.

Klara Körner erkannte ihn sofort wieder. „Das ist einer der drei Kerle, die bei mir im Laden Unmengen von Konservendosen gekauft haben."

Uschi Brennauer stemmte die Hände in die Hüften und musterte Heimo, der verzweifelt gegen das Abstürzen kämpfte. „Ja, ich glaube, der Bursche hat ein oder zweimal bei uns getankt."

„Helfen Sie mir, ich kann mich nicht länger halten", winselte Heimo.

Uschi ging näher heran.

„Sei vorsichtig!", warnte Klara.

„Hol das Seil."

Zwei Finger der linken Hand des Erpressers rutschten vom Geländer ab. Heimo stieß ein: „Ahh ...", aus. „Schnell .... bitte!"

Klara kam mit dem Seil. „War 'ne gute Idee von dir, das Abschleppseil und ein paar Kabelbinder mitzunehmen."

Heimos Gesichtsausdruck war angsterfüllt, panisch und besorgt zugleich. Uschi stand nun vor ihm, betrachtete die Finger von Heimos rechter Hand und meinte: „Die rutschen auch schon. Sollen wir ihn fallen lassen und dann unten aufsammeln?"

Heimo wirkte hilflos. „B-bitte."

Klara wirkte gelassen. „Lassen wir ihn noch ein wenig zappeln. Das kostet Kraft. Wenn wir ihn dann rausziehen, kann er sich nicht wehren."

Der kleine Finger und der Ringfinger der rechten Hand glitten ab. Der Verbrecher hing nur noch jeweils mit Zeigefinger und Mittelfinger am Geländer.

Uschi grinste. „Wie die Huberbuam."

Klara ging darauf ein. „Die Frei-Kletterer?"

„Ja, genau die."

Heimo konnte nicht mehr. „Hilfe", krächzte er.

Uschi reagierte. „Klara, du hältst mich fest. Ich beuge mich vor und lege das Seil um seine Brust. Wenn er mich packt, ziehst du mich zurück und knallst ihm den Hammer auf die Finger!"

Heimo schloss die Augen. „Bitte! Schnell!"

Uschi kroch auf allen Vieren zum Loch, beugte sich leicht vor, schwang das Abschleppseil gekonnt um die Brust des Entführers, packte geschickt das andere Ende und hakte es ein. Sie rief Klara zu: „Wir ziehen ihn ein Stück raus, dann soll er seine Hände vorstrecken, damit wir ihn mit den Kabelbindern fesseln können."

Klara packte zu. „Freundchen, eine dumme Bewegung und der Hammer kracht auf deine Flossen!", warnte sie, doch die Angst war unberechtigt. Heimo war kraftlos. Die Hängepartie war zu anstrengend. Selbst wenn er gewollt hätte, wäre er nicht fähig gewesen, sich zu wehren. Er wurde aus der misslichen Lage befreit und mit Kabelbindern und dem Abschleppseil gefesselt.

Anschließend meldeten Uschi und Klara per Handy ihren Erfolg und brachten die Absperrbänder wieder an der einsturzgefährdeten Brücke an.

Hubert Hansen war trotz aller Vorsichtsmaßnahmen aus der Falle entkommen. Das war eine Niederlage und verschlimmerte möglicherweise die ohnehin schon gefährliche Situation für Erich und Willi. Weiterhin hatte er den Geldkoffer ergattert, was die Sache nicht gerade besser machte. Die kampflustigen Omas und Torsten standen um ihre Geisel herum. Else war die geübteste Rednerin und entsprechend versuchte sie, Heimo Hansen zu befragen.

„Sie haben doch keine Chance. Helfen Sie uns, unsere Freunde zu retten, und ich werde vor Gericht ein gutes Wort für Sie einlegen."

Der Verbrecher zog eine Augenbraue hoch, senkte sie wieder und meinte lediglich: „Mein Papa hat das Geld und die Geiseln. Ihr werdet mich früher oder später laufen lassen müssen."

„Ich denke, wir übergeben Sie der Polizei", schmetterte ihm die Gruberin entgegen.

Heimo blieb gelassen. „Wenn ihr die Polizei mit ins Boot geholt hättet, wären die Bullen längst hier." Er lachte hämisch. „Aber aus irgend einem Grund wolltet ihr die Sache ohne Bullen durchziehen. Und ich schätze, dabei bleibt es."

Klara wurde wütend. „Lass mich mal", sagte sie, schob sich vor und stand Heimo Nasenspitze an Nasenspitze gegenüber. Sie konnte seinen üblen Atem riechen. „Wir werden dich foltern", drohte sie. „Früher oder später wirst du uns schon verraten, wo sich euer Versteck befindet."

Das Grinsen des Gefangenen wirkte unverschämt. „Das könnt ihr euch sparen. Mich kann man nicht knacken!"

Vom Mundgeruch angewidert, ging Klara einen Schritt zurück. „Und zum Zahnarzt müsstest Du auch mal."

Heimo begann zu pfeifen. Er fand das Spielchen lustig. Die alten Weiber und der einfältige Typ würden ihn niemals zum Sprechen bringen. Das stand fest! Das waren für ihn keine Gegner, das waren Opfer. Sie wussten es nur noch nicht.

Die Damenclique und Torsten zogen sich ein paar Meter zurück, um sich zu beratschlagen. Ohne den Aufenthaltsort der Verbrecher zu kennen, konnten sie Erich und Willi nicht helfen.

„Und wenn wir doch die Polizei einschalten?", fragte Erna Schmachtinger. „Ich kann mit meinem Sohn sprechen und ihm alles erklären."

„Dann sind wir aufgeschmissen! Ausnahmslos alle!"

Ratlosigkeit machte sich breit.

„Wir sind machtlos", resignierte Else Gruber nach ein paar Minuten.

Heimo lachte schallend. „Ha, ha, ha. Da könnt ihr gackern wie ihr wollt, ihr alten Hühner. Aus mir werdet ihr nichts herausbekommen. Und foltern hat keinen Zweck. Ich bin ziemlich schmerzresistent. Versucht es doch mal!"

Torstens Gesicht erhellte sich schlagartig. „Ich weiß, wie wir ihn zum Reden bringen. Er hat soeben selbst den Tipp dazu gegeben."

Alle Augenpaare richteten sich auf Torsten. Der Kräuterjunge strahlte richtig. „Mädels, wir schaffen ihn zu mir nach Hause und dort wird er durch die Hölle gehen, glaubt mir!"

184

Else hob zum Einwand die Hand. „Was hast du vor? Ich bin zu allem bereit, aber bei roher Gewalt hört die Sache auf. Wir müssen wohl die Polizei einschalten."

„Außer wenn es Notwehr ist", fuhr Oma Huber dazwischen. „Da darf man auch mal zuhauen!"

„Ja!"

„Sicher!"

„Natürlich!", stimmten alle zu.

Torsten winkte ab. „Keine Gewalt." Er runzelte die Stirn. „Oder ist das Gewalt, wenn wir Alfons bitten auf diesen Kerl aufzupassen und sich ein bisschen mit ihm zu unterhalten."

Klara schlug die Hände über dem Kopf zusammen. „Um Gottes Willen!"

Uschi warf Heimo einen Blick zu und meinte: „Der arme Kerl!"

„Er tut mir jetzt schon leid!", schloss sich Anna Schwinghofer an.

„Das können wir nicht machen!", meinte Erna. „Das ist Psychoterror. Wir müssen ihn danach bestimmt in eine psychiatrische Anstalt einweisen."

Heimo stutze, wirkte verunsichert. „Was könnt ihr nicht machen?"

Fünf Minuten später saß er geknebelt und gefesselt auf dem Anhänger von Oma Huber. Das Bild erinnerte stark an den Barden *Troubadix*, der am Ende jedes Asterix-Bandes auf gleiche Art und Weise verschnürt in einem Baum hing.

Gegenüber des Gefangenen hockten Torsten und Else. Beide schmunzelten äußerst selbstsicher. Das wiederum gefiel Heimo überhaupt nicht. Er befürchtete, dass etwas auf ihn zurollte, das er weder erwartete noch einschätzen konnte. Schmerzen wären kein Problem. Denen würde er standhalten. Angst hatte er nur vor seinem Papa, wenn dieser grantig war und vor der Polizei.

Die alten Schachteln rufen die Bullen garantiert nicht. Was haben sie vor? Ob sie einen Austausch planen? Dann wird Papa sie fertig machen!

Wie auch immer. Er fühlte sich absolut unwohl.

Wenig später trafen sich alle bei Torsten. Heimo war an einen Bürostuhl gefesselt und begann zu schwitzen. Diese verfluchte Ungewissheit machte ihm zu schaffen. Er fragte sich die ganze Zeit, was die Omas vorhatten und kam auf kein Ergebnis.

Jeweils zwei Frauen passten auf Heimo auf, während die anderen in einem der Schlafzimmer herumhantierten. Irgendwann roch es nach Kaffee. Oma Huber kam schließlich ins Wohnzimmer. Die Ärmel der Bäuerin waren hochgekrempelt. „Fertig! Wir können ihn rüberbringen."

Sie rollten den Stuhl mit Heimo in einen Raum, dessen Fenster mit einer Decke abgehängt war. Davor türmten sich Unmengen von Eierkartons. Das war ein simpler Versuch, den Raum einigermaßen schalldicht zu machen, beziehungsweise es danach aussehen zu lassen. Heimo nahm das noch gelassen.

Das Zuschlagen der Haustür war zu hören. Schritte folgten.

Oma Huber horchte auf. „Sie sind da."

Uschi stand neben dem Verbrecher. „Hoffentlich hören wir im Wohnzimmer nichts."

Heimo wurde es leicht mulmig zumute. Er fragte sich, wen sie geholt hatten. Vielleicht einen Verhörspezialisten? Hatten diese Weiber Verbindungen zum Geheimdienst? Quatsch. *Das sind plumpe Bauerntrampel! Woher sollten die einen Spezialisten kennen?* Er hörte eine Männerstimme. Das war auch das einzige, das er hörte, denn diese Männerstimme quasselte pausenlos. Er schien zwischen dem hervorsprudelnden Wasserfall an gelaberten Worten nicht ein einziges Mal Luft geholt zu haben.

Als Alfons das Zimmer betrat, war der Verbrecher erstaunt, wie nett und höflich der Typ wirkte. *Diese Pfeife soll mich zum Sprechen bringen? Er musste innerlich lachen. Das wird ein Spaß. Ich lasse mich überraschen.*

Torsten stand neben dem Gast und zeigte auf Heimo. „Alfons, das ist der Mann, von dem wir dir erzählt haben. Er interessiert sich für Hühner. Ihr könnt euch in Ruhe unterhalten. Wir bringen dir Kaffee. Und warum er gefesselt ist, weißt du ja", zwinkerte Torsten. „Aber den Knebel nehme ich ihm jetzt ab. Vielleicht möchte er uns auch etwas erzählen. Und wenn er ausfällig wird, rede einfach weiter. Du weißt ja, er leidet am Touret-Syndrom."

Heimo verstand kein Wort von dem was gesagt wurde. Er war froh, dass er den Knebel loswurde. Völlig gelassen wollte er das ertragen, was jetzt kam. Er räusperte sich und sagte: „Das wird ein langer Tag und eine lange Nacht für euch. Ich werde kein Wort sagen! Reden ist Silber, Schweigen ist Gold."

Alfons freute sich und seine Augen glänzten, als er das Stichwort aufnahm. „Gold", sprudelte er hervor. Sofort ratterte es in seinem Kopf und er assoziierte das Wort mit seinem Lieblingsthema, dem Huhn. „Ja, so ungefähr kann man Hühner bezeichnen. Sie sind das Gold der Landwirtschaft", begann er und setzte sich gegenüber des Gefangenen auf einen bereitgestellten Stuhl. Auf einem kleinen Tischchen standen Kaffee und Kuchen, allerdings einer ohne *Pfiff*.

Mit den ersten Wörtern seines Nachbarn, verließen Torsten und die Omas unmittelbar das Zimmer. Heimo wunderte sich zwar, nahm es aber gelassen hin.

„Früher war Gold ja weniger bei den Bauern zu finden, sondern mehr bei den Adligen. Apropos adlig, wussten Sie eigentlich, dass ich mal zum Hühnerbaron gekürt worden bin?" Ohne auf eine Reaktion zu warten, quatsche Alfons weiter. „Das war vor sechzehn, hm ... nein, siebzehn Jahren. Ich war damals mit der Zucht von *Chabos* beschäftigt, das sind die Hühner, die auch Federn an den Beinen haben. Die Eier sind cremefarbig ..."

So ging es weiter und weiter und weiter. Heimo versuchte abzuschalten und das Gequatsche zu ignorieren. Die Situation war vergleichbar mit dem Tropfen eines Wasserhahns. Anfangs stört es nicht, doch mit der Zeit wirkt es absolut Nerv tötend. Ebenso verhielt es sich mit Alfons Wortschwallen. Irgendwann brach Heimo sein selbst auferlegtes Schweigen und fuhr den Dauerredner an: „Halt doch mal deine Schnauze!"

Alfons nahm einen Schluck Kaffee und stellte die Tasse wieder ab. „Schnauze", er lachte. „Das erinnert mich an eine lustige Geschichte, die einer Bekannten eines Bekannten von jemandem, den ich flüchtig kenne, passiert ist. Passen Sie mal auf. Also diese Bekannte des Bekannten meines flüchtigen Bekannten kannte wiederum jemanden vom Sehen und dieser Person, jetzt passen Sie gut auf, also dieser Person, die die flüchtige Bekannte, der Bekannten eines Bekannten meines Bekannten, vom Sehen kennt, ist etwas urkomisches passiert. Sie war mit ihrem Hund unterwegs. Also die flüchtige Bekannte der Bekannten ..."

Heimo glaubte durchzudrehen. In seinem Kopf hallte permanent das Wort *Bekannte* wider. Wie bei einem Glockenschlag, schmetterte es *Bekannte, Bekannter* von links nach rechts und von oben nach unten. Immer wieder. Pausenlos. Er konnte diesem Kerl einfach nicht mehr folgen. „Ruhe!", schimpfte er.

Alfons lachte. „Ruhe, ja, da bringen Sie mich auf eine ganz andere Fährte. Das erzähle ich gleich, nachdem ich Ihnen die Geschichte der Bekannten, also der flüchtigen Bekannten, ich meine die, die die flüchtige Bekannte der Bekannten, meines Bekannten kannte. Aber danach komme ich gleich auf unser Hauptthema zurück, der Geschichte vom Hühnerbaron und wie ich zu dieser Ehre gekommen bin, so genannt zu werden. Mann, ist es schön jemanden zu treffen, mit dem man sich so herrlich ausschweifend unterhalten kann."

„Das ist keine Unterhaltung, das ist ein Monolog", knurrte Heimo.

„Monolog, ach du meine Güte, da kann ich Ihnen Geschichten erzählen." Alfons machte eine abfällige Handbewegung und rollte mit den Augen. „Ich kannte mal einen Hühnerzüchter, also er hatte sich auf *Zwerg-Wyandotten* spezialisiert. Das sind diese süßen, kleinen, zutraulichen, schwarzweißen und äußerst robusten Hühner, die übrigens eine Legeleistung von 180 Eiern im Jahr an den Tag legen. Also dieser Züchter, ach, ich weiß es noch als ob es gestern gewesen wäre, dabei ist das schon ewig her. Also, er hatte damals so eine helle Hose an und", Alfons kniff überlegend seine Augen zusammen, runzelte kurz die Stirn und fuhr schließlich fort, „er könnte übrigens auch den Bekannten kennen, der die Bekannte hatte, die ..."

Heimo brach zusammen. Das war um Längen mehr, als er ertragen konnte. Er sehnte sich nach Ruhe. Die alten Weiber mussten diese Nervensäge entfernen. Es half alles nichts, er musste es ihnen sagen. Er musste das Versteck verraten, sonst würde er diesen Tag nicht unbeschadet überleben. Noch eine halbe Stunde und er wäre reif für die

Psychiatrie. Heimo traf eine Entscheidung. „Ich rede! Haben Sie mich verstanden? Ich werde alles sagen, was sie wissen möchten! Wir haben uns im Steinbruch versteckt. Hallo? Kann mich jemand hören? Wir sind im Steinbruuuch! Hilfeee! Ich sage alles, bringt nur diesen Nervenkiller weg."

„Nervenkiller? Oh ja, ich hatte mal einen Hahn, also nicht Charles. Charles ist ein waschechtes *Friesenhuhn* und stammt aus der Zucht eines anderen Bekannten ..."

Heimo hoffte auf schnelle Erlösung. „Rettet mich!", schob er panisch nach.

„Weil Sie es gerade sagen, mein Freund, ich habe einmal ein Huhn aus einer misslichen Situation gerettet. Das war so, ich war mit einem Bekannten unterwegs. Also nicht der Bekannte, der ..."

Die Tür ging auf. Heimo saß schluchzend auf dem Bürostuhl. „Ich halte das nicht mehr aus. Ich sage alles. Nur verschont mich von diesem Plappermaul", winselte er.

Alfons nahm den letzten Schluck Kaffee, stellte die leere Tasse ab und lächelte. „Da Sie gerade ein Plappermaul erwähnten. Ich bin einmal mit dem Zug von München nach Würzburg gefahren, Mann, ich sage Ihnen, da war eine Dame an Bord, die konnte einfach nicht ihren Mund halten. Egal was man auch sagte, sie wusste zu allem eine Geschichte. Ist doch krankhaft so etwas, meinen Sie nicht auch?"

Torsten tippte Alfons auf die Schuler. „Vielen Dank Alfons, wir müssen dann los. War der Kaffee gut?"

„Erstklassig, Torsten. Vielen Dank für die Einladung. Wir beide", er deutete auf Heimo", „haben uns wunderbar unterhalten." Er blickte auf seine Armbanduhr. „Um Himmels Willen, ich muss ja noch einkaufen." Er sah Heimo an und meinte: „Sie sind mir einer. Wir reden und reden und ich vergesse dabei ganz, auf die Uhr zu sehen."

Torsten zupfte Alfons am Ärmel. „Komm."

Sie verließen den Raum. Natürlich redete Alfons ununterbrochen weiter. „Torsten, das war nett von dir, mich auf einen Kaffee und einen kleinen Tratsch einzuladen. Das sollten wir öfter tun. Der Kuchen war übrigens sehr lecker. Wer hat ihn denn gebacken?"

Oma Huber und Else betraten das Zimmer und bauten sich vor dem Gefangenen auf. „Im alten Steinbruch also!", kam es von Oma

Huber, die ihre Hände in die Hüften stemmte, um eine leicht bedrohliche Haltung einzunehmen.

Heimo nickte.

Die alte Dame hakte nach. „Sind dort auch unsere Freunde?"

Heimo schwieg.

Oma Huber drehte sich um. „Torsten", rief sie. „Ist Alfons noch hier? Ich habe das Gefühl, unser Freund hier möchte sich noch ein oder zwei Stündchen mit ihm unterhalten."

Heimo riss die Augen weit auf und zappelte auf dem Stuhl hin und her. „Nein, nein, nein! Ich träume heute garantiert von Bekannten, die Bekannte haben."

Else wusste, dass sie gewonnen hatten. Triumphierend fragte sie: „Unsere Freunde. Wo sind sie?"

Heimo überlegte für einen Sekundenbruchteil, ob er sich dumm stellen sollte, entschied sich in Anbetracht eines möglichen erneuten Zusammentreffens mit dem Hühnerbaron jedoch für die Wahrheit. „Die beiden Clowns, die zu dumm sind, 'ne Bank zu überfallen, sind auch bei meinem Papa im Steinbruch. Wir haben sie in ein Zimmer gesperrt." Er machte eine kurze Pause. Dann schob er nach: „Und es geht ihnen gut. Mein Bruder hat ihnen sogar ein großes Frühstück zubereitet."

Else drehte auf. „Sie sagen uns jetzt alles, was Sie wissen! Wie kommt man rein, wo genau befindet sich das Zimmer und wie wird es bewacht? Sollte ich auch nur eine Sekunde am Wahrheitsgehalt Ihrer Angaben zweifeln, verbringen Sie den restlichen Tag und die gesamte Nacht bei Alfons. Er ist immer auf eine nette Unterhaltung aus."

Heimos Wille war gebrochen. „Ich möchte diesen Menschen in meinem Leben nie wieder sehen. Ich erzähle Ihnen alles!"

Kapitel 7
Mein – dein – sein

Jedes Mal, wenn sich Hubert Hansen vorgestellt hatte, reich zu sein, hatte er ein ganz bestimmtes Bild im Kopf. Er saß mit dicker Zigarre und einem Glas Whiskey in einem Pool. Es duftete nach Orchideen und gegrilltem Rindersteak. Um seinen Hals hing eine Blumenkette und seine Frau lag nebenan im Schatten einer Kokosnusspalme auf einer Liege. Ihre beiden Söhne fuhren mit dem Motorboot in Strandnähe auf und ab. Der warme karibische Wind trug ihr Lachen über den heißen Sand bis zum Pool.

Jetzt war er reich. Zumindest trug er 100.000 Euro bei sich. Allerdings befand er sich weder in einem Pool noch roch es nach Orchideen. Er war schweißgebadet, von Kopf bis Fuß voller Kuhkacke und stank erbärmlich. Einige Fladenreste klebten immer noch bröckchenweise in den Haaren, an der Wange, am Hemd, den Armen, der Hose und an den teuren, nagelneuen italienischen Lederschuhen. Der Wind trug nicht das Geräusch eines Motorbootes an seine Ohren, sondern das Summen der angelockten Schmeißfliegen. Kurzum, Hubert Hansen war ein wandelnder Misthaufen und fühlte sich elendig.

Einer seiner Söhne bewachte zwei als Comic-Helden verkleidete Schwachköpfe, der andere war auf der Flucht vor einer Horde verrückt gewordener alter Weiber. Seine Ehefrau würde in genau einer Woche aus dem Frauengefängnis München Stadelheim entlassen werden und bis dahin musste er alles wieder in den Griff bekommen.

Gedanklich platzte sein Traumbild von der Karibik. „Nix Palmen, nix Strand, nix Zigarre!", murmelte er vor sich hin. „Die Schuhe sind im Arsch, ich bin bei dieser Hitze zu Fuß kilometerweit durch diese scheiß Pampa gelatscht und mich verfolgten Schwärme von Fliegen!"

Hubert war maßlos wütend. Geld stinkt nicht, hat es immer geheißen. Er konnte das im Moment nicht bestätigen. Der alte Hansen dachte an Rache. Eiskalte Rache. Er wird die beiden Gefangenen über Misthaufen jagen, wird den alten Weibern Gülle vor die Haustür kippen und mit einem Teil des Geldes die Beschäftigten der Müllabfuhr bestechen, um sie zu einem Streik zu bewegen.

Dieses Kuh-Kaff soll in seinem eigenen erbärmlichen Gestank und Müll untergehen!

Je ausgeprägter und detailgetreuer seine Rachegedanken waren, desto nachhaltiger verbesserte sich seine Laune. Ein streunender Hund kam ihm entgegengelaufen, blieb stehen, schnupperte und machte einen großen Bogen um Hubert Hansen.

Der Chef des Hansen-Clans sehnte sich nach einer Dusche. Er musste endlich diesen erbärmlichen Gestank loszuwerden. Hubert träumte von einem Schaumbad. Dazu mussten sie natürlich erst ein Hotel finden und einchecken. Im Steinbruch gab es nur die Möglichkeit sich mit kaltem Wasser im Waschbecken zu waschen. Wut kam auf. Immense Wut, die nur durch Rachepläne abgefedert werden konnte.

Mit jedem Schritt schmerzte auch sein Hinterteil. Dieser blöde Stier hatte ihm volles Rohr seinen fetten Schädel gegen den Po gerammt. „Nicht auszudenken, wenn eines der Hörner ...“, stieß Hansen aus, als er seine Flucht noch einmal Revue passieren ließ. So betrachtet, hatte er riesiges Glück. Sein Hinterteil würde zwar grün und blau werden und er wird garantiert die nächsten ein bis zwei Wochen Probleme beim Sitzen haben, aber das war alles besser, als wenn ihn eines der Hörner aufgespießt hätte.

„Diese blöde Kuh von Bauern-Oma“, fluchte er und umklammerte den Geldkoffer. Sein Plan stand fest. Sobald er im Steinbruch war, würden sie zusammenpacken, auf Heimo warten und dann abhauen. „Ja“, stieß er aus, als sein finaler Fluchtplan Formen annahm. „Jetzt weiß ich, wie ich ein kleines Stück Rache bekomme und wir in Ruhe türmen können.“

Hämisches Lachen folgte.

Begleitet von etlichen Fliegen, näherte sich der Boss ihrem Versteck. Er dachte an Heimo und fragte sich, wo sich dieser gerade befand. Hubert zweifelte nicht daran, dass sein Sohn den Bauernweibern entkommen war.

Ich habe nur Bedenken, dass er sich verlaufen hat. Sein Orientierungssinn ist nicht gerade der beste, durchfuhr es ihn. Er zückte instinktiv das Handy, um zu sehen, ob sich sein Sohn schon gemeldet hatte und starrte auf den schwarzen Bildschirm.

Stimmt! Das Teil ist im Arsch. Das defekte Mobiltelefon wanderte zurück in die Hosentasche. *Heimo wird sich schon melden. Vielleicht hat er ja seinen Bruder zwischenzeitlich angerufen.*

Endlich hatte er das Zufahrtstor des Steinbruchs erreicht. Hubert öffnete die Kette, an der immer noch das aufgebrochene Vorhänge-schloss baumelte, schob das große Tor auf, huschte durch und schob es wieder zurück. Der Fliegenschwarm, der ihn umkreiste, schien sich auf den letzten 500 Metern verdoppelt zu haben. Hubert wirbelte jeden zweiten Schritt einmal mit der freien Hand um seinen Kopf, woraufhin zig Fliegen aller Größen und Farbschattierungen aufgeschreckt hoch-surrten, einmal um den lebenden Misthaufen herumschwirrten und sich wieder setzten.

Als Hubert vor der Tür des alten Bürogebäudes stand, überlegte er, wie er den Fliegenschwarm loswerden konnte.

Variante eins. Er versuchte, vor ihnen wegzulaufen. Hierzu we-delte er einmal mit dem Arm um seinen Kopf, die Fliegen schwirrten hoch und Hubert rannte los. Fehlanzeige. Entweder waren die Fliegen pfeilschnell oder er arschlangsam. Spätestens nach einem Meter waren wieder alle da.

Variante zwei folgte. Er zog sein Hemd aus, wedelte damit kreisar-tig um seinen Kopf und näherte sich relativ fliegenfrei der Tür. Da er in der linken Hand den Aktenkoffer mit dem Geld trug, musste er mit der rechten die Tür öffnen. Das bedeutete gleichzeitig den Stopp des Hemdenwirbelns. Sofort saßen die Fliegen wieder auf ihm.

Variante drei. Hubert stellte den Aktenkoffer neben der Tür auf den Boden. Sein Plan war, den Hemd-Rotor laufen zu lassen, mit der linken Hand die Tür zu öffnen und zeitgleich mit dem Fuß den Koffer hineinzuschieben, um die Tür schnell hinter sich zu schließen.

Hubert begann. Das Hemd umkreiste ihn. Die Fliegen surrten ge-nervt weg, die linke Hand ging zum Türgriff, die Tür wurde aufge-drückt, der Koffer hineingeschoben und die Fliegen blieben, abge-schreckt vom herumwirbelnden Hemd, draußen.

Der alte Hansen war stolz auf sich. Kaum stand er im Flur, saß der Fliegenschwarm jedoch bereits wieder auf seinen Kuhfladenflecken. Völlig enttäuscht hob Hubert den Kopf. Das Oberlichtfenster über der

Tür stand offen. Die Fliegen folgten dem Duft, besser gesagt, dem erbärmlichen Gestank, den Hubert verströmte. Er gab auf.

Gerade in dem Moment, als er Hanno rufen wollte, hörte das Familienoberhaupt ein lautes Poltern und einen Schuss. Er zuckte erschrocken zusammen. *Hoffentlich hat Hanno keinen Blödsinn gemacht.*

Im selben Augenblick schlitterte Hannos Revolver den Flur entlang und blieb genau vor Huberts Füßen liegen. Er bückte sich, hob die Waffe auf und folgte den Geräuschen, die aus dem Zimmer kamen, in dem die beiden Geiseln eingesperrt sein sollten. Dann hörte er die Gefangenen reden. *Sie haben meinen Sohn ausgeknockt. Na wartet!*

„Willi, hier stinkt es auf einmal ziemlich heftig", sagte Erich. „Glaubst du er hat sich in die Hosen gemacht?"

„Schon möglich." Willi hob die Nase etwas an. „Du hast recht. Hier stinkt es gewaltig. Vielleicht ist das Klo übergelaufen. Komm, lass uns mal nachgucken."

Beide betraten den Flur und blieben wie versteinert stehen. Der Traum von Freiheit gefror schlagartig, splitterte und zerbrach in tausend Teile. Vor ihnen stand Hubert Hansen, umringt von einem Fliegenschwarm. Der Kidnapper war verschwitzt und von oben bis unten mit Kuhfladenresten beschmutzt. Er stank erbärmlich. Das Schlimmste aber war, dass er mit Hannos Revolver auf sie zielte.

„Hallo", grinste Erich höflich. „Ihrem Sohn ist schlecht geworden. Wir wollten ihm gerade ein Glas Wasser holen. Das tut ihm bestimmt gut", laberte er los. „Sie sehen ja übel aus. Kleiner Ausrutscher? Kann passieren. Naja, das Landleben ist nichts für jedermann."

Willi sah den ernsten Gesichtsausdruck des Alten, woraufhin es ihm ziemlich mulmig zumute wurde. Er stieß Erich leicht in die Seite. „Pssst! Leise!"

Erich kicherte. „Ich bin doch kitzlig." Er entdeckte den Aktenkoffer und kombinierte. „Wie ich sehe, haben Sie das Lösegeld bereits erhalten. Dann sind wir ja sozusagen freigekauft und können gehen. Vielen Dank für die Gastfreundschaft." Er wendete sich Willi zu. „Komm, wir gehen."

„Schnauuuuze!", brüllte Hansen so laut, dass sämtliche Fliegen aufgeschreckt zu einem Rundflug starteten und wild herumsurrten. „Zurück ins Zimmer!"

Hanno erwachte aus seiner Ohnmacht und setzte sich. Er blickte sich ungläubig um, griff an seinen Kopf und sagte: „Was war denn das? Wow! Ich glaube, hier hat es gerade ein Erdbeben oder sowas in der Art gegeben. Mir wurde plötzlich schwarz vor Augen."

Hubert dirigierte die beiden Gefangenen an Hanno vorbei zurück in den Raum. „Los, an die Wand!"

Sie kamen der Aufforderung nach. Hubert stand neben Hanno und reichte seinem Sohn die Hand. Er zog ihn nach oben.

„Lustig, jetzt dreht sich alles", sagte Hanno. Langsam kehrte die Erinnerung zurück. „Sie haben mich überwältigt. Du bist zur richtigen Zeit gekommen." Unangenehmer Geruch stieg in seine Nase. „Krass! Du könntest dich auch mal wieder waschen", sagte er und öffnete die Hand, die er seinem Vater zum Hochziehen gereicht hatte. Er roch daran und verzog die Mundwinkel. Dann atmete er laut aus und rief dabei: „Puh! Ekelhaft!"

Huberts Kopf färbte sich tiefrot. Sein Ausatmen glich dem des Jungbullen vor dessen Angriff. „Halte deinen Mund und sprich mich nicht darauf an!"

Hanno machte instinktiv einen Schritt nach hinten. Erstens kannte er die Wutausbrüche seines Alten. Zweitens wollte er vermeiden, dass ihn sein Vater auf irgendeine Art und Weise berührte. Dieser roch nicht nur äußerst extrem nach Kuhdung, er sah auch sehr mitgenommen aus. „Sorry", entschuldigte sich Hanno. Um das Thema zu wechseln, erkundigte er sich nach Heimo, doch er erhielt keine normale Antwort. Stattdessen ließ der alte Hansen Dampf ab, indem er seinem Jüngsten vorwarf, zu dumm zu sein, um auf zwei in einem Zimmer eingesperrte Clowns aufzupassen.

Hanno beschloss daraufhin, lieber nichts mehr zu sagen. Sein Kopf tat ohnehin ziemlich weh und als er mit der flachen Hand über die schmerzhafteste Stelle strich, bemerkte er, dass sich eine fette Beule gebildet hatte. Statt sich auf ein Streitgespräch mit seinem Vater einzulassen, was ohnehin negativ für ihn enden würde, wechselte er abermals das Thema. „Wie geht's weiter, Papa? Du hast doch bestimmt schon einen Plan", schmeichelte er. „Übrigens danke Papa, du bist echt der Beste. Im richtigen Moment bist du an der richtigen Stelle. Das musst du mir unbedingt beibringen. Wenn ich das Mama erzähle, wird sie ganz sicher mega stolz auf dich sein. Du bist der King! Yeah, Alter! Das bist du!"

Das half. Huberts Gesichtsfarbe normalisierte sich wieder. „Meinst du?"

Hanno nickte zustimmend. „Klar. Mama hat ja gesagt, also bevor sie in den Knast gegangen ist, dass du auf uns aufpassen sollst, sonst macht sie dir Feuer unterm Arsch."

Hubert drückte den Brustkorb raus. „Meine Hilde", schwärmte er. „Sie ist schon ein Prachtweib. Wirst schon sehen mein Junge, wenn wir sie mit dem Koffer voller Asche abholen, wird sie bestens gelaunt sein."

Geschafft. Der Alte ist nicht mehr zornig. Hanno war zufrieden.

„Wie geht's weiter Papi?"

„Als erstes ziehe ich mich um, dann packen wir alles zusammen und warten auf Heimo. Diese alten Weiber wollten uns eine Falle stellen. Sie haben sogar auf uns geballert."

Hanno konnte es nicht fassen. Während er hier vor Langeweile beinahe einging, hatten sein Bruder und sein Vater richtige Action. „Und ihr habt sie dann fertig gemacht?", fragte er voller Neid mit glühenden Augen. „Und Heimo verwischt gerade die Spuren? So wie im Krimi?"

Hubert schlüpfte aus den Schuhen und dem Hemd. Er betrachtete das Trägerunterhemd, sah, dass die feuchten Fladen auch hier Flecken hinterlassen hatten und zog auch dieses aus. „Nun, mein Sohn, so ähnlich haben wir es gemacht. Heimo war der Fahrer, ich habe den gefährlichen Teil übernommen. Als es mir gelungen war den Geldkoffer zu schnappen, lief ich sofort zum Fluchtwagen. Ich stand unter schwerem Beschuss, konnte aber den gezielten Schüssen ausweichen. Ich erreichte den Fiat, sprang rein und wir rasten los. Auf der waghalsigen Flucht gerieten wir in eine weitere Falle. Eine Straßensperre! Alles war dicht! Der Beschuss nahm zu. Es hat plötzlich überall geknallt. Ich dachte echt, wir kommen da nicht mehr raus. Das war wie im Krieg."

Hanno hing wie gebannt an den Lippen seines Vaters. „Krass, Alter! Erzähl schon, was ist dann passiert?"

Hubert verschönte sein Erlebnis weiterhin und stellte sich dabei heldenhaft in den Mittelpunkt. „Wir haben uns unter Lebensgefahr aus dem Wagen befreit. Ich habe Heimo exakte Anweisungen gegeben, wie er gefahrlos verschwinden kann. Dann habe ich den ungleichen Kampf aufgenommen."

„Echt? Wie denn?"

„Ganz einfach. Ich habe den Geldkoffer geschnappt, auf mich aufmerksam gemacht und damit das Feuer auf mich gelenkt. So konnte Heimo mühelos fliehen."

Hanno wusste, er würde mindestens genauso cool werden wie sein Vater. „Und du? Wie bist du aus der Falle rausgekommen?"

„Wie schon erwähnt, ich stand unter schwerem Beschuss. Überall knallte und krachte es. Die dachten, ich sitze in der Falle, denn da war ja nicht nur die Straßensperre, sondern sie hatten den einzigen Fluchtweg, der mir noch blieb, mit Stromkabeln versperrt."

„Boah, das wird ja immer krasser!"

„Einmal hätte es mich fast erwischt. Der Stromschlag war schon zu spüren, aber in diesem Moment habe ich mich auf meine Sportlichkeit verlassen und bin wie beim Hürdenlauf über diese lebensgefährliche Barriere gesprungen, um sogleich der nächsten Falle gegenüber zu stehen."

„Alter!", stieß Hanno aus. „Das ist spannender als ein *Blockbuster* in der Glotze. Was haben die noch gegen euch eingesetzt?"

„Wilde Stiere! Du kennst doch diese spanischen Stierkämpfe."

Hanno überlegte kurz und nickte schließlich.

„Ich stand einer ganzen Horde solcher Monster-Stiere gegenüber und musste mich durchkämpfen. Dabei war mal ich oben, mal ein Stier. Ich habe die Hörner gepackt und gekämpft wie ein Löwe. Bei diesem Kampf auf Leben und Tod habe ich mich etwas beschmutzt. Aber das ist mir egal. Ich habe gewonnen, wie du siehst."

Hanno saugte jedes Wort seines Vaters auf, der die Geldübergabe und seine Flucht äußerst verzerrt darstellte. Er war schon auf Heimos Geschichte gespannt. Diese würde zwar nicht so cool sein wie die ihres Papas, aber bestimmt auch sehr interessant.

Während Hubert Hansen sich so gut es ging mit kaltem Wasser Hände, Gesicht und Oberkörper wusch, schmückte er seine Geschichte weiter aus. Er bediente sich der zahlreichen Filme, die er kannte, klaute deren Storys und baute sie ein. Erst als er - zwar noch übel riechend, aber immerhin mit frischer Kleidung - vor Hanno stand, beendete er die Geschichte mit: „Als ich den Schuss hörte, stürmte ich sofort ins Gebäude. Und jetzt haben wir die ganze Kohle und immer noch die beiden Clowns als Geiseln."

„Du bist ein absoluter Profi, Papa!", strahlte Hanno, fuhr mit der Hand über die zwischenzeitlich enorm angewachsene Beule und fragte: „Und wie geht's jetzt weiter?"

„Das sage ich dir gleich", antwortete Hubert und holte den Aktenkoffer, der immer noch im Flur stand. Er säuberte ihn mit einem feuchten Lappen und legte ihn anschließend auf den Esstisch der kleinen Küche.

„Da drin ist unsere Zukunft. Wir werden packen und sobald Heimo hier ist, hauen wir ab in die Karibik."

Hanno deutete zur Tür. „Und die beiden Gefangenen?"

Hubert lachte. „Die nehmen wir natürlich mit. Das ist unser Pfand. Solange wir sie in unserer Gewalt haben, lassen uns diese verrückten Bauernweiber in Ruhe."

„Fliegen wir gleich in die Karibik und nehmen die Geiseln mit?"

„Dummkopf! Natürlich nicht. Wir fahren in die nächste Stadt, klauen uns ein neues Auto und stellen den Lieferwagen mit den Clowns ab. Dann rufen wir die Bullen."

„Wir stellen uns denen freiwillig? Ist das nicht gefährlich für uns? Ich meine wegen Knast und so."

Hubert bekam wieder etwas Farbe ins Gesicht. „Stell nicht immer solche dummen Zwischenfragen. Natürlich stellen wir uns nicht den Bullen. Im Gegenteil! Wir liefern die beiden Clowns den Bullen aus."

Der junge Hansen kratze sich fragend am Hinterkopf. „Verstehe ich nicht. Das sind unsere Gefangenen. An wen sollen wir sie denn verpfeifen?"

Hubert überlegte, was bei der Erziehung seiner Söhne schiefgelaufen war. Er wollte sie zu ehrbaren Verbrechern erziehen, die in der Lage waren, solche Dinger ohne ihn zu drehen. Er war beinahe am Verzweifeln. „Schon vergessen?", fragte er und schob die richtige Antwort gleich hinterher. „Das sind Bankräuber! Die Bullen werden eine Weile damit beschäftigt sein und ein Großaufgebot dorthin schicken. Das bedeutet, dass wir in aller Ruhe verschwinden können."

Hanno klatschte vor Begeisterung in die Hände. „Klar, jetzt verstehe ich. Und die Bauernweiber jagen dann die Bullen, um die beiden Clowns zu befreien, während wir mit dem Koffer voller Moneten verschwinden."

Hubert gab es auf. „Ja, so ähnlich wird es ablaufen!"

Oma Huber und Else Gruber hatten einen Schlachtplan ausgetüftelt und ihn anschließend ihrer Stammtisch-Truppe präsentiert. Sie waren bereit, die finale Rettungsaktion durchzuführen, um die beiden Mitbewohner ihres Kräuterjungen zu befreien. Die benötigten Informationen wurden von Heimo Hansen nur so herausgesprudelt. Eine letzte Gesundheits-Pfeife machte die Runde und wer nicht rauchen wollte, knabberte einen kleinen Spezialkeks.

Die Befreiungs-Armee der älteren Damen war für den Generalangriff gerüstet. Sie hatten sich dazu entschlossen, den gefangenen Erpresser im Hühnerstall von Alfons einzuschließen. Vor diesem, besser gesagt vor dessen monotoner Redegewalt, hatte er gehörigen Respekt. Entsprechend wurde dies genutzt. „Wenn Sie uns angelogen haben und wir auf Widerstand stoßen, werden wir es nicht rechtzeitig zurückschaffen, um Sie hier rauszuholen", warnten sie Heimo.

Verängstigte Blicke. „Wie meinen Sie das?"

„Ganz einfach. Wenn wir aufgehalten werden und es nicht schaffen vor der Fütterungszeit wieder hier zu sein, wird die nächste Person, die hier hereinkommt, niemand anderes sein als Alfons."

„Ich habe nichts verschwiegen. Sie müssen es schaffen", stieß Heimo Hansen panisch aus.

Else legte ihren Zeigefinger an den Mund. „Pssst", hauchte sie. „Wenn Alfons auch nur das kleinste Geräusch hört, wird er sofort in seinen Hühnerstall stürmen. Möchten Sie das?"

„Nein", flüsterte Heimo.

„Dann würde ich an Ihrer Stelle auch nicht um Hilfe rufen", empfahl die Gruberin.

Heimo Hansen nickte. Seine Augen waren bei dem Wort *Alfons* weit aufgerissen. Pure Angst war ihm anzusehen. „Ich werde keinen Mucks machen. Versprochen! Aber bitte, bitte kommen Sie zurück, bevor dieser Kerl seine Hühner füttert!"

Else Gruber zwinkerte. „Wenn alles reibungslos verläuft, schaffen wir es."

Zehn Minuten später klatschte Oma Huber in die Hände. „Aufsitzen, Mädels! Es geht los! Wir greifen an!" Aufgeputscht und entsprechend euphorisch, startete sie den Motor des Traktors. Beim ersten Mal stotterte die alte Maschine, beim zweiten Versuch hustete der Motor etwas kräftiger und beim dritten Anlauf sprang der Oldtimer-Traktor an. Brummend und kraftvoll tuckerte der Motor.

Auf den Notsitzen der leicht angerosteten Kotflügel nahmen Torsten und Else Platz. Ihre Mitstreiter stiegen auf den Hänger und machten es sich dort bequem. Torsten hatte auf Anraten von Else noch frische Wäsche für seine Freunde zusammengesucht und in eine kleine Reisetasche gepackt. „Mit den Kostümen fallen sie auf wie bunte Hunde", hatte sie gesagt.

Wären die Frauen nicht bis an die Zähne mit einer Schrotflinte, einem Dreschflegel und zwei Mistgabeln, einem Abschleppseil, zwei Zangen und einem großen Schraubenzieher sowie Rosis Jagdgewehr bewaffnet, hätte man an einen lustigen Betriebsausflug denken können. Vor allem, weil Erna Schmachtinger das Lied: *Hoch auf dem gelben Wagen* anstimmte und alle, bis auf Torsten, der den Song noch nie gehört hatte, mitsangen.

Torsten wunderte sich. „Der Wagen ist doch grün", sagte er zu Oma Huber, die das Lenkrad kraftvoll herumkurbelte. „Oder zumindest war er mal grün. Die Farbe ist schon etwas abgeblättert."

Oma Huber liebte den Traktor. „Der alte Kumpel hier hat uns jahrzehntelang gedient. Das ist ein *Fendt Farmer 1*, Baujahr 1959. Das Teil hat einen luftgekühlten Zweizylinder-Viertakt-Reihen-Direkteinpritz-Dieselmotor von MWM, Typ AKD 112 Z, mit 1810 cm³ Hubraum, hängende Ventile, dreifach-gelagerte Kurbelwelle, Druckumlauf-schmierung, Bosch-Einspritzsystem, MWM-Fliehkraftregler und Axial-Kühlgebläse. Seine 25 PS lassen ihn fast 20 km/h schnell laufen. Und mein guter alter Fendt läuft und läuft und läuft. Da darf er ruhig etwas Farbe verlieren."

Ernas Stimme dröhnte: „.... sitz ich beim Schwager vorn. Vorwärts die Rosse traben, lustig schmettert das Horn ..."

Oma Huber trällerte jetzt mit, wuchtete schwungvoll den nächsten Gang ein und bog von der Hauptstraße ab. Sie nahm querfeldein eine Abkürzung, die abseits der befestigten Straße direkt zum Steinbruch führte.

Torsten hatte von dem technischen Zeug gar nichts verstanden. Beim *luftgekühlten Zweizylinder* war er bereits gedanklich ausgestiegen. Alles, was hängen blieb, war *Baujahr 1959*. Hierzu meinte er: „Wow, Baujahr 1959. Seit ihr gleich alt?"

Die Bäuerin stellte das Singen wieder ein und zwinkerte. „Eine Dame verrät ihr Alter nie."

Die Gruberin lachte: „Man ist immer so alt, wie man sich fühlt und im Moment fühle ich mich wie 17!"

Das war das Stichwort für Erna. Das Lied vom *gelben Wagen* war zu Ende, sofort wurde ein neuer Schlager angestimmt: „17 Jahr, blondes Haar ..."

Textunsicherheit machte sich breit. Es folgte: „Mit 17 hat man noch Träume ...", doch auch hier versagte der Chor bereits nach der ersten Strophe.

Die nächste Steilvorlage der gesungenen Oldie-Hitparade gab Torsten, der den Kopf in den mäßigen Fahrtwind steckte und die bezaubernde Landschaft genoss. „Gibt's hier eigentlich nur Kuhweiden oder auch Kornfelder?"

Erna klatschte in die Hände. „Mädels, unser Lied von Onkel Jürgen. Wisst ihr noch? Damals ... 1976, als der Hit in den Schlagern der Woche lief?"

„Jaaaaa", kam es beinahe kreischend und die ganze Crew begann zu singen.

„Ein Bett im Kornfeld, das ist immer frei, denn es ist Sommer, und was ist schon dabei ..."

Zwei Lieder später hielt Oma Huber den Fendt an. Nach und nach verstummte der Damenchor. Sie hatten die Zufahrtsstraße zum alten Steinbruch erreicht. Der Motor schnurrte im Leerlauf, Traktor und Hänger ruckelten leicht. Torstens Hintern schmerzte ein wenig, da der Sitz so gut wie null Polsterung hatte und die Strecke mehr als holprig war. Er überlegte, ob er bei der Rückfahrt lieber hinten auf dem Anhänger mitfahren sollte.

Oma Huber zeigte nach vorn. „Wir sind da. Dort ist der alte Steinbruch!"

Schlagartig wurden alle ernst. Erna erhob sich ein wenig und lugte nach vorn. „Ich weiß nicht, Mädels, soll ich nicht doch lieber meinen Sohn ..."

„Nein!", kam es von allen Seiten.

Sie zuckte mit den Schultern. „Na gut, ich meinte ja nur."

Die Gruberin beobachtete durch das Fernglas die Zufahrtsstraße und das Tor. „Nichts zu erkennen. Die Straße ist frei und das Tor geschlossen."

„Wie wollen wir vorgehen?", fragte Klara.

Oma Huber ballte eine Hand zur Faust und streckte den Arm nach oben. „Wie wir vorgehen sollen? Wir greifen frontal an und zwar mit Vollgas! Attacke! An die Waffen Mädels, wir stürmen die Burg dieser Verbrecher und befreien unsere Freunde."

Zeitgleich mit dem Schlachtruf, wuchtete Oma Huber den ersten Gang ein, drückte aufs Gaspedal und holte aus dem alten Diesel-Motor alles raus, was in der Maschine steckte. Die Kolben ratterten, der Oldtimer ruckelte, nahm Fahrt auf und rollte auf das verschlossene Tor zu. Zurück blieb eine dicke Abgaswolke, die in der flirrenden Sommerluft waberte und sich nur langsam schleierhaft verzog. Sie waren gerüstet und bereit, ihre Freunde aus der Gefangenschaft zu befreien.

Torsten klammerte sich an der metallenen Halterung fest. „Das Tor scheint geschlossen zu sein", brüllte er, um das laute Motorengeräusch zu übertönen.

Else ahnte, was ihre Freundin vor hatte und klammerte sich ebenfalls fest. Sie drehte sich nach hinten um. „Mädels, festhalten, wir rammen das Tor!"

Torsten riss die Augen weit auf. „Oma Huber, was hast du vor?"

Der höchste Gang war eingelegt. Die kampflustige Bäuerin hielt das Lenkrad fest in ihren Händen. Das Gaspedal war durchgedrückt. Ihr Blick ruhte auf dem Tor. „Stahlrahmen, Maschendrahtgeflecht, marode Betonsockel. Ladies, das wuchten wir problemlos um!"

Aus dem Anhänger hörte Torsten Jubelrufe. Erna Schmachtinger hatte wohl etwas zu viel von den Kräutern zu sich genommen. Sie stellte sich hin und hob die geballten Fäuste in die Höhe. Für einen Moment sah sie aus wie die auf dem Gemälde des Malers Eugène Delacroix dargestellte fahnenschwingende Frau während der französischen Julirevolution von 1830. Kaum jemand, der nicht kunstbewandert ist, kennt den Namen des Malers. Das Gemälde jedoch kennt jeder.

Der mäßige Fahrtwind spielte ein wenig mit den langen grauen Haaren der Mutter des Polizeichefs. Sie öffnete ihren Mund und begann wieder zu singen: „Auf in den Kampf Torero!"

Klara schnappte sich eine der beiden Mistgabeln. Anna Schwinghofer griff nach dem alten Dreschflegel. „Euch werden wir die Hammelbeine langziehen!", schmetterte sie.

Torsten begann zu zittern. Das gefährlichste Unternehmen in seinem Leben bisher war, auf dem Münchner Oktoberfest einmal im Ketten-Karussell mitzufahren. Damals war er kreidebleich ausgestiegen und schwor sich, so etwas gefährliches nie wieder zu tun.

Autoscooter, geschweige denn eine Achterbahn oder all die anderen Fahrgeschäfte, betrachtete er als tödliche Folterwerkzeuge.

Und außergerechnet er, der Angsthase schlechthin, saß auf dem Kotflügel eines alten Traktors, der mit seiner Höchstgeschwindigkeit von 19,6 km/h auf ein verschlossenes Tor zusteuerte, um dieses zu rammen. „Äh, sollten wir nicht noch einmal über unsere Taktik diskutieren", schlug er hastig vor, doch niemand schien Bedenken zu haben. Es kam keine Reaktion. Sein Einwand ging komplett unter. „Okay, war nur so eine Idee", beantwortete er seine Frage selbst, schloss die Augen und klammerte sich so fest an die Halterung, dass das Weiße an den Knöcheln hervortrat.

„Juhuuuu!", jubelte Oma Huber. „Zeig was du kannst, mein alter Fendt!"

Torsten wäre am liebsten abgesprungen, doch das schien ihm noch gefährlicher zu sein als das Rammen des Tores. Sein Herz raste, sein Puls trommelte. Gänsehaut überzog seinen Körper. Er erwartete einen gewaltigen Aufprall und rechnete damit vom Traktor geschleudert zu werden. Waren die Stammtisch-Frauen nur verrückt oder auch lebensmüde?

Ich muss wohl etwas an meiner Kräutermischung falsch gemacht haben, schoss es ihm durch den Kopf.

Seine Augen waren immer noch geschlossen, doch er wusste, dass es gleich fürchterlich krachen und poltern würde. Das Kreischen und Jubeln der Frauen verriet es ihm. Es hörte sich an wie das lustige Gekreische durchgeknallter Oktoberfestbesucherinnen, die auf der Achterbahn gerade in den Looping rasten. Torsten ließ sich anstecken, öffnete den Mund und brüllte laut: „Aaaaaah!"

Er wagte es sogar zu blinzeln, erkannte, dass das Tor zum Greifen nah war, spürte einen eher leichten Stoß und hörte ein fürchterliches Scheppern, Rasseln und Schleifen. Das Tor wurde aus den Angeln gehoben und zu Boden geschleudert. Es knirschte unter den Rädern des Traktors, als dieser darüber rollte. Torstens Körper wurde bei der gesamten Aktion etwas hoch und runter gewuchtet. Er öffnete die Augen. „Wir sind durch! Wir haben es geschafft", rief er und riss die Arme nach oben. „Jaaaaa! Ich bin ein Held!"

Oma Huber kniff die Augen zusammen. „Wir sind drin Mädels! Äußerste Vorsicht. Sobald ich anhalte, schwärmen wir aus und stürmen das Wirtschaftsgebäude. Wenn diese Pfeife von Entführer nicht gelogen hat, werden dort Erich und Willi festgehalten."

Sie lenkte den Fendt in Richtung des ehemaligen Bürotrakts.

„Fahr schneller", forderte Else. „Vor dem Haus parkt ein weißer Lieferkastenwagen. Ich vermute, damit wollen sie türmen!"

Oma Huber visierte den Kastenwagen an. „Torsten, reich mir die Schrotflinte."

Der überwundene Angstanflug kam zurück. Torsten sah Oma Huber an, blickte zum Gewehr, zum Kastenwagen und wieder zu Oma Huber. „Was willst du damit machen?"

Sie lachte. „Ha, ha. Das macht mir gerade mächtig Spaß. Kennt ihr noch die alten Westernfilme? Die Kutsche rast durch die Prärie, wird überfallen und der Kutscher und sein Beifahrer ballern wie verrückt."

„Klar", antwortete Else.

„Genauso fühle ich mich!"

Torsten zögerte. „Solltest du nicht beide Hände am Lenkrad lassen?"

„Her mit der Flinte!"

Else stieß einen Warnruf aus: „Achtung!"

Torsten hatte sich bereits gebückt, um nach dem Schrotgewehr zu greifen. Er war hypernervös und hatte entsprechend feuchte Hände. Als er der Fahrerin die Flinte reichen wollte, stieg diese abrupt auf die Bremse. „Festhalten, wir zerstören den Fluchtwagen."

Der Fendt ruckelte nach vorn und klatschte frontal gegen den Lieferwagen. Das Crash-Geräusch erinnerte Torsten an brechendes Plastik. Beim Aufprall wurden er, Oma Huber und Else Gruber von den Sitzen gehoben, um unsanft wieder auf ihren Hintern zu landen.

„Autsch!"

„Wow!"

„Ahhhh!", waren die Kommentare.

Die Mädels auf dem Anhänger ließen ihre Waffen los, kreischten noch lauter als zuvor und versuchten irgendwo Halt zu finden. Das Schrotgewehr rutschte aus Torstens Hand, schlug einmal auf und fiel vom Traktor. „Mist!", brüllte er.

Oma Huber riss jubelnd die Fäuste nach oben. „Ja! Mission erfüllt!"

Hubert Hansen hatte sich umgezogen. Sein Bauchgefühl sagte ihm, dass sie verschwinden mussten. Er roch die drohende Gefahr förmlich. „Junge, wir packen zusammen und verschwinden von hier. Ich traue der ganzen Sache nicht mehr."

Hanno war etwas verwundert. „Warum denn, Papa? Du hast doch gesagt, dass wir hier komplett sicher sind."

Hubert ging zur Tür. „Weil dein Bruder noch nicht hier ist!" Er öffnete die Tür und ging nach draußen. Ein sichernder Blick folgte. „Noch ist die Luft rein. Ich hole die geklaute Karre aus der Halle, dann laden wir ein."

Das Packen war schnell erledigt. Das gesamte Hab und Gut der Hansens passte in zwei Reisetaschen. Jeder besaß drei Unterhosen, drei

T-Shirts, zwei Hemden, zwei Paar Socken und zwei Hosen. Mehr brauchten sie nicht. Zumindest, während Mama Hansen im Knast saß.

Als Hanno mit dem Packen fertig war, verstaute er die Taschen im Kastenwagen. Zurück im Bürogebäude hakte er nach. „Aber du hast gesagt, dass Heimo hierher kommt. Warum hauen wir vorher ab?"

Hubert Hansen saß in der Küche. Der Aktenkoffer mit dem Geld lag auf dem Tisch. Die Finger des Verbrechers trommelten melodisch über das Leder. „Was ist, wenn sie ihn geschnappt und die Bullen verständigt haben und die mit Spezialkommandos hierherkommen?"

Hanno kratzte sich fragend am Hinterkopf. „Alter! Das wäre mega krass, wenn diese alten Omas ihn geschnappt hätten. Ey, Alter, wenn diese Rentnerinnen und der Lauch hierher kommen, um den Fettsack und den anderen Lauch zu befreien, werde ich echt aggro! Papa, wenn die Bullen angreifen, brauchen wir einen Plan!"

Hubert stand auf. „Mach dir keine Sorgen, ich kümmere mich darum! Und pass gut auf, von mir kannst du was lernen."

Hanno wollte gerade antworten, als ein lautes Motorengeräusch zu hören war. „Was ist das?"

Beide gingen zum Fenster. „Das glaube ich nicht", stieß Hubert Hansen aus. „Die alten Weiber und der Lauch!"

Hanno starrte gebannt auf das Szenario. „Papa, was machen die da? Die Alte vergisst zu bremsen. Ey, die kann doch nicht ..."

In diesem Moment rammte der Fendt das Tor.

Crash – schepper

„Los, Junge, hol die Geiseln. Sie sollen die Flossen heben und vor die Tür gehen. Nimm die Knarre! Und pass bloß auf!"

Crash – knirsch

„Mein Fluchtwagen!", jammerte Hubert, als der Fendt gegen den Lieferwagen krachte. Sein Plan platzte wie eine Seifenblase. Wutentbrannt hetzte er zur Tür. Ihm folgten Hanno und die beiden Geiseln. Der jüngste Hansen richtete bedrohlich den Revolver auf Erich und Willi, die ihre Hände hoch hoben. Alle traten ins Freie.

„Das gibt mindestens zwei dicke blaue Flecken am Hinterteil", jammerte Else und stieg vom Traktor.

Torsten war froh, dass er noch am Leben war. „Hast du das Auto nicht gesehen?", zischte er Oma Huber gleichzeitig wütend, überrascht und besorgt entgegen.

Die Mädels auf dem Anhänger schimpften ebenfalls, begannen aber aufgrund der Wirkung ihrer eingenommenen Kräutermedizin gleich wieder zu kichern. Sie schnappten sich ihre Waffen und stiegen ab.

Oma Huber stieg vom Traktor, ging nach vorn und betrachtete den Schaden. Dann stemmte sie die Hände in die Hüften und meinte: „Knockout durch Fendt in der ersten Runde. Mein Oldie ist unversehrt, der andere hat einen Totalschaden. Zumindest ist er nicht mehr fahrbereit."

Die brummbärige Stimme des Mannes klang alles andere als freundlich. „Ihr schon wieder!" Es folgte ein langer, undefinierbarer Fluch, der mit: „... ihr habt meinen Fluchtwagen zerstört!", endete.

„Waffen raus und ausschwärmen!", befahl Oma Huber reaktionsschnell, drehte sich um und fragte Torsten: „Wo ist meine Flinte?"

Er deutete nach hinten. „Irgendwo dort auf dem Boden."

„Alle die Hände hochheben!", forderte Hubert Hansen.

Vor ihm hatte sich eine Front aus Frauen gebildet. Alle sieben standen geschlossen und kampfbereit in einer Reihe. Klara und Erna hielten Mistgabeln in ihren Händen. Die Spitzen zeigten drohend nach vorn. Anna hielt schlagbereit den Dreschflegel hoch. Uschi schwang das Abschleppseil in ihren Händen, dessen metallenes Ende sie als ritterlichen Morgenstern betrachtete.

Rosi repetierte das Jagdgewehr, Else zückte den Schreckschussrevolver und Oma Huber ballte die Fäuste, da ihre Schrotflinte nicht greifbar war. Torsten stand nur so da und zitterte vor lauter Aufregung.

„Ich würde vorschlagen, du hebst die Hände hoch, du Mafiosi!", konterte Oma Huber.

„Ihr habt wohl vergessen, dass ich Batman und Robin in meiner Gewalt habe", lachte Hansen und gab seinem Sohn ein Zeichen.

Hanno schob daraufhin Erich und Willi in die erste Reihe. Beide hielten immer noch ihre Hände nach oben. Um der Drohung Nachdruck zu verleihen, spannte der Geiselnehmer den Hahn seines Revolvers. Das Klicken hörte sich extrem bedrohlich an.

„Und jetzt? Immer noch so 'ne große Klappe?", grinse Hubert fies.

Rosi senkte den Lauf des Gewehrs. Oma Huber schimpfte: „Wenn ich meine Flinte hätte, würde ich in diesem Moment abdrücken!"

„Hast du aber nicht, du verrückter Bauerntrampel!", entgegnete Hanno.

„Was bin ich?"

„Ein Bauerntrampel!", lachte Hanno.

„Das ist aber unhöflich", sagte Torsten.

Oma Huber brodelte vor Wut. Das war eine bodenlose Frechheit. Sie machte einen Schritt nach vorn. „Na warte, Freundchen!"

Hanno gab einen Warnschuss in die Luft ab.

Peng

Sofort war die Situation wie eingefroren. Sogar Hubert war erschrocken. Der Lauf des Revolvers zeigte wieder auf Erich und Willi. „Noch so eine Drohung und ich mach Schweizer Käse aus euren Freunden!"

Erich schüttelte den Kopf. „Schweizer Käse hat viele Löcher. Du hast einen Revolver. Der hat sechs Patronen in der Trommel. Eine hast du schon verballert. Also kannst du noch fünfmal schießen. Das reicht nicht für einen Schweizer Käse."

„Schnauuuuuze!", zischte Hubert Hansen aus.

Erich schwieg.

Else übernahm das Wort. Die Juristin versuchte, die fatale Lage durch Reden zu entschärfen. „Wie ich sehe, haben wir eine Patt-Situation. Ihr habt unsere Freunde als Geiseln, wir haben Ihren Sohn als Geisel. Lassen Sie uns verhandeln."

Hanno wendete sich seinem Vater zu. „Ey, die haben Heimo, deshalb ist er nicht hergekommen."

Hubert knirschte. „Er hat unser Versteck verraten. Sie müssen ihn schlimm gefoltert haben."

Else: „Was ist? Verhandeln wir?"

Hubert trat einen Schritt vor. „Ihr holt sofort Heimo her und lasst ihn frei. Dann hauen wir mit dem Geld und einer Geisel ab. Die lassen wir frei, sobald wir in Sicherheit sind."

Erich und Willi warfen sich Blicke zu. „Da ich unbedingt etwas essen muss, solltest vielleicht du mitfahren", meinte Erich.

Willi schüttelte den Kopf. „Ich denke, es ist besser, wenn du mitfährst, weil du ...", erst wollte er sagen, schwerer bist, und sie langsamer vorankommen würden, dann entschloss er sich für: „... weil du wie ein Polizist denkst und sie austricksen kannst."

Erich konnte nicht widersprechen. „Da ist etwas dran."

Hubert wurde es zu viel. „Wir entscheiden, wer unsere Geisel ist, nicht ihr."

„Das Geld bleibt hier!", rief Else.

„Bist du bescheuert? Du willst uns abzocken", fauchte Hanno.

Hubert überlegte. Ihm fiel die Warnung wieder ein, dass angeblich eine Sprengladung beim Öffnen des Koffers losgehen würde. „Moment!", sagte er. „Erstens stelle ich hier die Bedingungen. Zweitens möchte ich meinen Sohn Heimo sofort hier haben und drittens, werdet ihr jetzt den Koffer mit dem Geld öffnen, damit ich es in eine andere Tasche stecken kann. Ihr glaubt wohl, ich habe das mit der Bombe vergessen?", lachte er hämisch. „Also, der Dicke macht jetzt den Koffer auf", bestimmte er.

„Papa, wenn da eine Bombe drin ist, wird die ganze Kohle futsch sein", warnte Hanno.

„Keine Angst, mein Junge. Die bluffen nur!"

Hanno schmunzelte. „Du bist so clever!"

Hubert legte den Aktenkoffer auf die Erde. „Jetzt ist Schluss mit lustig! Dieser Batman-Clown macht den Koffer auf und ihr legt die Waffen nieder oder ich werde richtig ungemütlich. Und was das heißt, muss ich ja nicht sagen, oder?"

Nein, das musste er nicht. Ratlosigkeit machte sich in den Reihen der Befreiungsarmee breit. Zögerlich legten alle ihre Waffen ab.

Hubert nahm seinem Sohn den Revolver aus der Hand. „Jetzt sage ich wo es langgeht." Er deutete auf den unfallbeschädigten Kastenwagen. „Die Karre ist im Arsch. Eine von euch Tussis bringt jetzt meinen Sohn hierher und zwar mit 'nem ordentlichen Flitzer. Das wird unser neuer Fluchtwagen!"

Torsten nahm all seinen Mut zusammen. „Das ist nicht fair! Sie Sind ein ganz böser Mensch!"

Hubert rastete nun völlig aus. Er zeigte mit dem Lauf des Revolvers auf Torsten und spannte den Hahn. „Du erbärmlicher Lauch wagst es mir zu widersprechen? Du hast dich von Anfang an nicht an meine Anweisungen gehalten. Jetzt zahlst du dafür!"

Erich erkannte die Gefahr. Er fürchtete sich ohne Ende, aber noch mehr fürchtete er um das Leben seines Freundes. In seinem Inneren brodelte es, sein Magen rebellierte, die Knie wurden weich. Nur wegen ihm befand sich Torsten in Lebensgefahr. Das konnte er nicht zulassen. Für einen kleinen Moment funktionierte seine Selbstreflexion.

Ich bin fett, ich bin ein Feigling und ich bin ein Loser. Ich lüge mir oft in die eigene Tasche und trotzdem halten alle zu mir. Torsten hat mit seinen Freundinnen versucht, Willi und mich zu befreien und dafür sein Leben riskiert. Das ist das Schönste, das mir jemals passiert ist. Diese Menschen mögen mich und ich mag sie. Und jetzt bedroht dieser Verbrecher meine Freunde.

Erich schloss für ein paar Millisekunden die Augen. Etwas ging in ihm vor. Es war, als ob jemand einen Schalter umlegte. *Ich traue mich nicht, ich will es nicht, aber ich muss es tun*, gestand er sich ein und traf eine Entscheidung. Er trug das Kostüm von Batman und er wollte Polizist werden, also sollte er auch so handeln.

„Ich bin Batman und du wirst meinem Freund nicht weh tun!", brüllte er, ballte seine Hände zu Fäusten und holte aus. Hierbei traf er versehentlich mit dem Ellbogen das Kinn von Hanno Hansen, der hinter ihm stand. Hanno kippte um wie ein nasser Sack Zement und blieb benommen liegen. Erich bekam das gar nicht mit. Er hatte nur Hubert Hansen im Blickfeld. Alles andere um ihn herum war völlig verschwommen. Die Bewegung wirkte für alle Anwesenden eher plump und langsam, doch Erich selbst kam es vor, als flog er wie Batman blitzschnell durch die Luft. Er schwang seine Faust nach vorne und schob den voluminösen Körper nach. Hierbei stieß er einen langen, lauten Schrei aus: „Ahhhhhh!"

Der Rest war blanke Physik. $F = m \times a$, für Anti-Physiker: Kraft = Masse mal Beschleunigung. Erich hatte jede Menge Masse. Auch die Beschleunigung war einigermaßen okay und somit donnerte jede Menge Kraft auf Hubert Hansen zu.

Dieser war vollkommen perplex. Von diesen beiden Clowns hatte er keinen Widerstand erwartet. Er drehte sich blitzschnell um, sah seinen Sohn ausgeknockt am Boden liegen, riss den Revolver hoch, um auf Erich zu zielen, doch dann traf ihn dessen Faust mitten ins Gesicht.

Die Wucht von sich bewegenden 160 Kilo Lebendgewicht schlug so heftig ein, dass Hubert Hansen glaubte, ein Vorschlaghammer knallte gegen seinen Kopf. Englein tanzten, Sterne flimmerten, dann machte jemand das Licht aus. Es wurde dunkel. Hubert Hansen fiel um wie ein gefällter Baum.

„Knockout mit einem Schlag. Du hast mehr Schmackes in der Faust als mein Fendt im Ramm-Modus", jubilierte Oma Huber.

Erich keuchte. Er konnte es immer noch nicht fassen. Er hatte zum ersten Mal in seinem Leben zugeschlagen. In Notwehr natürlich, attestierte er sich selbst. Die Knie zitterten immer noch. Der Schuss aus dem Revolver war ausgeblieben. Ungläubig starrte das Schwergewicht auf seinen Gegner. „Ich habe ihn voll getroffen", stellte er fest. Dann betrachtete er seine Faust. Er öffnete sie und schüttelte die Hand. „Autsch, das tut weh. Ich befürchte, ich kann ein paar Wochen keinen Sport machen!"

Alle klatschten.

Else hob ihren Schreckschussrevolver auf und gab aus lauter Freude einen Schuss in die Luft ab. Eine Rakete zischte in den Himmel und explodierte. Lila, gelbe, grüne und rote Sterne tanzten herum und verglühten nach ihrem Farbschauspiel. „Uups, da habe ich wohl die Stern-Patronen geladen, die ich zu Silvester immer abfeuere."

Alle lachten.

„Batman! Du bist ein richtiger Stier", lobte Klara, ging zu Erich, klopfte auf dessen Schulter und flüsterte ihm ins Ohr: „Und ab jetzt bekommst du bei mir im Laden auch die alten Krapfen vom Vortag geschenkt."

Torsten war zu Tränen gerührt. „Du hättest dich für mich geopfert. Du bist ein wahrer Freund!"

Willi räusperte sich. „Ihr alle seid wahre Freunde. Ihr habt gemeinsam gegen diese Bande gekämpft, um uns zu befreien. Ich bin überwältigt vor Glück."

Erna hörte das Martinshorn der Polizei als erstes. „Das kenne ich von meinem Sohn", haspelte sie und rannte geistesgegenwärtig zum Traktor. Dort lagen noch die Klamotten von Erich und Willi. Sie grabschte danach und winkte die Freunde zu sich. „Umziehen! Aber sofort!"

Der erste von drei Streifenwagen preschte in den Hof des alten Steinbruchs. Erna Schmachtingers Sohn stieg aus und rannte auf die Menschengruppe zu. „Was ist hier los?"

„Junge, wir haben alles im Griff", antwortete Erna.

Der Polizist war mehr als verwundert, als er seiner Mutter und ihren Freundinnen gegenüber stand. „Mama? Was machst du denn hier?"

Die Mutter des Polizeichefs deutete auf die Uniform ihres Sohnes. „Du solltest diese Hose doch in die Wäsche geben. Da ist ein Fleck vom gestrigen Mittagessen drauf."

„Nicht jetzt, Mama", entgegnete der Polizeichef leise. Ihm war diese kleine Zurechtweisung etwas peinlich.

„Und rasiert hast du dich auch nicht."

„Mama, jetzt hör auf damit. Erkläre mir lieber, was hier los ist. In der Notrufzentrale gingen heute einige Anrufe ein, weil drüben beim Wald Schüsse gehört wurden. Wir waren mit ein paar Streifenwagen hier, konnten aber nichts feststellen. Ich wollte gerade die Fahndung einstellen, als wir die Raketenknaller am Himmel sahen." Der Polizeichef betrachtete die Gesamtsituation. „Dein ganzer Stammtisch ist versammelt. Jetzt raus mit der Sprache, was macht ihr hier?"

Else übernahm das Erklären. „Das sind gefährliche Verbrecher. Sie hatten Erich und Willi in ihrer Gewalt", begann sie und berichtete von der Entführung, Erpressung und von der Geldübergabe. Den Banküberfall und das Geldfälschen verschwieg sie. Ebenso erwähnte sie mit keinem Wort, weshalb alle Damen des Stammtischs so euphorisch und lustig waren.

Am Ende der Ausführung war der Polizeichef erstaunt. „Wenn ich euch nicht alle von klein auf kennen würde, würde ich glauben, ihr seid ein Haufe durchgeknallter, vollgekiffter Hippie-Girls aus den 60er-Jahren des letzten Jahrhunderts."

Hubert Hansen kam zu sich. Sein Kopf fühlte sich an, als wäre er gegen einen fahrenden Bus gelaufen. Man hatte ihm Handschellen angelegt. Er blickte auf eine blaue Uniform und ein gar nicht freundliches Gesicht. *Polizei!* Der Profi-Verbrecher stellte sich sofort auf die neue Situation ein. Der Bulle, der ihm gegenüberstand, hatte etwas zu sagen.

Auf seinen Schulterklappen waren viele Sterne zu sehen. Er war definitiv der Boss. „Gut, dass Sie hier sind, Herr Wachtmeister", sprudelte Hansen hervor, wurde aber jäh unterbrochen.

„Hubert Hansen. Ich nehme Sie fest. Geiselnahme, Erpressung, Banküberfall, Autodiebstahl und viele andere Delikte. Das reicht für eine lange Haftstrafe für Sie und Ihre Söhne."

Hansen mimte den Unschuldigen und lächelte. Es war wieder dieses hämische, schleimige Grinsen. „Langsam mein Freund, sonst begehen Sie den größten Fehler Ihres Lebens", sagte er und deutete mit beiden gefesselten Händen auf Erich und Willi. „Diese beiden dort, sind die Bankräuber. Sie stecken mit den alten Weibern unter einer Decke. Sie haben auch meinen Sohn Heimo entführt und wollten uns erpressen. Ich habe meine gesamten Ersparnisse zusammengekratzt und in diesen Aktenkoffer gesteckt, um das Lösegeld zu bezahlen."

Else Gruber schob sich nach vorn. „Sie wollen also allen Ernstes behaupten, dieser Aktenkoffer und dessen gesamter Inhalt gehören Ihnen?"

Hubert nickte. „Selbstverständlich. Fragen Sie doch meinen Sohn!"

Hanno nickte wie wild. „Das ist unser Koffer. Da hat Papa unser ganzes Geld drin."

„Aha", sagte der Polizist. „Ich darf mich kurz vorstellen. Mein Name ist Schmachtinger. Ich bin der Polizeichef und ich habe die Kleidung der Bankräuber in dem von Ihnen gestohlenen Lieferwagen gefunden. Zudem konnte ich in Ihrer Brieftasche exakt zwei Hunderteuroscheine auffinden, die während des Bankraubes einer alten Dame weggenommen worden waren."

Hubert lachte. „Woher wollen Sie wissen, dass es das Geld dieser Alten ist?"

„Ganz einfach, ihr Enkel hat jeweils ein Herzchen drauf gemalt! Zudem wurde von einem Zeugen dieser als gestohlen gemeldete Lieferwagen als Fluchtfahrzeug identifiziert. Und dieser Zeuge hat gesehen, dass ein älterer Herr die Tasche mit der Beute an sich genommen hat, während Batman und Robin in genau dieses Fahrzeug zugestiegen sind."

„Bullshit!", entgegnete Hubert Hansen. „Ich habe so viel Geld, ich muss keine Bank ausrauben."

„Sie meinen das Geld in dem Aktenkoffer?"

„Ja! Mein Koffer und mein Geld!"

„Öffnen Sie ihn bitte!", forderte der Polizist.

Hubert wurde nervös. Er war sich immer noch nicht sicher, ob nicht doch eine Sprengfalle eingebaut war. „Es ist besser, Sie öffnen den Aktenkoffer."

Torsten räusperte sich. „Die Kombination lautet 123 321. Das hat er seinem Sohn gesagt. Ich habe es gehört."

Hubert bestätigte es und kam sich dabei äußerst schlau vor. „Ja, das ist die Kombination."

Der Koffer wurde geöffnet. Der Polizist staunte nicht schlecht, als er den Deckel anhob und auf die Geldbündel starrte. „Und das ist wirklich Ihr Koffer und Ihr Geld?"

„Absolut. Ich schwöre es!"

„Gut, dann erweitert sich die Anklage auf den Besitz von Falschgeld. Das sind lauter Blüten! Gute Farbkopien, aber dennoch als Falschgeld zu erkennen."

Hansen begriff, dass er gelinkt wurde. Seine Gesichtsfarbe wechselte von kreidebleich zu purpurrot. „Neiiiiiiin! Ihr habt mich reingelegt!", plärrte er. „Das ist nicht mein Koffer! Er gehört diesen dummen alten Omas."

Der Polizeichef machte eine Handbewegung, woraufhin zwei seiner Leute Hubert an den Armen packten. „Bringt ihn aufs Revier. Die Beweislage ist eindeutig. Diese Bande wird für viele Jahre ins Gefängnis wandern."

Ein Polizist funkte, kam zu seinem Chef und sagte ihm etwas. Dieser wendete sich anschließend der Frauen-Stammtisch-Runde zu. „Den Kerl, den ihr bei Alfons im Hühnerstall eingesperrt habt, haben meine Leute gefunden und festgenommen", informierte er und wandte sich seiner Mutter zu. „Mama, was habt ihr eigentlich mit ihm gemacht? Mir wurde berichtet, dass er völlig verängstigt und verstört war."

Erna schmunzelte. „Nichts. Er hat sich nur mit Alfons unterhalten."

Der Polizeichef nahm es zur Kenntnis. „Wir haben uns übrigens auch im Haus von Willi, Torsten und Erich umgesehen und dort den Erpresserbrief gefunden. Die Beweislage gegen die Hansen-Bande ist erdrückend."

Der ganze Stammtisch sowie die drei Freunde erstarrten augenblicklich. Lediglich Oma Huber blieb locker. Die Stunde der Wahrheit war gekommen. Haben die Polizisten das Hanffeld entdeckt?

„Habt ihr sonst noch etwas gefunden? Zum Beispiel im Garten?", hakte Erna Schmachtinger mit gemischten Gefühlen nach.

Achselzucken. „Was hätten wir dort finden sollen?"

Erleichterung und Schmunzeln. „Das war nur eine Frage."

Er wendete sich Torsten zu. „Übrigens, schöner Garten. Und scheinbar eine gute Nachbarschaft. Bauer Huber war gerade dabei ihr kleines Feld umzupflügen, als wir dort waren. Er sagte zu meinen Kollegen, dass Oma Huber ihn darum gebeten hat, weil Sie Kartoffeln anbauen möchten."

Alle atmeten auf. Else legte ihre Hand auf Oma Hubers Schulter. „Du bist und bleibst die Beste."

Oma Huber beugte sich vor und flüsterte. „Wir sollten das mit den Kräutern mal überdenken und uns das doch lieber von einem Arzt verschreiben lassen, um es in einer Apotheke zu kaufen. Was meint ihr dazu?"

„Eine gute Idee!"

Der Polizist musterte Erichs Statur und sprach ihn an. „Sie haben Hansen niedergeschlagen?"

Erich hob stolz den Kopf. „Ja. Ich bin ja sozusagen fast ein Kollege und musste handeln, um Schlimmeres zu vermeiden."

„Das haben Sie gut gemacht. Übrigens, für die Ergreifung der Hansen-Bande ist eine Belohnung von 10.000 Euro ausgesetzt. Die haben Sie sich alle zusammen absolut verdient."

Torsten sprang in die Luft. „Wir sind reich!"

Willi träumte von seiner Werkstatt. „Wir haben es geschafft!"

Die Damen kreischten. „Das gibt einen mega Ausflug nach Malle!"

Als sie später alle zusammen auf dem Fendt saßen und nach Hause fuhren, griff Torsten in seine Hosentasche und zog ein paar Pflanzensamen heraus. „Schaut mal, was ich noch im Schuppen gefunden habe. Samen für einen bolivianischen Coca-Strauch, meint Ihr ich soll …"

Im Chor kam es „NEIIIIIIIN!"

Noch ein Buch von M. J. Wallenda

Freunde mit Biss

Verlag: Books on Demand
Auflage: 2 (4. Oktober 2018)
316 Seiten

€ 12,90 Softcover-Version
ISBN-10: 9783752823783

€ 19,99 Hardcover-Version
ISBN: 978-3-7322-5472-9

Der 16-jährige James Allington zieht mit seinen Eltern in die vermeintlich ruhige Kleinstadt Greenfield in Massachusetts/USA. Kaum angekommen, wird der Teenager Zeuge eines Verbrechens und nach und nach in einen Sumpf mysteriöser Dinge gezogen.

James findet heraus, dass er mitten unter Vampiren und Werwölfen lebt. Auch seine neuen Freunde Riley, Kieran und Cassie hüten dunkle Geheimnisse. Die Teenager müssen einander vertrauen, um einen alten Fluch zu bannen, sonst stirbt Riley. Es beginnt ein ungleicher Kampf gegen einen mächtigen Gegner und gegen die Zeit.

Der Roman *Freunde mit Biss* ist ein extrem spannender Fantasy-Abenteuerthriller mit etwas Herz und einem guten Schuss Humor und bietet beste Unterhaltung.

Bücher von Wolfgang Wallenda

Heimatkrimi
Der Tod kommt aus dem
Jenseits
regional - humorvoll – spannend

Wolfgang Wallenda

Verlag: Books on Demand, 2020,
ISBN-13: 9783751981576

Paperback: 284 Seiten, € 9,99

E-Book: € 4,99

„Der Tod kommt aus dem Jenseits" ist ein schräg-lockerer Heimatkrimi, der von der ersten bis zur letzten Seite subtile Spannung bietet und die Leser abwechselnd mit Thrill und Comedy
an sich fesselt.

Ein grandioses Lesevergnügen, nicht nur Krimi-Fans.

Stalingrad im Fadenkreuz

-

Das Duell der Scharfschützen

Wolfgang Wallenda

Verlag: Books on Demand, 2020
ISBN-13: 9783752897289
352 Seiten
Paperback: €12,99
E-Book: € 6,99
Hardcover: € 21,99

Diese Geschichte basiert auf der Legende des Duells zwischen dem zum Helden Stalingrads deklarierten russischen Scharfschützen Wassili Grigorjewitsch Saizew und der wohl fiktiven Person des deutschen Scharfschützen-Ausbilders Major Erwin König.

Düster, kalt und ohne Pathos wird sowohl das Schicksal der in Stalingrad kämpfenden Soldaten als auch über das der zwangsweise in der Stadt verbliebenen russischen Zivilbevölkerung aufgezeigt.

Während der menschenverachtenden und an Brutalität nicht zu überbietenden Schlacht, streifen deutsche und russische Scharfschützen wie Todesengel durch die Ruinen und verbreiten zusätzlich Angst und Schrecken. Unter ihnen befindet sich der deutsche Major Erwin König. Getrieben von Rache, jagt er die russische Scharfschützen-Legende Wassili Saizew.

Ein fesselnder Anti-Kriegsroman, der schonungslos die Schrecken der Schlacht um Stalingrad widerspiegelt.

Der Scharfschütze von Stalingrad

Books on Demand, ISBN: 978-3-7448-9455-5, 2017, Paperback: 208 S., € 9,90

Wolfgang Wallenda

Stalingrad 1942 – der 19jährige Alfred Müller ist Angehöriger der 100. Jäger-Division und lernt bei den Kämpfen um das Werk „Roter Oktober" die Schrecken des Krieges kennen und hassen. Er avanciert zum Scharfschützen und zieht als Jäger und Gejagter durch die Ruinen der sterbenden Stadt. Seine Begleiter sind Hunger, Kälte, Elend, Tod und Angst.

Landser an der Ostfront - Zwischen Tod und Stacheldraht

Books on Demand, ISBN: 978-3-7392-2644-6, Februar 2016, Paperback: 228 S., € 12,80

Wolfgang Wallenda und Hans Gruber

Dieser autobiographische Roman erzählt die Geschichte des Pioniers Hans Gruber, der 1943 als Angehöriger des Pionier-Bataillons 198 im Kubanbrückenkopf verwundet wurde und anschließend das Martyrium der russischen Kriegsgefangenschaft überlebte.